A L'OUEST RIEN DE NOUVEAU

Écrivain allemand, Erich Maria Kramer, dit Erich Maria Remarque, naît à Osnabrück en 1898. Mobilisé pendant la Première Guerre mondiale, il en tire la matière d'un roman publié en 1929 : *A l'ouest rien de nouveau*. Le livre obtient d'emblée un énorme succès : en quelques mois, il est tiré à plusieurs millions d'exemplaires et traduit dans une vingtaine de langues. En 1930, il est porté à l'écran par L. Milestone.
Arrivés au pouvoir, les nazis brûlent ses livres et lui retirent la nationalité allemande. Exilé aux Etats-Unis, il obtient sa naturalisation en 1947.
Résidant très souvent en Suisse, Erich Maria Remarque est décédé à Locarno en 1970.

ERICH MARIA REMARQUE

A l'ouest rien de nouveau

TRADUIT DE L'ALLEMAND PAR ALZIR HELLA ET OLIVIER BOURNAC

STOCK

Titre original :

IM WESTEN NICHTS NEUES

I

Nous sommes à neuf kilomètres en arrière du front. On nous a relevés hier. Maintenant, nous avons le ventre plein de haricots blancs avec de la viande de bœuf et nous sommes rassasiés et contents. Même, chacun a pu encore remplir sa gamelle pour ce soir ; il y a en outre double portion de saucisse et de pain : c'est une affaire ! Pareille chose ne nous est pas arrivée depuis longtemps ; le cuistot, avec sa rouge tête de tomate, va jusqu'à nous offrir lui-même ses vivres. A chaque passant il fait signe avec sa cuiller et lui donne une bonne tapée de nourriture. Il est tout désespéré parce qu'il ne sait pas comment il pourra vider à fond son « canon à rata ». Tjaden et Müller ont déniché des cuvettes et ils s'en sont fait mettre jusqu'aux bords, comme réserve. Tjaden agit ainsi par boulimie, Müller par prévoyance. Où Tjaden fourre tout cela, c'est une énigme pour tout le monde : il est et reste plat comme un hareng maigre.

Mais le plus fameux, c'est qu'il y a eu aussi double ration de tabac. Pour chacun, dix cigares, vingt cigarettes et deux carottes à chiquer : c'est très raisonnable. J'ai troqué avec Katczinsky mon tabac à chiquer pour ses cigarettes, cela m'en fait quarante. Ça suffira bien pour une journée.

A vrai dire, toute cette distribution ne nous était pas destinée. Les Prussiens ne sont pas si généreux que ça. Nous la devons simplement à une erreur.

Il y a quinze jours, nous montâmes en première ligne pour relever les camarades. Notre secteur était assez calme, et par conséquent le fourrier avait reçu, pour le jour de notre retour, la quantité normale de vivres et il avait préparé tout ce qu'il fallait pour les cent cinquante hommes de la compagnie. Or, précisément, le dernier jour il y eut, chez nous, un marmitage exceptionnel ; l'artillerie lourde anglaise pilonnait sans arrêt notre position, de sorte que nous eûmes de fortes pertes et que nous ne revînmes que quatre-vingts.

Nous étions rentrés de nuit et nous avions fait aussitôt notre trou, pour pouvoir, enfin, une bonne fois, dormir convenablement ; car Katczinsky a raison, la guerre ne serait pas trop insupportable si seulement on pouvait dormir davantage. Le sommeil qu'on prend en première ligne ne compte pas et quinze jours chaque fois c'est long.

Il était déjà midi lorsque les premiers d'entre nous se glissèrent hors des baraquements. Une demi-heure plus tard chacun avait pris sa gamelle et nous nous groupâmes devant la « Marie-rata », à l'odeur grasse et nourrissante. En tête, naturellement, étaient les plus affamés : le petit Albert Kropp, qui, de nous tous, a les idées les plus claires, et c'est pour cela qu'il est déjà soldat de première classe ; Müller, numéro cinq, qui traîne encore avec lui des livres de classe et rêve d'un examen de repêchage (au milieu d'un bombardement il pioche des théorèmes de physique) ; Leer, qui porte toute sa barbe et qui a une grande prédilection pour les filles des bordels d'officiers ; il affirme sous serment qu'elles sont obligées, par ordre du commandement, de porter des chemises de soie et, pour les visiteurs à partir de capitaine, de prendre un bain préalable ; le quatrième, c'est moi, Paul Bäumer. Tous quatre âgés de dix-neuf ans, tous quatre sortis de la même classe pour aller à la guerre.

Tout derrière nous, nos amis. Tjaden, maigre serrurier, du même âge que nous, le plus grand bouffeur de la compagnie. Il s'assied pour manger, mince comme une allumette et il se relève gros comme une punaise enceinte ; Haie Westhus, dix-neuf ans aussi, ouvrier tourbier, qui peut facilement prendre dans sa main un pain de munition et dire : « Devinez ce que je tiens là » ; Detering, paysan qui ne pense qu'à sa ferme et à sa femme ; et, enfin, Stanislas Katczinsky, la tête de notre groupe, dur, rusé, roublard, âgé de quarante ans, avec un visage terreux, des yeux bleus, des épaules tombantes et un flair merveilleux pour découvrir le danger, la bonne nourriture et de beaux endroits où s'embusquer.

Notre groupe formait la tête du serpent qui se déroulait devant le canon à rata. Nous nous impatientions, car le cuistot était encore là immobile et attendait ingénument.

Enfin, Katczinsky lui cria :

« Allons, ouvre ta cave à bouillon, Henri ; on voit pourtant que les fayots sont cuits ! »

L'autre secoua la tête d'un air endormi :

« Il faut d'abord que tout le monde soit là. »

Tjaden ricana :

« Nous sommes tous là. »

La caporal cuisinier ne s'était encore aperçu de rien.

« Oui, vous ne demanderiez pas mieux. Où sont donc les autres ?

– Ce n'est pas toi qui les nourriras aujourd'hui ! Ambulance et fosse commune. »

Le cuistot fut comme assommé lorsqu'il apprit les faits. Il chancela.

« Et moi qui ai cuisiné pour cent cinquante hommes ! »

Kropp lui donna une bourrade :

« Eh bien, pour une fois, nous mangerons à notre faim. Allons, commence ! »

Mais, soudain, Tjaden eut une illumination. Sa figure pointue de souris prit un teint luisant : ses yeux se rapetissèrent de malice, ses joues tressaillirent et il s'approcha le plus qu'il put :

« Mais alors... mon vieux ! ... tu as reçu aussi du pain pour cent cinquante hommes, hein ? »

Le caporal, encore estomaqué et l'esprit ailleurs, fit un signe de tête affirmatif.

Tjaden le saisit par la veste.

« Et aussi de la saucisse ? »
La tête de tomate fit oui de nouveau.
Les mâchoires de Tjaden tremblaient.
« Et aussi du tabac ?
– Oui, de tout. »
Tjaden regarda autour de lui, d'un air radieux.
« Nom de Dieu ! c'est ce qu'on appelle avoir de la veine ! Alors tout va être pour nous ! Chacun va recevoir... Attendez donc... ma foi oui, exactement double ration. »
Mais voici que la tomate revint à la vie et déclara :
« Non, ça ne va pas. »
Alors, nous aussi, nous nous éveillâmes et nous poussâmes en avant.
« Pourquoi donc que ça ne va pas, vieille carotte ? demanda Katczinsky.
– Ce qui est pour cent cinquante hommes ne peut pas être pour quatre-vingts.
– C'est ce que nous te ferons voir, grogna Müller.
– Le fricot, si vous voulez ; mais, les rations, je ne puis vous en donner que pour quatre-vingts », persista la tomate.
Katczinsky se fâcha.
« Tu veux te faire ramener à l'arrière, n'est-ce pas ? ... Tu as de la bectance, non pas pour quatre-vingts hommes, mais pour la deuxième compagnie, suffit ! Tu vas nous la donner. La deuxième compagnie, c'est nous. »
Nous serrâmes de près le gaillard. Personne ne pouvait le souffrir : plusieurs fois déjà il avait été cause que dans la tranchée nous avions reçu la nourriture avec beaucoup de retard et toute froide, parce que, quand il y avait un peu de bombardement, il n'osait pas s'avancer suffisamment avec ses marmites, de sorte que nos camarades, en allant chercher le manger, avaient à faire un chemin beaucoup plus long que ceux des autres compagnies. Bulcke, de la première, par exemple, était un bien plus chic type. Il avait beau être gras comme une marmotte, lorsque c'était nécessaire, il traînait lui-même les plats jusqu'à la première ligne.

Nous étions précisément de l'humeur qu'il fallait et, à coup sûr, il y aurait eu de la casse, si notre commandant de compagnie ne s'était pas trouvé à venir. Il demanda la raison de la dispute et se contenta de dire :

« Oui, nous avons eu hier de fortes pertes... »

Puis il regarda dans la chaudière.

« Les haricots ont l'air bon. »

La tomate fit signe que oui.

« Cuits avec de la graisse et de la viande. »

Le lieutenant nous regarda. Il savait ce que nous pensions. Il savait aussi beaucoup d'autres choses, car il avait grandi parmi nous, et il n'était que caporal quand il était venu à la compagnie. Il souleva encore une fois le couvercle de la chaudière et renifla. En s'en allant il dit :

« Apportez-m'en aussi une pleine assiette. Et on distribuera toutes les rations : ça ne nous fera pas de mal. »

La tomate prit un air stupide, tandis que Tjaden dansait autour de lui.

« Ça ne te fait aucun tort, à toi. On dirait que les subsistances lui appartiennent ! Allons, commence, vieux fricoteur, et ne te trompe pas en comptant...

– Va te faire foutre ! » hurla la tomate.

Il était tout dérouté ; une pareille chose ne pouvait pas entrer dans son esprit ; il ne comprenait plus le monde où il se trouvait. Et, comme s'il eût voulu montrer que maintenant tout lui était égal, de son propre mouvement il distribua encore par tête une demi-livre de miel artificiel.

*

Aujourd'hui, c'est vraiment une bonne journée. Même le courrier est là ; presque tout le monde a reçu des lettres et des journaux. Maintenant nous déambulons vers le pré derrière les baraquements. Kropp a sous son bras le couvercle d'un fût de margarine.

A droite, au bord de la prairie, on a bâti de grandes latrines communes, un édifice solide avec un toit.

Cependant, c'est bon pour les recrues qui n'ont pas encore appris à tirer parti de tout. Nous cherchons quelque chose de mieux. Effectivement sont disséminées partout de petites caisses individuelles servant à la même fin. Elles sont carrées, propres, tout en bois, bien hermétiques, avec un siège commode et irréprochable. Sur les côtés se trouvent des poignées, de sorte qu'on peut les transporter.

Nous en disposons trois en cercle et nous y prenons confortablement place ; nous ne nous lèverons pas de là avant deux heures.

Je me rappelle encore comment, au début, étant recrues, nous étions gênés à la caserne lorsque nous devions utiliser les latrines communes. Il n'y a aucune porte et vingt hommes sont assis là, à côté l'un de l'autre, comme dans le train. D'un seul coup d'œil, on peut les passer en revue : c'est que précisément le soldat doit être soumis à une surveillance constante.

Depuis lors, nous avons appris à surmonter bien plus que ce petit sentiment de honte. Avec le temps, nous en avons vu d'autres.

Mais, ici, en plein air, la chose est véritablement un délice. Je ne comprends plus pourquoi, autrefois, nous fermions timidement les yeux sur ces affaires-là, car elles sont aussi naturelles que le boire et le manger. Et l'on n'aurait peut-être pas besoin d'en parler ici, si elles ne jouaient pas un rôle si essentiel et si, précisément, elles n'eussent pas été pour nous une nouveauté, car, pour les anciens, il y avait longtemps que cela allait de soi.

Plus que pour tout autre homme l'estomac et la digestion sont pour le soldat un domaine familier. Il en tire les trois quarts de son vocabulaire et l'expression de la joie la plus intense ou celle de l'indignation la plus profonde y trouvent ce qu'elles peuvent avoir de plus vigoureux. Il est impossible d'employer d'autres façons de parler aussi brèves et aussi claires. Nos familles et nos professeurs seront bien étonnés lorsque nous rentrerons dans nos foyers, mais, ici, c'est la langue universelle.

Pour nous, ces choses-là ont retrouvé le caractère de l'innocence parce qu'elles se passent forcément en public. Qui plus est, elles vont pour nous tellement de soi que nous apprécions le confortable de l'opération, tout autant, par exemple, qu'une partie de cartes menée à bonne fin dans un endroit où l'on n'a pas à craindre les obus. Ce n'est pas pour rien que, pour désigner des racontars de toute espèce, on a inventé l'expression « rapport de chiottes ». Ces lieux-là sont, pour les militaires, les coins à cancans et l'équivalent des « tables d'habitués ».

En ce moment, nous nous sentons mieux que dans n'importe quel water-closet aux blanches faïences luxueuses : là il ne peut y avoir que de l'hygiène, mais ici il y a du bien-être.

Ce sont des heures d'une insouciance admirable. Au-dessus de nous, le ciel bleu. A l'horizon, sont suspendus des ballons captifs, de couleur jaune, traversés de lumineux rayons, ainsi que les petits nuages blancs des shrapnells. Parfois, lorsqu'ils poursuivent un aviateur, ils se déploient en une haute gerbe.

Le grondement sourd du front ne nous parvient que comme un orage très lointain. Le bourdonnement des frelons qui passent domine déjà ce bruit.

Et tout autour de nous s'étend la prairie en fleurs. Les tendres pointes de l'herbe se balancent ; des papillons blancs s'approchent en voletant ; ils planent dans le vent chaud et moelleux de l'été arrivé à sa maturité ; quant à nous, nous lisons des lettres et des journaux, nous fumons, nous ôtons nos calots et nous les posons à terre à côté de nous ; la brise joue avec nos cheveux ; elle joue avec nos paroles et nos pensées.

Les trois caisses sur lesquelles nous sommes assis sont au milieu des coquelicots rouges et éclatants...

Nous plaçons sur nos genoux le couvercle du fût de margarine. Nous avons ainsi un bon support pour jouer au scat. Kropp a apporté les cartes. De temps en temps on intercale une partie de rams. On pourrait rester là éternellement.

Les sons d'un accordéon nous arrivent des baraquements. Parfois nous posons les cartes et nous nous regardons ; alors l'un de nous dit : « Mes enfants, mes enfants... » ou bien : « Ç'aurait pu mal tourner... » Et nous restons un instant silencieux. Il y a en nous un sentiment contenu et puissant ; chacun s'en rend compte ; il n'est point nécessaire pour cela de parler beaucoup. Il aurait pu facilement arriver qu'aujourd'hui nous ne fussions pas là assis sur nos chiottes ; il s'en est fallu de très peu. Et c'est pourquoi tout est, pour nous, fort et nouveau : les rouges coquelicots et le bon repas, les cigarettes et le vent d'été.

Kropp demande :

« Quelqu'un de vous a-t-il revu Kemmerich ?

– Il est à Saint-Joseph », dis-je.

Müller indique qu'il a eu le haut de la cuisse traversé, ce qui est un bon motif pour pouvoir aller faire un tour au pays.

Nous décidâmes d'aller le voir l'après-midi.

Kropp sort une lettre de sa poche.

« J'ai à vous saluer de la part de Kantorek. »

Nous rions. Müller jette sa cigarette et dit :

« Je voudrais qu'il fût ici », celui-là.

*

Kantorek était notre professeur : un petit homme sévère vêtu d'un habit gris à basques, avec une tête de musaraigne. Il avait à peu près la même taille que le caporal Himmelstoss, « la terreur du Klosterberg ». Il est, d'ailleurs, comique que le malheur du monde vienne si souvent de gens de petite taille : ils sont beaucoup plus énergiques et insupportables que les personnes de haute stature. Je me suis toujours efforcé de ne pas faire partie de détachements commandés par des chefs de petite taille : ce sont, le plus souvent, de maudites rosses.

Kantorek, pendant les leçons de gymnastique, nous fit des discours jusqu'à ce que notre classe tout entière se rendît, en rang, sous sa conduite, au bureau de recrutement, pour demander à s'engager. Je le vois encore devant moi, avec ses lunettes qui jetaient des étincelles, tandis qu'il nous regardait et qu'il disait d'une voix pathétique :

« Vous y allez tous, n'est-ce pas, camarades ? »

Ces éducateurs-là ont presque toujours leur pathétique prêt dans la poche de leur gilet ; il est vrai qu'ils le distribuent à toute heure, sous forme de leçons. Mais alors nous ne pensions pas encore à cela.

Toutefois, l'un d'entre nous hésitait et ne voulait pas marcher. C'était Joseh Behm, un gros gaillard jovial. Mais il finit par se laisser persuader. Il faut ajouter qu'autrement il se serait rendu impossible. Peut-être que d'autres encore pensaient tout comme lui ; mais personne ne pouvait facilement s'abstenir, car, en ce temps-là, même père et mère nous jetaient vite à la figure le mot de « lâche ». C'est qu'alors tous ces gens-là n'avaient aucune idée de ce qui allait se passer. A proprement parler, les plus raisonnables, c'étaient les gens simples et pauvres ; dès le début, ils considérèrent la guerre comme un malheur, tandis que la bonne bourgeoisie ne se tenait pas de joie, quoique ce fût elle, justement, qui eût plutôt pu se rendre compte des conséquences.

Katczinsky prétend que c'est la faute à l'instruction, laquelle nous rend bêtes, et ce que dit Kat, il ne le dit pas sans y avoir bien réfléchi.

Chose curieuse, Behm fut un des premiers qui tombèrent. Lors d'une attaque il reçut un coup de feu dans les yeux et nous le laissâmes pour mort sur le terrain. Nous ne pûmes pas l'emporter avec nous, parce que nous fûmes obligés de reculer précipitamment. L'après-midi, nous l'entendîmes tout à coup appeler et nous le vîmes qui essayait de ramper en avant des tranchées. Il ne s'était qu'évanoui. Mais, comme il n'y voyait plus et que ses souffrances le rendaient fou, il négligea de s'abriter, de sorte qu'il fut tué, avant que quelqu'un eût pu s'approcher pour le ramener.

Naturellement, on ne peut pas rendre Kantorek responsable de la chose, autrement que deviendrait le monde si l'on voyait là une culpabilité ? Il y a eu des milliers de Kantorek, qui, tous, étaient convaincus d'agir pour le mieux, – d'une manière commode pour eux.

Mais c'est précisément pour cela que, à nos yeux, ils ont fait faillite.

Ils auraient dû être pour nos dix-huit ans des médiateurs et des guides nous conduisant à la maturité, nous ouvrant le monde du travail, du devoir, de la culture et du progrès, – préparant l'avenir. Parfois nous nous moquions d'eux et nous leurs jouions de petites niches, mais au fond nous avions foi en eux. La notion d'une autorité, dont ils étaient les représentants, comportait, à nos yeux, une perspicacité plus grande et un savoir plus humain. Or, le premier mort que nous vîmes anéantit cette croyance. Nous dûmes reconnaître que notre âge était plus honnête que le leur. Ils ne l'emportaient sur nous que par la phrase et l'habileté. Le premier bombardement nous montra notre erreur et fit écrouler la conception des choses qu'ils nous avaient inculquée.

Ils écrivaient, ils parlaient encore, et nous, nous voyions des ambulances et des mourants ; tandis que servir l'État était pour eux la valeur suprême, nous savions déjà que la peur de la mort est plus forte. Malgré cela, nous ne devînmes ni émeutiers, ni déserteurs, ni lâches (tous ces mots-là leur venaient si vite à la bouche !) ; nous aimions notre patrie tout autant qu'eux et lors de chaque attaque nous allions courageusement de l'avant ; mais déjà nous avions appris à faire des distinctions, nous avions tout d'un coup commencé de voir et nous voyions que de leur univers rien ne restait debout. Nous nous trouvâmes soudain épouvantablement seuls, – et c'est tout seuls qu'il nous fallait nous tirer d'affaire.

*

Avant de nous mettre en route pour aller voir Kemmerich, nous faisons un paquet de ses affaires, elles pourront lui être utiles en chemin.

A l'ambulance il y a beaucoup de mouvement ; comme toujours on y sent le phénol, la pourriture et la sueur. Dans les baraquements on est habitué à beaucoup de choses, mais ici, malgré tout, il y a de quoi défaillir. Nous demandons en plusieurs endroits où est Kemmerich ; il est couché dans une salle et il nous reçoit avec une faible expression de joie et d'impuissante agitation. Tandis qu'il avait perdu connaissance, on lui a volé sa montre.

Müller secoue la tête :

« Je t'ai toujours dit qu'on n'emporte pas avec soi une si bonne montre. »

Müller est quelque peu lourdaud et chicanier.

Autrement il se tairait, car il est visible que Kemmerich ne sortira plus vivant de cette salle. Il importe peu qu'il retrouve sa montre. Tout au plus pourrait-on l'envoyer à sa famille.

« Comment vas-tu donc, Franz ? » demande Kropp.

Kemmerich baisse la tête.

« Ça va... Il y a simplement que j'ai au pied de maudites douleurs. »

Nous regardons son lit. Sa jambe est étendue sous un arceau de fil de fer sur lequel la couverture forme voûte. Je donne à Müller un petit coup dans le tibia, car il serait bien capable de dire à Kemmerich ce que les infirmiers nous ont déjà appris à l'extérieur : à savoir que Kemmerich n'a plus de pied. On lui a amputé la jambe. Il a une mine épouvantable, à la fois jaune et couleur de cendre ; sur sa figure se dessinent ces lignes étrangères que nous connaissons si bien pour les avoir vues déjà cent fois. A vrai dire, ce ne sont pas des lignes, ce sont plutôt des indices. En dessous de la peau, la vie ne bat plus, elle est déjà reléguée aux limites du corps ; la mort travaille l'intérieur de l'organisme et elle règne déjà dans les yeux. Voilà ce qu'est devenu notre camarade Kemmerich qui, il y a peu de temps encore, faisait rôtir avec nous de la viande de cheval et, avec nous aussi, se recroquevillait dans l'entonnoir. C'est lui encore et pourtant ce n'est plus lui. Son image est effacée et incertaine, comme une plaque photographique avec laquelle on a fait deux prises. Même sa voix a quelque chose de la mort.

Je pense à la manière dont nous sommes partis pour le front. Sa mère, une bonne grosse femme, l'accompagnait à la gare. Elle pleurait sans discontinuer. Son visage en était tout gonflé et boursouflé. Kemmerich en avait un peu honte, car elle manquait complètement de contenance et, littéralement, elle fondait en graisse et en eau. Avec cela elle avait jeté son dévolu sur moi et elle me prenait à chaque instant le bras en me suppliant de veiller sur Franz quand nous serions au front. La vérité, c'est qu'il avait aussi une figure d'enfant et des os si délicats qu'après avoir porté le sac pendant quatre semaines il avait déjà les pieds plats. Mais comment, à la guerre, veiller sur quelqu'un !

« Tu vas maintenant aller chez toi, dit Kropp. Tu aurais eu encore trois ou quatre mois à attendre, pour le moins, avant d'avoir une permission. »

Kemmerich fait signe que oui. J'ai de la peine à regarder ses mains. On dirait de la cire : sous les ongles est incrustée la crasse des tranchées ; elle est d'un noir bleuâtre, comme du poison. Je songe que ces ongles continueront de pousser encore comme une végétation souterraine et fantastique lorsque Kemmerich, depuis longtemps déjà, ne respirera plus ; je vois devant moi la chose, ils se tordent en tire-bouchon et croissent toujours, en même temps que les cheveux, sur le crâne qui se décompose – comme de l'herbe sur un sol fertile, exactement comme de l'herbe. Comment cela peut-il se faire ? ...

Müller se penche.

« Nous avons apporté tes affaires, Franz. »

Kemmerich fait signe de la main.

« Mets-les sous le lit. »

C'est ce que fait Müller. Kemmerich reparle de sa montre. Comment le tranquilliser sans lui inspirer de la méfiance ? Müller reparaît, en tenant à la main une paire de bottes d'aviateur. Ce sont de magnifiques chaussures anglaises, de cuir jaune et souple, qui montent aux genoux et qu'on lace jusqu'en haut : un article très envié. Müller, en les regardant, est plein d'admiration. Il tient leurs semelles contre ses propres chaussures toutes grossières et il demande :

« Tu veux donc emporter tes bottes, Franz ? »

Tous trois n'avons qu'une pensée. Même s'il guérissait, il ne pourrait en utiliser qu'une ; par conséquent, elles seraient pour lui sans valeur. Et, de toute façon, maintenant, c'est malheureux qu'elles restent ici, car les infirmiers, naturellement, les chaufferont dès qu'il sera mort.

Müller poursuit :

« Ne les laisses-tu pas ici ? »

Kemmerich ne veut pas. C'est ce qu'il a de meilleur.

« Mais nous pouvons faire un échange, reprend Müller. Ici, au front, cela peut servir. »

Kemmerich ne veut rien entendre.

Je touche Müller du pied. Alors, en hésitant, il replace sous le lit les belles bottes.

Nous parlons encore un peu, puis nous disons adieu à notre camarade.

« Porte-toi bien, Franz. »

Je lui promets de revenir le lendemain. Müller parle d'en faire autant. Il pense aux bottes et il veut les surveiller.

Kemmerich soupire. Il a la fièvre. Dehors, nous arrêtons un infirmier et nous lui demandons de faire une piqûre au blessé.

Il refuse.

« Si nous voulions donner de la morphine à tout le monde, il nous en faudrait des barriques...

– Tu n'es sans doute là que pour les officiers ! » dit Kropp d'un ton haineux.

Vite j'interviens et je commence par donner une cigarette à l'infirmier. Il la prend, puis je lui dis :

« Mais t'est-il permis, d'ailleurs, de faire une piqûre ? »

Ma question le blesse.

« Si vous ne le croyez pas, pourquoi me le demandez-vous ? ... »

Je lui mets encore dans la main quelques cigarettes.

« Fais-nous le plaisir...

– Eh bien, soit ! » dit-il.

Kropp le suit, car il n'a pas confiance en lui et il veut voir ce qu'il fera. Nous l'attendons dehors.

Müller reparle encore des bottes.

« Elles m'iraient admirablement. Avec ces bateaux-ci, j'attrape ampoule sur ampoule. Crois-tu qu'il tiendra jusqu'à demain, après le service ? S'il meurt la nuit, adieu les bottes... »

Albert revient. Il demande :

« Que pensez-vous de... ? demande-t-il.

– Il est foutu », dit Müller, catégoriquement.

Nous reprenons le chemin de nos baraquements. Je songe à la lettre qu'il me faudra écrire demain à la mère de Kemmerich. J'ai froid, je voudrais boire un verre d'alcool. Müller arrache des brins d'herbe et se met à les mâcher. Soudain, le petit Kropp jette sa cigarette, il trépigne sauvagement, regarde autour de lui avec un visage bouleversé et décomposé et bégaie :

« Merde de merde ! »

Nous continuons à marcher pendant assez longtemps. Kropp s'est calmé. Nous connaissons ça. C'est ce que nous appelons l'accès de rage du front, chacun l'a à son tour.

Müller lui demande :

« Que t'a donc écrit Kantorek ? »

L'autre rit en disant :

« Il m'a écrit que nous étions la jeunesse de fer. »

Tous les trois, nous rions aigrement. Kropp se répand en injures, il est content de pouvoir parler...

Ainsi voilà ce qu'ils pensent, voilà ce qu'ils pensent, les cent mille Kantoreks ! « Jeunesse de fer. » Jeunesse ? Aucun de nous n'a plus de vingt ans. Mais quant à être jeune ! Quant à la jeunesse ! Tout cela est fini depuis longtemps. Nous sommes de vieilles gens

II

C'EST pour moi une chose étrange de penser qu'à la maison, dans un tiroir, gisent un tas de poèmes et le commencement d'un drame, *Saül*. J'y ai consacré de nombreuses soirées et presque tous, n'est-ce pas ? nous avons fait pareil ; mais, tout cela est devenu pour moi si irréel que je ne puis plus bien me le représenter.

Depuis que nous sommes ici, notre ancienne vie est tranchée, sans que nous ayons rien fait pour cela. Nous essayons plus d'une fois d'en chercher la raison et l'explication, mais nous n'y réussissons pas très bien. Précisément, pour nous qui avons vingt ans, tout est particulièrement trouble : pour Kropp, Müller, Leer et moi, pour nous tous que Kantorek appelle la jeunesse de fer. Les soldats plus âgés sont, eux, solidement reliés au passé ; ils ont une base, ils ont des femmes, des enfants, des professions et des intérêts déjà assez forts pour que la guerre soit incapable de les détruire. Mais nous, avec nos vingt ans, nous n'avons que nos parents et quelques-uns d'entre nous, une bonne amie. Ce n'est pas grand-chose. A notre âge, l'autorité des parents est réduite au minimum et les femmes ne nous dominent pas encore. A part cela, il n'y avait, chez nous, guère autre chose : un peu de rêverie extravagante, quelques fantaisies, et l'école ; notre vie n'allait pas plus loin. Et de cela il n'est rien resté. Kantorek dirait que, précisément, nous nous trouvions au seuil de l'existence. Effectivement, il en est ainsi. Nous n'avions pas encore de racines. La guerre, comme un fleuve, nous a emportés dans son courant. Pour les autres qui sont plus âgés, elle n'est qu'une interruption. Ils peuvent penser à quelque chose en dehors d'elle. Mais, nous, nous avons été saisis par elle et nous ignorons comment cela finira. Ce que nous savons, c'est simplement, pour le moment, que nous sommes devenus des brutes d'une façon étrange et douloureuse, bien que souvent nous ne puissions même plus éprouver de la tristesse.

*

Si Müller désire les bottes de Kemmerich, il n'a pas pour cela moins de compassion pour son camarade qu'un autre à qui la douleur interdirait de pareilles pensées. Seulement, il sait faire la différence. Si ces bottes étaient utiles à Kemmerich en quoi que ce fût, Müller marcherait plutôt nu-pieds sur du barbelé que de songer à la façon dont il pourrait les avoir. Mais les bottes sont une chose qui n'a rien à voir avec la santé de Kemmerich, tandis que Müller, lui, peut très bien les employer. Kemmerich va mourir, quel que soit celui qui héritera de ses bottes. Pourquoi donc Müller ne les guignerait-il pas ? A coup sûr, il y a plus droit qu'un infirmier. Kemmerich mort, il sera trop tard. C'est justement pourquoi Müller, dès maintenant, ouvre bien les yeux.

Nous avons perdu le sens de toutes autres relations parce qu'elles sont artificielles ; seules les réalités comptent et ont de l'importance pour nous. Et de bonnes bottes sont rares !

*

Cela ne s'est pas fait en un jour. Lorsque nous nous rendîmes au recrutement, nous n'étions encore qu'une classe d'élèves constituée par vingt jeunes gens qui, remplis de fierté, allèrent se faire raser tous ensemble (pour plus d'un, c'était la première fois), avant de pénétrer dans la cour de la caserne. Nous n'avions pas de projets d'avenir déterminés ; très peu nombreux étaient ceux chez qui des idées de carrière et de profession étaient déjà pratiquement assez arrêtées pour pouvoir orienter une existence. En revanche, nous étions bourrés de pensées incertaines qui, à nos yeux, conféraient à la vie et aussi à la guerre un caractère idéalisé et presque romantique.

Notre instruction militaire dura dix semaines et ce temps-là suffit pour nous transformer d'une manière plus radicale que dix années d'école. Nous apprîmes qu'un bouton bien astiqué est plus important que quatre tomes de Schopenhauer. D'abord étonnés, puis irrités, et finalement indifférents, nous reconnûmes que ce n'est pas l'esprit qui a l'air d'être prépondérant, mais la brosse à cirage, que ce n'est pas la pensée, mais le « système », pas la liberté, mais le dressage. Nous étions devenus soldats avec enthousiasme et bonne volonté, mais on fit tout pour nous en dégoûter. Au bout de trois semaines, nous comprenions très bien qu'un facteur galonné pût avoir plus de droits sur nous qu'autrefois nos parents, nos éducateurs et tous les génies de la culture, depuis Platon jusqu'à Goethe. Avec nos yeux jeunes et bien éveillés, nous vîmes que la notion classique de la patrie, telle que nous l'avaient inculquée nos maîtres, aboutissait ici, pour le moment, à un dépouillement de la personnalité qu'on n'aurait jamais osé demander aux plus humbles domestiques.

Saluer, se tenir au « garde-à-vous », marcher au pas de parade, présenter les armes, faire demi-tour à droite ou à gauche, faire claquer les talons, recevoir des injures et être en butte à mille chicanes, certes, nous avions envisagé notre mission sous un jour différent et nous trouvions que l'on nous préparait à devenir des héros comme on dresse des chevaux de cirque. Mais nous nous y habituâmes vite. Nous comprîmes même qu'une partie de ces choses était nécessaire, – mais qu'une autre partie était, elle, superflue. Le soldat a du nez pour ces questions-là.

*

Notre classe fut répartie par trois et par quatre entre les escouades, et nous nous trouvâmes avec des pêcheurs, des paysans, des ouvriers et des artisans frisons, avec qui nous devînmes rapidement bons amis. Kropp, Müller, Kemmerich et moi, nous fûmes affectés à la neuvième escouade qui avait pour chef Himmelstoss.

Il passait pour la plus sale « vache » de la caserne et il en était fier. Un petit homme trapu, qui avait servi pendant douze ans, avec une moustache rousse retroussée, – facteur dans le civil. Kropp, Tjaden, Westhus et moi, il nous avait particulièrement à l'œil parce qu'il sentait notre muet défi. Un matin, j'ai été obligé de refaire son lit quatorze fois ; il trouvait toujours quelque chose à reprendre et il le défaisait. Pendant vingt heures (naturellement avec des pauses), j'ai graissé une paire de vieilles bottes dures comme la pierre et suis arrivé à les rendre si souples qu'Himmelstoss lui-même ne dit plus rien. Sur son ordre, j'ai frotté la chambrée à neuf, avec une brosse à dents ; Kropp et moi, nous avons commencé à exécuter la consigne consistant à balayer la neige de la cour de la caserne avec une brosse à main et une raclette et nous aurions persévéré jusqu'à congélation si, par hasard, un lieutenant ne s'était approché, qui nous renvoya et qui rabroua énergiquement Himmelstoss. Malheureusement, la conséquence en fut qu'Himmelstoss devint encore plus enragé à notre égard. J'ai été de garde chaque dimanche pendant quatre semaines de suite et j'ai été également « de chambre » pendant tout ce temps. Avec le fourniment et l'équipement au complet, j'ai fait sur un terrain en jachère, glissant et humide, les exercices suivants : « Un bond en avant et vivement ! » et « Couchez-vous ! » jusqu'à ce que je ne sois plus qu'un bloc de boue et que je tombe d'épuisement. Quatre heures plus tard, j'ai présenté à Himmelstoss mes affaires impeccablement nettoyées. Il est vrai que j'avais les mains en sang, à force de frotter. Avec Kropp, Westhus et Tjaden, je suis resté au garde-à-vous pendant un quart d'heure, sans gants, par un froid terrible, les doigts nus appuyés au canon du fusil, tandis qu'Himmelstoss battait la semelle autour de nous, en nous épiant et en attendant le moindre mouvement que nous aurions pu faire, afin de nous prendre en défaut. A deux heures de la nuit, en chemise, je suis descendu huit fois de suite, à toute vitesse, de l'étage supérieur de la caserne jusque dans la cour, parce que mon caleçon dépassait de quelques centimètres le bord de l'escabeau sur lequel chacun devait établir réglementairement son paquetage. A côté de moi courait le caporal de semaine – Himmelstoss – en me marchant sur les orteils. Dans l'exercice de la baïonnette, c'était toujours avec Himmelstoss que je devais me mesurer, ayant dans les mains un lourd instrument de fer, tandis que lui avait une arme en bois, facile à manier, de sorte qu'il pouvait commodément me taper sur les bras et me couvrir de bleus. A vrai dire, une fois, je fus pris d'une telle furie que je me jetai sur lui en aveugle et que je lui portai dans l'estomac un coup si fort qu'il tomba à la renverse. Lorsqu'il voulut se plaindre, le commandant de compagnie se moqua de lui en lui disant qu'il n'avait qu'à faire attention. Il connaissait bien son Himmelstoss et il semblait content que celui-ci eût écopé. Je suis devenu un as dans l'art de grimper au portique et, peu à peu, j'en arrivai aussi à ne craindre aucun rival dans les mouvements de flexion du genou. Nous tremblions rien qu'à entendre sa voix, mais ce cheval de poste, devenu sauvage, ne nous a pas fait baisser pavillon.

Un dimanche, au camp, Kropp et moi traînions à travers la cour, en nous aidant d'un bâton, les tinettes des latrines ; Himmelstoss, tiré à quatre épingles et prêt à sortir, vint précisément à passer. S'arrêtant devant nous, il nous demanda si ce travail nous plaisait, et voici que, en dépit de ce qui pouvait arriver, nous fîmes un faux pas et nous lui versâmes le baquet sur les jambes ; il devint enragé, mais la mesure était comble.

« Ça, c'est le conseil de guerre ! » s'écria-t-il.

Kropp, qui en avait assez, répondit :

« Mais, d'abord, il y aura une instruction et alors nous déballerons notre sac.

– Comment adressez-vous la parole à un caporal ? rugit Himmelstoss. Êtes-vous devenus fous ? Attendez d'être interrogés. Que voulez-vous faire ?

– Déballer notre sac sur le compte de monsieur le caporal », dit Kropp, les doigts sur la couture du pantalon.

Alors, Himmelstoss comprit la situation et fila sans rien dire. Il est vrai qu'au moment où il allait disparaître, il grogna encore :

« Je vous en ferai baver. »

Mais c'en était fait de son autorité. Il essaya encore une fois dans les terrains en jachère de ces exercices : « Couchez-vous ! » et « Un bond en avant et vivement ! » A vrai dire, nous obéissions à chaque commandement, car un commandement, c'est un commandement : il faut l'exécuter ; mais nous l'exécutions si lentement qu'Himmelstoss en était désespéré. Nous avancions tranquillement du genou, puis des bras et ainsi de suite ; pendant ce temps, il avait déjà exprimé, furieux, un autre commandement. Avant que nous transpirions, il était enroué.

Ensuite, il nous laissa la paix. Certes il nous traitait encore de « cochons », mais il y avait là-dedans du respect.

Nombre de caporaux se montraient plus raisonnables et tout à fait convenables. Ils étaient même la majorité. Mais, avant tout, chacun voulait conserver aussi longtemps que possible le bon poste qu'il avait à l'arrière et il ne le pouvait qu'en étant dur pour les recrues.

En vérité, nous avons connu tout ce qu'une cour de caserne peut renfermer de gentillesse et souvent nous avons hurlé de rage. Plus d'un de nous en a été malade et même Wolf est mort d'une pneumonie, mais nous nous serions crus ridicules si nous avions capitulé.

Nous devînmes durs, méfiants, impitoyables, vindicatifs, brutes, et ce fut une bonne chose, car justement ces qualités-là nous manquaient. Si l'on nous eût envoyés dans les tranchées sans cette période de formation, la plupart d'entre nous seraient sans doute devenus fous.

Mais, comme ça, nous étions préparés à ce qui nous attendait.

Nous ne fûmes pas brisés ; au contraire, nous nous adaptâmes. Nos vingt ans, qui nous rendaient si difficile mainte autre chose, nous servirent pour cela. Mais le plus important ce fut qu'un ferme sentiment de solidarité pratique s'éveilla en nous, lequel, au front, donna naissance ensuite à ce que la guerre produisit de meilleur : la camaraderie.

*

Je suis assis près du lit de Kemmerich. Il se défait de plus en plus. Autour de nous il y a beaucoup de chambard. Un train sanitaire vient d'arriver et l'on choisit les blessés capables d'être transportés. Le médecin passe devant le lit de Kemmerich, il ne le regarde même pas.

« Ce sera pour la prochaine fois, Franz », lui dis-je.

Il se dresse sur les coudes, parmi ses coussins.

« Ils m'ont amputé », dit-il.

Ainsi, il le sait donc maintenant. Je fais un signe de tête et je réponds : « Sois donc heureux de t'en être tiré comme cela. ».

Il se tait.

Je reprends :

« Ça pouvait être les deux jambes, Franz Wegeler a perdu le bras droit, c'est beaucoup plus mauvais. Et puis, tu rentreras chez toi. »

Il me regarde :

« Crois-tu ?

– Naturellement. »

Il répète :

« Crois-tu ?

– Sûrement, Franz. Seulement il faut d'abord que tu te remettes de l'opération. »

Il me fait signe de m'approcher. Je m'incline vers lui et il murmure :

« Je ne le crois pas.

– Ne dis pas de bêtises, Franz ; dans quelques jours, tu t'en rendras compte toi-même. Qu'est-ce que c'est qu'une jambe de moins ? Ici l'on répare des choses beaucoup plus graves. »

Il lève la main en l'air.

« Regarde-moi ça, ces doigts.

– Cela vient de l'opération. Mange bien et tu te remettras. Êtes-vous bien nourris ? »

Il me montre une assiette à moitié pleine. Je m'emballe presque :

« Franz, il faut que tu manges, manger est le principal. C'est pourtant assez bon, ici. »

Il proteste de la main. Au bout d'un instant, il dit lentement :

« Autrefois, je voulais devenir officier forestier.

– Mais, tu le peux encore, dis-je, pour le consoler. Il y a maintenant des appareils de prothèse magnifiques ; avec eux tu ne t'aperçois même pas qu'il te manque un membre. Ils se raccordent parfaitement avec les muscles. Avec ces appareils qui remplacent la main, on peut remuer les doigts et travailler, même écrire. Et, en outre, il y a toujours des inventions nouvelles. »

Il reste un moment silencieux, puis il dit :

« Tu peux prendre mes bottes pour Müller. »

Je fais signe que oui, et je me demande ce que je pourrais bien lui dire d'encourageant. Ses lèvres sont effacées et sa bouche est devenue plus grande, ses dents sont saillantes, on dirait de la craie, la chair se fond, le front se bombe plus fortement, les os des joues saillent. Le squelette s'élabore. Déjà les yeux s'enfoncent. Dans quelques heures ce sera fini.

Ce n'est pas le premier que je vois, mais nous avons grandi ensemble et c'est bien différent. J'ai copié mes devoirs sur les siens. A l'école, il portait le plus souvent un costume marron avec une ceinture ; les manches étaient lustrées par le frottement. En outre, il était le seul, parmi nous, capable de faire, à la barre fixe, le grand soleil. Alors, ses cheveux flottaient sur son visage, comme de la soie. Kantorek, à cause de cela, était fier de lui ; mais il ne pouvait pas supporter les cigarettes. Sa peau était très blanche. Il avait en lui quelques chose d'une fille.

Je regarde mes bottes ; elles sont grandes et grossières, la culotte y bouffe ; lorsqu'on se lève, on a l'air gros et fort dans ces vastes tuyaux. Mais, lorsque nous allons nous baigner et que nous nous déshabillons, soudain nos jambes et nos épaules redeviennent minces. Nous ne sommes plus alors des soldats, mais presque des enfants, et l'on ne croirait pas que nous pouvons porter le sac. Quand nous sommes nus, c'est un moment étrange : nous sommes des civils et aussi nous nous sentons presque tels.

Franz Kemmerich, au bain, avait l'air petit et mince comme un enfant et voici que maintenant il est là étendu, et pourquoi cela ? On devrait conduire le monde entier devant ce lit en disant : « Voici Franz Kemmerich, âgé de dix-neuf ans et demi, il ne veut pas mourir, ne le laissez pas mourir. »

Mes pensées deviennent confuses. Cette atmosphère de phénol et de gangrène encrasse les poumons ; c'est une sorte de bouillie lourde, qui vous étouffe.

L'obscurité arrive. La figure de Kemmerich blêmit ; elle ressort au milieu des oreillers et elle est si pâle qu'elle semble luire faiblement. La bouche remue doucement. Je m'approche de lui. Il murmure : « Si vous trouvez ma montre, envoyez-la chez moi. »

Je ne proteste pas. C'est inutile à présent. Il n'y a plus moyen de le persuader. Mon impuissance m'accable. Oh ! Ce front aux tempes affaissées, cette bouche qui n'est plus qu'une denture, ce nez si amenuisé ! Et la grosse femme qui pleure chez elle et à qui je dois écrire. Ah ! si seulement cette lettre était faite !

Des infirmiers passent avec des bouteilles et des seaux. L'un d'eux s'avance, jette sur Kemmerich un regard inquisiteur et s'éloigne ; on voit qu'il attend. Probablement, il a besoin du lit.

Je m'approche de Franz et je parle comme si j'étais capable de le sauver :

« Peut-être t'enverra-t-on au Foyer des convalescents du Klosterberg, Franz, au milieu des villas. Tu pourras alors, de ta fenêtre, voir toute la campagne jusqu'aux deux arbres qui sont à l'horizon. C'est maintenant la plus belle saison de l'année, quand le grain mûrit ; le soir, au soleil, les champs ressemblent à de la nacre. Et l'allée de peupliers le long du Klosterbach où nous prenions des épinoches ! Tu pourras alors t'installer un aquarium et élever des poissons, tu pourras sortir sans avoir besoin de demander la permission à personne et tu pourras même jouer du piano, si tu veux. »

Je me penche sur son visage, qui est plongé dans l'ombre. Il respire encore faiblement. Sa figure est mouillée, il pleure. Ah ! j'ai fait du joli, avec mes sottes paroles !

« Voyons, Franz ! »

Je mets mon bras autour de son épaule et j'approche mon visage du sien.

« Veux-tu dormir, maintenant ? »

Il ne répond pas. Les larmes lui coulent le long des joues. Je voudrais les essuyer, mais mon mouchoir est trop sale.

Une heure se passe, je suis assis là, tendu, et j'observe chacune de ses expressions pour voir si peut-être il veut dire encore quelque chose. S'il voulait seulement ouvrir la bouche et crier ! Mais il ne fait que pleurer, la tête penchée de côté. Il ne parle pas de sa mère ni de ses frères et sœurs, il ne dit rien ; sans doute que tout cela est déjà loin de lui. Il est maintenant tout seul avec sa petite vie de dix-neuf ans et il pleure parce qu'elle le quitte.

C'est là le trépas le plus émouvant et le plus douloureux que j'aie jamais vu, quoique chez Tiedjen aussi, ce fut bien triste, lui qui, gaillard comme un ours, hurlait en réclamant sa mère et qui, les yeux grands ouverts, écartait anxieusement le médecin de son lit avec une baïonnette, jusqu'au moment où il tomba mort.

Soudain, Kemmerich gémit et il commence à râler.

Je bondis, je sors de la pièce en titubant et je demande :

« Où est le médecin ? Où est le médecin ? »

Lorsque je vois la blouse blanche, je l'arrête.

« Venez vite, sinon Franz Kemmerich va mourir. »

Il se dégage et demande à un infirmier qui se trouve là :

« Qu'est-ce que cela signifie ? »

L'autre répond :

« Lit 26. Le haut de la cuisse amputé. »

Le médecin reprend rudement :

« Comment pourrais-je savoir ce qui se passe ? J'ai coupé aujourd'hui cinq jambes. »

Il me repousse et dit à l'infirmier :

« Allez-y voir. »

Et il court à la salle d'opération.

Je frémis de rage, en accompagnant l'infirmier. L'homme me regarde et dit :

« Une opération après l'autre, depuis cinq heures du matin, mon vieux, je te le dis, rien qu'aujourd'hui encore seize décès. Le tien est le dix-septième. A coup sûr, il y en aura bien vingt. »

Je me sens défaillir, je n'ai plus la force d'avancer. Je ne veux plus m'indigner, c'est inutile. Je voudrais bien me laisser tomber et ne plus jamais me relever. Nous sommes devant le lit de Kemmerich. Il est mort, le visage est encore mouillé par les larmes. Les yeux sont à demi ouverts. Ils sont jaunes, comme de vieux boutons de corne...

L'infirmier me donne un coup dans les côtes.

« Prends-tu ses affaires ? »

Je fais signe que oui.

Il poursuit :

« Il faut que nous l'emportions aussitôt, nous avons besoin du lit. D'autres attendent dehors dans le couloir. »

Je prends les affaires et je retire à Kemmerich sa plaque d'identité. L'infirmier demande le livret militaire. Il n'est pas là. Je dis qu'il se trouve sans doute au bureau de la compagnie et je m'en vais. Derrière moi, ils tirent déjà Franz sur une toile de tente.

Dehors, l'obscurité et le vent sont pour moi comme une délivrance. Je respire aussi fort que je peux et je sens l'air effleurer mon visage avec plus de chaleur et de douceur que jamais. Soudain, je me mets à penser à des jeunes filles, à des prairies en fleurs, à des nuages blancs. Mes pieds marchent d'eux-mêmes dans mes chaussures ; je vais plus vite, je cours. Des soldats passent à côté de moi ; ce qu'ils disent m'émeut, sans même que je le comprenne. La terre est gonflée d'énergies qui se répandent en moi, en passant par la plante de mes pieds. La nuit craque d'étincelles électriques ; la ligne de feu résonne sourdement comme un concert de tambours. Mes membres se meuvent avec agilité. Je sens que mes articulations sont pleines de force. Je souffle et je m'ébroue. La nuit est vivante. Moi aussi, je suis vivant. J'ai faim, une faim beaucoup plus intense que si elle ne venait que de mon estomac.

Müller est devant le baraquement. Il m'attend. Je lui donne les bottes de Kemmerich. Nous entrons et il les essaie ; elles lui vont très bien. Il fouille dans ses provisions et m'offre un bon morceau de cervelas. En outre, il y a du thé au rhum, bien chaud.

III

NOUS recevons du renfort. On comble les vides et les sacs de paille dans les baraquements sont bientôt occupés. En partie ce sont des anciens. Mais il nous est affecté aussi vingt-cinq jeunes gens provenant des dépôts de recrues qu'il y a en arrière du front. Ils ont presque un an de moins que nous. Kropp me pousse en disant :

« As-tu vu les mômes ? »

Je fais signe que oui. Nous nous rengorgeons, nous nous faisons raser dans la cour, nous mettons les mains dans nos poches, nous toisons les recrues et nous nous considérons comme des vétérans.

Katczinsky se joint à nous. Nous nous promenons à travers les écuries et nous allons trouver les nouveaux arrivés à qui on est en train de donner des masques à gaz et du café. Kat demande à l'un des plus jeunes :

« Il y a sans doute longtemps que vous n'avez rien eu de bon à boulotter, n'est-ce pas ? »

L'autre fait la grimace.

« Le matin, du pain de rutabagas, à midi des rutabagas ; le soir, des côtelettes de rutabagas et de la salade de rutabagas. »

Katczinsky sifflote en connaisseur.

« Du pain de rutabagas ? Vous avez eu de la chance ; ils en font déjà avec de la sciure de bois. Mais des haricots blancs, cela te dirait-il quelque chose ? En veux-tu une portion ? »

Le petit rougit.

« Inutile de me mettre l'eau à la bouche. »

Katczinsky se contente de répondre :

« Prends ta gamelle. »

Nous le suivons avec curiosité. Il nous mène à une barrique, près de sa paillasse. Effectivement, elle est à moitié remplie de haricots blancs avec de la viande de bœuf. Katczinsky se campe devant la barrique comme un général et dit : « Ouvrir les yeux et allonger les doigts, c'est là le mot d'ordre chez les Prussiens. »

Nous sommes étonnés. Je lui demande :

« Par mes boyaux, Kat, comment as-tu donc fait pour avoir ça ?

– La tomate était contente que je l'en débarrasse, je lui ai donné pour cela la soie de trois parachutes. Oui, oui, les haricots blancs mangés froids sont excellents. »

Il donne généreusement au petit une portion et dit :

« La prochaine fois que tu te présenteras ici avec ta gamelle, tu tiendras dans ta main gauche un cigare ou une chique. Compris ? »

Puis il se tourne vers nous :

« Naturellement, il y en aura pour vous sans ça. »

*

Katczinsky est un homme précieux parce qu'il est doué d'un sixième sens. Il y a partout de ces gens-là, mais, au premier abord, personne ne les remarque. Il y en a un ou deux dans chaque compagnie. Katczinsky est le plus roublard que je connaisse. De profession, il est, je crois, cordonnier, mais peu importe, il connaît tous les métiers. Il fait bon être son ami. Nous le sommes, Kropp et moi et, dans une certaine mesure, Haie Westhus aussi. A vrai dire, celui-ci est plutôt un organe d'exécution, car il travaille sous le commandement de Kat, lorsqu'il faut des poings pour réaliser une entreprise. En récompense de quoi on lui accorde des faveurs.

Par exemple, nous arrivons la nuit dans un endroit complètement inconnu, un misérable trou où l'on s'aperçoit aussitôt que tout a été emporté et qu'il ne reste que des murs. Le gîte qui vient de nous être aménagé est une obscure petite usine. Il y a des lits ou plutôt de simples châlits, quelques lattes de bois où est tendu du fil de fer.

Du fil de fer, c'est dur. Nous n'avons rien à mettre dessus, car notre couverture nous est nécessaire pour nous couvrir. La toile de tente, elle, est trop mince.

Kat regarde la chose et dit à Haie Westhus :

« Suis-moi. »

Ils s'en vont dans la localité, totalement inconnue d'eux. Une demi-heure après, ils sont de retour, avec de la paille plein les bras. Kat a trouvé une écurie et, en même temps, de la paille. Nous pourrions maintenant dormir au chaud, si nous n'avions pas une si épouvantable dent.

Kropp demande à un artilleur qui est déjà depuis longtemps dans le pays :

« Y a-t-il quelque part une cantine ? »

L'autre rit.

« Tu parles, ici, il n'y a rien du tout. Pas même une croûte de pain.

– Il n'y a donc plus d'habitants ? »

L'autre crache.

« Si, si, quelques-uns, mais eux-mêmes rôdent autour des marmites, comme des mendigots. »

C'est une sale affaire. Nous allons être obligés de serrer d'un cran notre ceinture de misère et d'attendre à demain que la pitance arrive.

Cependant, je vois que Kat met son calot et je lui demande :

« Où vas-tu, Kat ?

– Examiner un peu la situation. »

Il s'en va nonchalamment. L'artilleur ricane :

« Tu peux examiner, va ! Mais ne te charge pas trop. »

Déçus, nous nous allongeons et nous nous demandons si nous n'entamerons pas les vivres de réserve ; mais c'est trop risqué. Aussi nous essayons de dormir un brin.

Kropp brise une cigarette et m'en donne la moitié. Tjaden parle de son plat national, de gros haricots au lard. Il faut y mettre des herbes ; mais surtout il faut faire cuire tout ensemble et non pas (Dieu nous en préserve !) les pommes de terre, les haricots et le lard séparément. Quelqu'un grogne que, si Tjaden ne se tait pas tout de suite, il va le réduire en herbes pour assaisonner ses haricots. Sur quoi, le silence se fait dans le vaste dortoir improvisé. Seules quelques bougies vacillent dans des goulots de bouteilles et, de temps en temps, l'artilleur lance un crachat.

Nous sommes déjà un peu engourdis lorsque la porte s'ouvre et que Kat apparaît. Je crois rêver : il tient deux pains sous le bras et à la main un sac à terre taché de sang où il y a de la viande de cheval.

D'étonnement, la pipe tombe de la bouche de l'artilleur. Il tâte le pain. « Vraiment ! du pain, et encore chaud ! »

Kat ne perd pas son temps en paroles. Il a le pain, le reste importe peu. Je suis convaincu que si on le postait dans le désert, il trouverait au bout d'une heure de quoi composer un dîner avec du rôti, des dattes et du vin.

Il dit d'un ton bref à Haie : « Casse du bois. »

Puis, il tire de l'intérieur de sa veste une poêle et, de sa poche, une poignée de sel et une rondelle de graisse. Il a pensé à tout. Haie fait du feu à même le sol ; ça pétille à travers la nudité de l'usine. Nous descendons de nos lits, à la force des poignets.

L'artilleur hésite, il se demande s'il doit exprimer des félicitations : peut-être y aura-t-il quelque chose pour lui ; mais Katczinsky ne fait nullement attention à lui, tant il le considère comme inexistant ; alors l'artilleur s'en va en grommelant des injures.

Kat connaît la manière de rôtir la viande de cheval pour qu'elle soit tendre. Il ne faut pas la mettre tout de suite dans la poêle, car elle durcirait ; il faut d'abord la faire chauffer dans un peu d'eau. Nous nous accroupissons en cercle, avec nos couteaux, et nous nous bourrons l'estomac.

Voilà l'homme qu'est Kat. Si, dans une contrée, il n'y avait, au cours d'une année, quelque chose à manger que pendant une heure, Kat exactement à cette heure-là, comme pris d'une illumination, mettrait son calot, sortirait et irait tout droit vers l'endroit en question comme guidé par une boussole, et il trouverait.

Il déniche tout : quand il fait froid, de petits poêles et du bois, du foin et de la paille, des tables et des chaises, mais surtout de quoi bouffer. C'est là une énigme. On croirait que cela lui tombe magiquement du ciel. Son coup de maître ce fut quatre boîtes de homard. A vrai dire, nous eussions préféré du saindoux.

*

Nous nous sommes vautrés devant les baraquements, du côté du soleil. Cela sent le goudron, l'été et la sueur des pieds.

Kat est assis à côté de moi, car il aime à parler. Cet après-midi, nous avons fait, pendant une heure, des exercices de salut militaire, parce que Tjaden a salué avec indolence un commandant. Kat ne pense qu'à cela. Il dit : « Tu verras, nous perdrons la guerre parce que nous savons trop bien saluer. »

Kropp s'avance, pieds nus, les pantalons retroussés. Il met à sécher sur l'herbe ses chaussettes qu'il vient de laver. Kat regarde le ciel, lâche un pet énergique et dit d'un ton sentencieux : « Tout haricot, même petit, fait un peu de musique. »

Kropp et Kat commencent à discuter. En même temps, ils parient une bouteille de bière au sujet d'un combat d'avions qui se déroule au-dessus de nous.

Kat ne démord pas d'une opinion, qu'en sa qualité de vieux combattant il exprime, tant bien que mal, sous forme de rimes : « Si l'on avait même nourriture et même salaire, – Depuis longtemps serait finie la guerre. »

Kropp, lui, est un penseur. Il propose qu'une déclaration de guerre soit une sorte de fête populaire avec des cartes d'entrée et de la musique, comme aux courses de taureaux. Puis, dans l'arène, les ministres et les généraux des deux pays, en caleçons de bain et armés de gourdins, devraient s'élancer les uns sur les autres. Le pays de celui qui resterait debout le dernier serait le vainqueur. Ce serait un système plus simple et meilleur que celui où ce ne sont pas les véritables intéressés qui luttent entre eux.

La proposition a du succès, puis la conversation porte sur le dressage du soldat à la caserne.

Une image passe dans mon cerveau. Le soleil de midi accable la cour de la caserne. Une ardente chaleur règne dans l'espace silencieux. Les bâtiments ont l'air mort. Tout dort. On entend seulement des tambours faire l'exercice. Ils se sont établis quelque part et ils s'exercent maladroitement, monotonement, stupidement. Quel accord parfait : la chaleur de midi, la cour de la caserne et l'exercice des tambours !

Les fenêtres de la caserne sont vides et sombres. A quelques-unes pendent des pantalons de treillis, en train de sécher. On regarde vers l'intérieur avec envie. Les chambres sont fraîches.

O chambrées obscures à l'odeur de moisi, avec vos châlits de fer, vos édredons à carreaux, vos armoires réglementaires et vos escabeaux placés devant elles ! Même vous, vous pouvez devenir l'objet de nos désirs. Vues d'ici, vous êtes pour nous un reflet légendaire de la patrie avec vos relents d'aliments rancis, de sommeil, de tabagie et de vêtements !

Katczinsky les décrit, ces chambrées, avec des couleurs splendides et une grande animation. Que ne donnerions-nous pas pour y revenir ? Car nos pensées n'osent pas demander davantage.

Oh ! les heures d'instruction militaire dans le prime matin ! « De quoi se compose le fusil modèle 98 ? » Oh ! les heures de gymnastique dans les après-midi ! « Ceux qui jouent du piano, sortez des rangs ; demi-tour à droite ! Allez vous présenter à la cuisine pour peler des patates »...

Nos souvenirs débordent. Kropp rit soudain et dit : « A Löhne, changez de train. »

C'était là le jeu préféré de notre caporal. Löhne est une gare de bifurcation. Pour que nos permissionnaires ne s'y trompent pas, Himmelstoss faisait avec nous, dans la chambrée, l'exercice consistant à changer de train. Il nous fallait savoir qu'à Löhne on atteignait la correspondance par un passage souterrain. Ce passage était représenté par nos lits et tout le monde s'alignait à gauche de ceux-ci. Puis venait le commandement : « A Löhne, changez de train. » Et, avec la rapidité de l'éclair, tout le monde se glissait sous les lits pour reparaître de l'autre côté. Nous avons fait cet exercice des heures entières.

Entre-temps, l'avion allemand a été mortellement frappé. Comme une comète, il descend rapidement, dans un étendard de fumée. Kropp a, de ce fait, perdu une bouteille de bière et il compte son argent maussadement.

« Himmelstoss, comme facteur des postes, est certainement un homme simple, dis-je, lorsque la déception d'Albert fut calmée. Comment se peut-il donc que, comme caporal, il soit si rosse ? »

Cette question rend à Kropp toute son animation.

« Ce n'est pas seulement pour Himmelstoss, mais pour beaucoup d'autres que c'est comme ça. Dès qu'ils ont des galons ou un sabre, les voilà tout transformés comme s'ils avaient bouffé du ciment armé.

– C'est l'uniforme qui fait ça, dis-je à titre d'hypothèse.

– C'est à peu près ça, dit Kat, tandis qu'il se prépare pour un grand discours. Mais la raison en est ailleurs. Regarde, lorsque tu as dressé un chien à manger des patates et qu'ensuite tu lui présentes un morceau de viande : malgré tout, il se précipitera dessus, parce que c'est dans sa nature ; si tu donnes à un homme un petit bout d'autorité, c'est la même histoire : il se jette dessus. Cela va de soi, car l'homme, par lui-même, n'est, à l'origine, qu'une sale bête et ce n'est que plus tard que, peut-être, il reçoit une couche de décence, comme une tartine graissée. Or, la vie militaire consiste en ce que l'un a de l'autorité sur l'autre. Le malheur, c'est que chacun a beaucoup trop d'autorité : un caporal peut tourmenter jusqu'à la folie un simple soldat, comme un lieutenant un caporal, et un capitaine un lieutenant. Et, par le fait que chacun connaît son autorité, il s'habitue à en abuser. Prends la chose la plus simple. Nous venons de l'exercice et nous sommes crevés de fatigue : voici qu'on nous commande de chanter. Il en résulte un chant très peu animé, car chacun est content d'avoir encore tout juste assez de force pour traîner son barda. Et alors la compagnie fait demi-tour et, comme punition, doit exécuter une heure d'exercice supplémentaire. Au retour, l'ordre de chanter est renouvelé : on chante pour de bon. A quoi ça rime-t-il ? Le commandant de compagnie en a fait à sa tête parce qu'il a de l'autorité. Personne ne le critiquera, au contraire il passera pour énergique. D'ailleurs, ce n'est là qu'une babiole ; il y a des procédés bien plus catégoriques pour vous en faire baver. Maintenant, je vous le demande : un civil aura beau être ce qu'il voudra, quelle est la profession dans laquelle il pourra se permettre des choses pareilles sans qu'on lui casse la figure ? Cela n'est possible que dans la vie militaire. Vous voyez bien à présent : cette autorité monte à la tête des gens. Et d'autant plus que, dans le civil, ils ont moins à dire !

– Comme on dit, il faut de la discipline, déclare Kropp négligemment.

– Des raisons, grommelle Kat, ils en trouvent toujours. D'ailleurs, c'est peut-être nécessaire, mais il ne faut pas que ça tourne en tracasseries. Parle de cela à un serrurier, à un domestique de ferme, à un ouvrier quelconque ; parle de la chose à un pauvre poilu, – et c'est ce que nous sommes tous ici pour la plupart. Il voit tout simplement qu'on lui fait subir toutes sortes de tourments et qu'il devra aller au feu, et il sait exactement ce qui est nécessaire et ce qui ne l'est pas. Je vous le dis, que le simple soldat, ici au front, tienne bon, ça c'est quelque chose ! C'est quelque chose ! »

Tout le monde reconnaît cela ; chacun sait que c'est seulement dans la tranchée que cesse le dressage militaire, mais qu'il reprend déjà à quelques kilomètres du front et de la façon la plus bête, avec des exercices de salut et la marche de parade, car c'est là une loi inéluctable : il faut que toujours le soldat soit occupé.

A ce moment, apparaît Tjaden, avec au visage des taches de rougeur. Il est si ému qu'il balbutie. Radieux, il épelle littéralement ces paroles : « Himmelstoss est en route pour le front. Il va arriver. »

*

Tjaden a une rancune capitale contre Himmelstoss, parce que celui-ci, au casernement, a fait son éducation à sa manière. Tjaden pisse au lit ; quand il dort la nuit, cela lui arrive tout naturellement. Himmelstoss affirmait mordicus que ce n'était que de la paresse et il trouva un moyen digne de lui pour guérir Tjaden.

Il découvrit dans le baraquement voisin un second pisseur au lit, qui s'appelait Kindervater. Il le fit coucher dans la même chambrée que Tjaden. Dans nos baraquements, il y avait le dispositif habituel : deux lits placés l'un au-dessus de l'autre et le dessous du lit était constitué par un réseau de fil de fer. Himmelstoss plaça donc les deux bonshommes de telle manière que l'un avait le lit du dessus et l'autre celui du dessous. Naturellement, l'homme qui était en bas avait à souffrir abominablement de cette situation. Par contre, le lendemain, ils changeaient de lit. L'homme du bas prenait le lit du dessus, afin d'avoir sa revanche. C'était la méthode d'auto-éducation inventée par Himmelstoss.

Le procédé était odieux, mais l'idée n'en était pas sans quelque valeur. Malheureusement, cela ne servait à rien parce que l'hypothèse d'Himmelstoss était fausse. Ni chez l'un, ni chez l'autre, ce n'était de la paresse. Tout le monde pouvait s'en rendre compte, rien qu'à voir leur teint blafard. Le résultat final c'est que l'un des deux couchait toujours désormais sur le sol où il aurait pu facilement prendre froid.

Cependant, Haie est venu, lui aussi, s'asseoir à côté de nous. Il cligne de l'œil vers moi, en frottant gravement sa main énorme : c'est que nous avons vécu ensemble le plus beau jour de notre vie militaire. C'était le soir avant de partir pour le front. On nous avait affectés à un régiment de formation récente, mais auparavant on nous avait renvoyés dans notre garnison pour nous habiller ; à vrai dire non pas au dépôt des recrues, mais dans une autre caserne. C'est le lendemain matin que nous devions partir. Le soir nous nous mîmes en mesure de régler nos comptes avec Himmelstoss. Nous nous l'étions juré depuis des semaines. Kropp avait même formé le projet d'entrer, la paix venue, dans la carrière des postes afin de pouvoir être le supérieur d'Himmelstoss, redevenu facteur. Il songeait à toutes sortes de moyens pour lui rendre la monnaie de sa pièce. C'était précisément pour cela que jamais Himmelstoss ne pouvait nous avoir ; nous comptions toujours que nous le rattraperions au tournant, – au plus tard à la fin de la guerre. En attendant, nous voulions le rosser sérieusement. Que pouvait-il nous arriver, s'il ne nous reconnaissait pas et puisque, du reste, nous partions le lendemain matin ?

Nous savions dans quel cabaret il allait chaque soir. Pour rentrer à la caserne, il était obligé de passer par une rue obscure et déserte. C'est là que nous le guettâmes, derrière un tas de pierres. J'avais emporté un drap de lit. Nous tremblions en nous demandant s'il serait seul. Enfin, nous entendîmes son pas que nous connaissions bien. Nous l'avions assez souvent entendu le matin, lorsque la porte s'ouvrait brusquement et qu'Himmelstoss gueulait : « Debout !

– Seul ? murmura Kropp.

– Oui, seul. »

Je rampai furtivement, avec Tjaden, autour du tas de pierres. Déjà la boucle de son ceinturon brillait. Himmelstoss paraissait quelque peu gai. Il chantait. Il passa devant nous sans se douter de rien. Nous saisîmes le drap de lit ; nous bondîmes, légers, et, de derrière, le lançâmes sur la tête d'Himmelstoss, puis le tirâmes par le bas, de sorte qu'il était là comme dans un sac blanc et qu'il ne pouvait pas lever les bras. Le chant s'arrêta.

Un moment après, Haie Westhus était à côté de nous. En écartant les bras, il nous repoussa pour être le premier. Avec une intense jouissance, il se mit en position, leva le bras comme un mât à signaux, puis disposa sa main comme une pelle à charbon et envoya au sac blanc un coup de battoir à tuer un bœuf.

Himmelstoss bascula, alla tomber à cinq mètres de là et se mit à hurler. Mais nous avions aussi pensé à cela. Nous avions apporté un coussin ; Haie s'accroupit, mit le coussin sur ses genoux, saisit Himmelstoss là où il avait la tête et serra celle-ci contre le coussin. Aussitôt cela mit une sourdine aux hurlements d'Himmelstoss. De temps en temps, Haie le laissait respirer, alors les sons rauques faisaient place à un magnifique cri, bien clair, lequel à son tour se radoucissait dans le coussin.

Tjaden défit alors les bretelles d'Himmelstoss et lui rabaissa son pantalon. En même temps, il tenait solidement entre ses dents un martinet. Puis il se leva et commença la manœuvre.

C'était un tableau merveilleux. Himmelstoss étendu à terre ; penché sur lui, tenant sa tête sur ses genoux, Haie avec un visage diaboliquement grimaçant et bouche bée de plaisir ; puis le caleçon rayé se trémoussant avec les jambes en X, qui, à chaque coup, exécutaient des mouvements des plus originaux à l'intérieur du pantalon rabaissé ; et, au-dessus de cela, Tjaden infatigable, qui frappait comme un fendeur de bois. Nous fûmes finalement obligés de le tirer en arrière, pour avoir aussi part à la fête.

Enfin, Haie remit Himmelstoss sur ses jambes et comme conclusion donna une représentation particulière. Il avait l'air de vouloir cueillir les étoiles, tellement sa main droite montait haut, en préparation d'une maîtresse gifle. Himmelstoss s'affaissa. Haie le releva, se remit en posture et de la main gauche lui envoya une seconde baffe avec une adresse de premier ordre. Himmelstoss hurla et s'enfuit à toutes jambes. Son postérieur rayé de facteur luisait au clair de lune.

Nous disparûmes au galop.

Haie se retourna encore une fois et dit d'un ton âpre, satisfait et quelque peu énigmatique : « La vengeance, c'est du boudin... »

A vrai dire, Himmelstoss aurait dû être content, car sa théorie que les uns doivent faire l'éducation des autres avait porté des fruits que lui-même avait appréciés. Nous étions devenus de savants disciples de ses méthodes.

Il n'a jamais su à qui il était redevable de la chose. Toujours est-il qu'il y gagna un drap de lit, car, lorsque, quelques heures plus tard, nous revînmes le chercher, nous ne le trouvâmes plus.

La prouesse de ce soir-là fut la raison pour laquelle, le lendemain matin, nous partîmes avec une certaine assurance. Aussi une vieille barbe nous qualifia-t-elle, tout émue, d'héroïque jeunesse.

IV

NOUS sommes commandés pour aller à l'avant faire des travaux de retranchement. Lorsque l'obscurité tombe, les camions commencent à rouler. Nous y grimpons. La soirée est chaude et le crépuscule nous semble une étoffe à l'abri de laquelle nous nous sentons à l'aise. Cela met entre nous plus d'intimité ; même l'avare Tjaden m'offre une cigarette et me donne du feu.

Nous sommes debout l'un à côté de l'autre, étroitement serrés ; personne ne peut s'asseoir. Il est vrai que nous ne sommes pas habitués à cette commodité ; Müller est enfin, pour une fois, de bonne humeur ; il porte ses nouvelles bottes.

Les moteurs ronronnent, les camions roulent avec fracas. Les routes sont usées et pleines de fondrières. Il n'est pas permis de faire de la lumière ; et nous cahotons, à en culbuter presque hors de la voiture. Cela ne nous inquiète pas outre mesure. Que peut-il bien nous arriver ? Un bras cassé vaut mieux qu'un trou dans le ventre ; et plus d'un désire même une aussi bonne occasion d'aller faire un tour à la maison.

A côté de nous passent en longue file les colonnes de munitions. Elles sont pressées et nous dépassent continuellement. Nous leur lançons des quolibets auxquels d'autres répondent.

On voit un mur ; il fait partie d'une maison située à l'écart de la route. Je dresse soudain l'oreille. N'est-ce pas une illusion ? Voici que de nouveau j'entends distinctement le cacardement d'une oie. Mes yeux se dirigent sur Katczinsky ; aussitôt un regard de lui à moi : nous nous comprenons.

« Kat, j'entends là un aspirant à notre casserole... »

Il fait signe que oui et dit :

« Entendu ! A notre retour. Je connais les lieux. »

Naturellement, Kat connaît les lieux. A coup sûr, il connaît la moindre patte d'oie qu'il y a à vingt kilomètres à la ronde.

Le convoi atteint les positions d'artillerie. Les emplacements de pièces sont camouflés avec des branchages, pour échapper à la vue des aviateurs. Cela ressemble à une sorte de fête militaire des Tabernacles. Ces espèces de tonnelles auraient un air gai et paisible si leurs habitants n'étaient pas des canons.

L'air est alourdi par la fumée des pièces à feu et par le brouillard. On sent sur la langue la vapeur amère de la poudre. Les « départs » des obus tonnent à faire trembler notre camion : l'écho s'étend en roulant avec vacarme. Tout vacille. Nos visages changent insensiblement d'expression. Nous n'allons pas, il est vrai, dans les tranchées de première ligne, mais simplement à des travaux de retranchement ; cependant, on pourrait lire, maintenant, sur chaque visage : « Voici le front, nous sommes dans sa zone. »

Toutefois, ce n'est pas là de la peur. Quand on est allé en première ligne aussi souvent que nous, on est insensible. Seules les jeunes recrues sont impressionnées. Kat leur donne des renseignements : « C'était un 305. Vous le reconnaissez au coup d'envoi. Vous allez tout de suite l'entendre tomber. »

Mais le bruit sourd des « arrivées » ne pénètre pas jusqu'ici ; il se perd dans la confusion des rumeurs du front. Kat prête l'oreille et dit : « Cette nuit, ça va barder. »

Nous écoutons tous. Le front est agité. Kropp dit : « Les Tommies tirent déjà. On entend distinctement les départs. » Ce sont les batteries anglaises, à droite de notre secteur. Elles tonnent une heure plus tôt que d'habitude. Chez nous, on ne commence jamais qu'à dix heures précises.

« Qu'est-ce qui leur prend donc ? s'écrie Müller. Sans doute que leurs montres avancent.

– Je vous dis que ça va barder. Je le sens à mes os », fait Kat, en rentrant sa tête dans ses épaules.

A côté de nous, gémissent trois obus qui partent. Le rayon de feu perce obliquement le brouillard ; les canons grondent et rugissent ; nous frissonnons et nous sommes heureux de ce que, au petit jour, nous serons rentrés dans nos baraquements.

Nos visages ne sont ni plus pâles ni plus rouges que d'habitude. Ils ne sont ni plus tendus, ni plus détendus, et pourtant ils sont différents. Nous sentons que dans notre sang un contact électrique s'est déclenché. Ce ne sont pas là de simples façons de parler. C'est une réalité. C'est le front, la conscience d'être au front, qui déclenche ce contact. Au moment où sifflent les premiers obus, où l'air est déchiré par les coups d'envoi, soudain s'insinuent dans nos artères, dans nos mains, dans nos yeux une attente contenue, une façon d'être aux aguets, une acuité plus forte de l'être, une finesse singulière des sens. Le corps est soudain prêt à tout.

Souvent il me semble que c'est l'air ébranlé et vibrant qui bondit sur nous, avec des ailes silencieuses. Il me semble encore que c'est le front lui-même duquel rayonne un fluide électrique, qui mobilise en moi des fibres nerveuses inconnues.

Chaque fois, c'est la même chose. Quand nous partons, nous sommes de vulgaires soldats, maussades ou de bonne humeur. Puis viennent les premières positions d'artillerie et alors chaque mot que nous disons rend un son tout autre...

Lorsque Kat est devant nos baraquements de repos et qu'il dit : « Ça va barder », c'est là son opinion, voilà tout ; mais, lorsque c'est ici qu'il dit cela, la phrase prend la dureté d'une baïonnette au clair de lune. Elle traverse vivement toutes nos pensées ; elle est plus proche de nous et évoque dans cet inconscient qui s'éveille en nous une obscure signification : « Ça va barder. » Peut-être est-ce alors notre vie la plus intime et la plus secrète qui vibre et qui se hérisse pour la défense ?

*

Pour moi, le front est un tourbillon sinistre. Lorsqu'on est encore loin du centre, dans une eau calme, on sent déjà la force aspirante qui vous attire, lentement, inévitablement, sans qu'on puisse y opposer beaucoup de résistance. Mais de la terre et de l'air nous viennent des forces défensives, surtout de la terre. Pour personne, la terre n'a autant d'importance que pour le soldat. Lorsqu'il se presse contre elle longuement, avec violence, lorsqu'il enfonce profondément en elle son visage et ses membres, dans les affres mortelles du feu, elle est alors son unique amie, son frère, sa mère. Sa peur et ses cris gémissent dans son silence et dans son asile : elle les accueille et de nouveau elle le laisse partir pour dix autres secondes de course et de vie, puis elle le ressaisit, – et parfois pour toujours.

Terre ! terre ! terre !

Terre, avec tes plis de terrain, tes trous et tes profondeurs où l'on peut s'aplatir et s'accroupir, ô terre dans les convulsions de l'horreur, le déferlement de la destruction et les hurlements de mort des explosions, c'est toi qui nous as donné le puissant contre-courant de la vie sauvée. L'ébranlement éperdu de notre existence en lambeaux a trouvé un reflux vital qui est passé de toi dans nos mains, de sorte que, ayant échappé à la mort, nous avons fouillé tes entrailles et, dans le bonheur muet et angoissé d'avoir survécu à cette minute, nous t'avons mordue à pleines lèvres...

Une partie de notre être, au premier grondement des obus, s'est brusquement vue ramenée à des milliers d'années en arrière. C'est l'instinct de la bête qui s'éveille en nous, qui nous guide et nous protège. Il n'est pas conscient, il est beaucoup plus rapide, beaucoup plus sûr et infaillible que la conscience claire ; on ne peut pas expliquer ce phénomène. Voici qu'on marche sans penser à rien et soudain on se trouve couché dans un creux de terrain et l'on voit au-dessus de soi se disperser des éclats d'obus, mais on ne peut pas se rappeler avoir entendu arriver l'obus, ni avoir songé à se jeter par terre. Si l'on avait attendu de le faire, l'on ne serait plus maintenant qu'un peu de chair çà et là répandu. C'est cet autre élément, ce flair perspicace qui nous a projetés à terre et qui nous a sauvés sans qu'on sache comment. Si ce n'était pas cela, il y a déjà longtemps que, des Flandres aux Vosges, il ne subsisterait plus un seul homme.

Quand nous partons, nous ne sommes que de vulgaires soldats, maussades ou de bonne humeur et, quand nous arrivons dans la zone où commence le front, nous sommes devenus des hommes-bêtes.

*

Un bois chétif nous accueille. Nous passons à côté des canons à rata. Nous descendons derrière le bois. Les camions s'en retournent ; demain, avant qu'il fasse jour, ils reviendront nous chercher.

Le brouillard et la fumée des canons recouvrent les prairies jusqu'à hauteur de poitrine. Au-dessus, la lune brille. Sur la route passent des troupes ; les casques d'acier luisent au clair de la lune avec des reflets mats. Les têtes et les fusils émergent de la blancheur du brouillard : têtes gesticulantes et canons de fusils vacillants.

Un peu plus loin, il n'y a plus de brouillard. Ici, les têtes se prolongent en silhouettes complètes : les tuniques, les pantalons et les bottes sortent du brouillard comme d'un étang de lait. Ils se forment en colonne. La colonne marche tout droit devant elle. Les silhouettes se confondent et leur masse constitue une sorte de coin ; on ne reconnaît plus les individus ; ce n'est qu'un coin sombre allant lentement de l'avant, complété bizarrement par les têtes et les fusils qui semblent sortir, en nageant, de l'étang de brouillard. Une colonne, mais pas des hommes.

Sur un chemin transversal passent des canons légers et des voitures de munitions. Les dos des chevaux luisent sous la lune, leurs mouvements sont beaux ; ils portent la tête haute et l'on voit étinceler leurs yeux. Les canons et les voitures semblent glisser sur l'arrière-plan estompé du paysage lunaire ; les cavaliers, avec leurs casques d'acier, ont l'air de chevaliers du temps passé ; c'est, d'une certaine manière, beau et émouvant.

Nous arrivons au parc du génie. Les uns chargent sur leurs épaules des piquets de fer pointus et recourbés. Les autres passent des tiges de fer à travers des rouleaux de barbelés et l'on s'en va. Ces fardeaux sont incommodes et lourds.

Le terrain est maintenant plein de déchirures. De l'avant de la colonne nous arrivent des avis : « Attention ! A gauche, profond trou d'obus ! ... »

Nos yeux font tous leurs efforts pour bien voir ; nos pieds et nos bâtons tâtent le terrain, avant de recevoir le poids du corps. Tout à coup, la colonne s'arrête ; on va buter avec son visage contre le rouleau de fil de fer de l'homme qui est devant soi et l'on jure.

Quelques camions démolis par les obus nous barrent le chemin, un nouveau commandement : « Éteignez les cigarettes et les pipes. » Nous sommes tout près des tranchées.

Sur ces entrefaites, l'obscurité complète est arrivée. Nous contournons un petit bois et nous avons alors devant nous les premières lignes.

Une clarté rougeâtre et incertaine recouvre l'horizon d'un bout à l'autre. Elle est continuellement en mouvement, traversée par les éclairs jaillis des pièces. Des fusées s'élèvent au-dessus de tout cela, boules rouges et argentées qui éclatent et qui retombent en une pluie d'étoiles vertes, rouges et blanches. Les fusées des Français bondissent en déployant dans l'air un parachute de soie et puis descendent lentement vers la terre. Elles donnent une lumière semblable à celle du jour ; leur éclat pénètre jusqu'à nous et nous voyons distinctement notre ombre sur le sol. Elles planent pendant des minutes avant de s'éteindre. Aussitôt il en surgit partout de nouvelles et puis, par intervalles, les vertes, rouges et bleues.

« Sale affaire ! » dit Kat.

L'ouragan des pièces à feu s'enfle jusqu'à n'être plus qu'un unique grondement sourd, et puis il se redivise, en décharges successives. Les salves sèches des mitrailleuses crépitent au-dessus de nous, l'air est plein de ruées invisibles, de hurlements, de sifflements et de susurrements ; ce sont des obus de petit calibre. Mais de temps en temps retentit aussi à travers la nuit la voix d'orgue des grandes « caisses à charbon », des projectiles de l'artillerie lourde qui s'en vont tomber loin derrière nous. Ils ont un cri enroué, lointain, bramant comme des cerfs en rut, et ils déroulent très haut leur trajectoire au-dessus des hurlements et des sifflements des petits obus.

Les projecteurs commencent à fouiller le ciel noir. Leurs rayons s'y allongent, comme de gigantesques règles fuselées. Voici que l'un d'eux s'immobilise et c'est à peine s'il tremble un peu. Aussitôt un second vient le rejoindre ; et l'on aperçoit entre eux un noir insecte qui essaie de s'enfuir : l'avion. Son vol devient mal assuré, il est ébloui et il chancelle.

*

Nous enfonçons solidement les piquets de fer à des intervalles réguliers. Il y a toujours deux hommes pour tenir un rouleau et les autres déroulent le barbelé, cet horrible fil aux longs aiguillons pressés l'un contre l'autre. Je ne suis plus habitué à ce travail et je me déchire la main.

Au bout de quelques heures, nous avons terminé. Mais nous avons encore du temps avant que les camions n'arrivent. La plupart d'entre nous s'étendent à terre et dorment. J'essaie d'en faire autant. La fraîcheur est trop forte. On s'aperçoit que nous sommes près de la mer et on se réveille constamment à cause du froid.

Enfin, je m'endors pour de bon. Lorsque, tout à coup, je me redresse vivement, je ne sais plus où je suis : je vois les étoiles, je vois les fusées et j'ai un instant l'impression de m'être endormi dans un jardin, au cours d'une fête. Je ne sais pas si c'est le matin ou le soir. Je suis couché dans le berceau blême du crépuscule et j'attends de tendres paroles qui viendront forcément, des paroles tendres et rassurantes, – est-ce que je pleure ? Je porte la main à mes yeux, c'est si étrange, suis-je un enfant ? De la peau douce. Cela ne dure qu'une seconde, puis je reconnais la silhouette de Katczinsky. Il est assis paisiblement, le vieux soldat, et il fume une pipe, naturellement une pipe à couvercle. Lorsqu'il remarque que je suis éveillé, il dit : « Tu en as eu une secousse. Ce n'était qu'une fusée qui est allée se perdre en sifflant dans la broussaille. »

Je me lève, je me sens étrangement seul. Il est bon que Kat soit là. Il regarde pensivement du côté du front et dit : « C'est un beau feu d'artifice, dommage qu'il soit si dangereux. »

Derrière nous un obus tombe. Des recrues en tressaillent d'épouvante. Quelques minutes après un autre éclate. Cette fois-ci plus près de nous. Kat tapote sa pipe en disant : « Ça va barder. »

Ça commence. Nous décampons, en rampant aussi vite que possible. Le coup suivant vient déjà se placer parmi nous. On entend quelques cris. A l'horizon montent des fusées vertes. La boue est projetée très haut ; des éclats de projectiles bourdonnent. On entend leur claquement sur le sol longtemps après que l'explosion de l'obus s'est tue.

A côté de nous est allongée une recrue affolée, une tête de filasse. Il tient la figure enfoncée dans ses mains, son casque a fait la culbute, je le repêche et veux le lui remettre sur le crâne. Il lève les yeux, repousse le casque et, comme un enfant, se laisse aller, en cachant sa tête sous mon bras, tout contre ma poitrine. Ses épaules étroites tremblent. Des épaules semblables à celles qu'avait Kemmerich.

Je le laisse faire, mais, pour que le casque serve au moins à quelque chose, je le pose sur son derrière, non pas par facétie, mais parce que c'est l'endroit le plus élevé de son corps. Bien qu'il y ait là un épais matelas de chair, les coups de feu sont dans cette partie abominablement douloureux. En outre, à l'hôpital il faut rester pendant des mois couché sur le ventre et, ensuite, il est presque certain qu'on boitera.

Un obus, quelque part, est tombé dans le tas. On entend des cris, entre les coups successifs.

Enfin, le calme se fait ; le bombardement s'est porté plus loin que nous et maintenant il donne sur les dernières positions de réserve. Nous risquons un coup d'œil. Des fusées rouges vacillent dans le ciel. Probablement, il va y avoir une attaque.

Chez nous, tout reste tranquille. Je me lève et je tape sur l'épaule du jeune soldat. « C'est fini, mon petit. Ça s'est encore bien passé. »

Il regarde autour de lui, d'un air égaré. Je lui dis, pour le rassurer : « Tu verras que tu t'y habitueras. »

Il aperçoit son casque et le met sur sa tête... Il revient à lui, lentement. Soudain, il rougit et a l'air embarrassé. Avec précaution, il dirige sa main derrière lui et me regarde douloureusement ; je comprends aussitôt : la colique du feu. En réalité, ce n'est pas pour cela que j'avais posé son casque à cet endroit, mais je le console quand même : « Il n'y a pas à en avoir honte. Déjà d'autres gaillards que toi s'en sont mis plein les culottes lorsqu'ils ont reçu le baptême du feu. Va derrière ces arbustes et ôte ton caleçon. Tu m'as compris... »

Il se trotte. Le calme est devenu plus grand, cependant les cris ne cessent pas. Je questionne Albert.

« Que se passe-t-il ?

– Là-bas, quelques colonnes ont écopé en plein. »

Les cris continuent. Ce ne sont pas des êtres humains qui peuvent crier si terriblement. Kat dit : « Chevaux blessés. »

Je n'ai encore jamais entendu crier des chevaux et je puis à peine le croire. C'est toute la détresse du monde. C'est la créature martyrisée, c'est une douleur sauvage et terrible qui gémit ainsi. Nous sommes devenus blêmes. Detering se dresse : « Nom de Dieu ! achevez-les donc ! »

Il est cultivateur et il connaît les chevaux. Cela le touche de près. Et, comme par un fait exprès, à présent le bombardement se tait presque. Les cris des bêtes se font de plus en plus distincts. On ne sait plus d'où cela vient, au milieu de ce paysage couleur d'argent, qui est maintenant si calme ; la chose est invisible, spectrale. Partout, entre le ciel et la terre ces cris se propagent immensément. Detering se dresse, furieux : « Nom de Dieu ! achevez-les ! mais achevez-les donc, nom de Dieu !

– Il faut d'abord qu'ils aillent ramasser les hommes », dit Kat.

Nous nous levons pour tâcher de découvrir l'endroit. Si nous voyions les animaux, nous supporterions mieux la chose. Meyer a une jumelle. Nous apercevons un groupe sombre d'infirmiers avec des brancards et de grandes masses noires qui s'agitent. Ce sont les chevaux blessés. Mais ils ne sont pas tous là. Quelques-uns continuent de galoper, s'abattent et reprennent leur course. L'un d'eux a le ventre ouvert ; ses entrailles pendent tout du long. Il s'y entrave et tombe, mais pour se relever encore. Detering lève son fusil et vise. Kat le détourne vivement :

« Es-tu fou ? »

Detering tremble et jette son fusil à terre. Nous nous asseyons et nous nous bouchons les oreilles, mais ces plaintes, ces cris de détresse, ces horribles gémissements y pénètrent quand même, pénètrent tout.

On peut dire que nous sommes tous capables de supporter beaucoup ; mais, en ce moment, la sueur nous inonde. On voudrait se lever et s'en aller en courant, n'importe où, pourvu qu'on n'entende plus ces plaintes. Et, pourtant, ce ne sont pas des êtres humains, ce ne sont que des chevaux. De nouveau, des brancards se détachent du sombre peloton. Puis, quelques coups de feu crépitent. Les grosses masses vacillent et s'aplatissent. Enfin ! Mais ce n'est pas encore fini. Les gens ne peuvent pas s'approcher des bêtes blessées qui s'enfuient dans leur angoisse, en portant dans leur bouche large ouverte toute la souffrance. Une des silhouettes se met à genoux. Un coup de feu : un cheval s'abat, un autre encore. Le dernier se campe sur les jambes de devant et tourne en cercle comme un carrousel. Assis, il tourne en cercle sur ses jambes de devant raidies ; il est probable qu'il a la croupe fracassée. Le soldat court vers lui et lui tire un coup de feu. Lentement, humblement, la masse s'abat sur le sol. Nous ôtons les mains de nos oreilles. Les cris se sont tus. Il ne reste plus, suspendu dans l'air, qu'un long soupir mourant. Puis il n'y a plus que les fusées, le sifflement des obus et les étoiles, – et cela nous semble presque étonnant.

Detering va et vient en pestant. « Je voudrais savoir le mal qu'ont fait ces bêtes. » Ensuite, il revient sur le même sujet. Sa voix est émue, elle est presque solennelle lorsqu'il lance : « Je vous le dis, que des animaux fassent la guerre, c'est la plus grande abomination qui soit ! »

*

Nous reprenons le chemin de l'arrière, il est temps de rejoindre nos camions. Le ciel est devenu un peu plus clair. Il est trois heures du matin, le vent est frais et même froid et l'heure livide donne à nos visages un teint de cendre.

Nous avançons en tâtonnant l'un derrière l'autre, à travers les tranchées et les trous d'obus et nous parvenons de nouveau dans la zone du brouillard. Katczinsky est inquiet ; c'est mauvais signe.

« Qu'as-tu, Kat ? demande Kropp.

– Je voudrais que nous soyons rentrés à la maison. »

« A la maison », il veut dire aux baraquements.

« Nous y serons bientôt, Kat. »

Il est nerveux.

« Je ne sais pas, je ne sais pas... »

Nous atteignons les boyaux et puis les prairies. Le petit bois surgit devant nous. Ici nous connaissons chaque pouce de terrain. Déjà voici le cimetière des chasseurs avec ses tumulus et ses croix noires.

A ce moment-là, nous entendons derrière nous un sifflement, qui grandit, et qui devient un grondement puissant comme le tonnerre. Nous nous sommes baissés ; à cent mètres en avant de nous jaillit un nuage de feu. La minute suivante, une partie du bois s'élève lentement dans l'air. C'est un second obus qui vient de tomber et trois ou quatre arbres sont emportés et puis se brisent en morceaux. Déjà les obus suivants se pressent avec un bruit de soupape de chaudière ; le feu est intense.

« Abritez-vous ! hurle quelqu'un. Abritez-vous ! »

Les prairies sont plates, le bois est trop dangereux, il n'y a pas d'autre abri que le cimetière et ses tombes. Nous nous y rendons en trébuchant dans l'obscurité ; comme un crachat, chacun est là collé à un tas de terre.

Il était temps. Les ténèbres deviennent folles. C'est un déchaînement et une furie. Des ombres plus noires que la nuit se précipitent sur nous, rageusement, faisant comme des bosses gigantesques, et puis nous dépassent. Le feu des explosions met des flamboiements au-dessus du cimetière.

Il n'y a d'issue nulle part. A la lueur des obus, je risque un coup d'œil sur les prés. On dirait une mer démontée ; les flammes des projectiles jaillissent comme des jets d'eau. Il est impossible que quelqu'un passe à travers.

Le bois disparaît, il est mis en pièces, broyé, anéanti. Nous sommes obligés de rester ici dans le cimetière.

Devant nous, la terre se crève. C'est une pluie de mottes. Je sens une secousse, ma manche est déchirée par un éclat. Je serre le poing, pas de douleur. Mais je ne suis quand même pas rassuré, car les blessures ne font mal qu'au bout d'un certain temps. Je passe la main sur mon bras. Il est égratigné, mais intact. Voilà que mon crâne reçoit un tel choc que ma conscience s'obscurcit presque. Une pensée fulgure dans mon esprit : « Ne pas m'évanouir ! » Je me sens sombrer dans le noir et me remets aussitôt. Un éclat d'obus a frappé mon casque, mais il venait de si loin qu'il ne l'a pas traversé. J'essuie la saleté qui m'empêche d'y voir ; devant moi un trou est béant. Je l'aperçois, quoique difficilement. Il est rare que plusieurs obus tombent successivement dans le même entonnoir. C'est pourquoi je veux m'y mettre.

D'un bond, je m'y allonge. Je suis là aplati comme un poisson hors de l'eau. Mais de nouveau ça siffle. Vite, je me recroqueville ; je cherche à m'abriter. Je sens quelque chose à gauche de moi, je me serre contre cela, la chose cède. Je geins, la terre se déchire, la pression de l'air gronde à mes oreilles, je me glisse sur cette chose qui ne résiste pas. Je m'en recouvre ; c'est du bois et de l'étoffe, un abri, un misérable abri contre les éclats qui viennent s'abattre autour de moi.

J'ouvre les yeux, mes doigts tiennent serrée une manche d'habit, un bras humain, est-ce un blessé ? Je lui parle aussi fort que je peux ; pas de réponse, c'est un mort. Ma main fouille plus loin, trouve des débris de bois... alors je me souviens que nous sommes dans le cimetière.

Mais le feu est plus fort que tout. Il anéantit les sens ; je m'enfonce encore davantage sous le cercueil, il faut qu'il m'abrite, même s'il renferme la Mort.

Devant moi, l'entonnoir est béant. Je le saisis des yeux, comme si je l'empoignais. Il faut enfin que je m'y glisse d'un saut. Mais quelque chose me frappe au visage et une main s'accroche à mon épaule. Le mort s'est-il réveillé ? La main me secoue. Je tourne la tête et une seconde lueur me fait apercevoir la figure de Katczinsky ; il a la bouche grande ouverte et il hurle quelque chose. Je n'entends rien ; il me secoue, il s'approche. Dans un moment d'accalmie, sa voix me parvient. « Les gaz... gaaaz... gaaaz... Faites passer ! ... »

Je saisis ma boîte à masque ; quelqu'un est étendu non loin de moi, je ne pense plus qu'à une chose : il faut que celui-là aussi sache ! « Les gaaaz, les gaaaz... »

Je l'appelle, je me traîne vers lui, je brandis ma boîte à masque dans sa direction ; il ne remarque rien. Encore une fois, encore une fois : il ne pense qu'à se recroqueviller. C'est une recrue. Je regarde désespérément du côté de Kat, il a mis son masque, je sors vivement le mien, mon casque vole à terre et le masque glisse sur mon visage. J'arrive à l'endroit où est l'homme. Sa boîte à masque est là tout près ; je saisis le masque, je le mets sur sa tête. Il le prend, je le laisse et soudain, d'une saccade, je me jette dans l'entonnoir.

Le bruit sourd des obus à gaz se mêle au craquement des projectiles explosifs. Une cloche retentit parmi les explosions ; des gongs et des coups frappés sur le métal annoncent partout les gaz, les gaz, les gaaz...

Derrière moi, un bruit d'écroulement, une fois, deux fois. J'essuie les lunettes de mon masque pour effacer la vapeur de l'haleine. Il y a là Kat, Kropp et un autre. Nous sommes là quatre en proie à une tension lourde, aux aguets, et nous respirons aussi faiblement que possible.

Ces premières minutes avec le masque décident de la vie ou de la mort : le tout est de savoir s'il est imperméable. J'évoque les terribles images de l'hôpital : les gazés qui crachent morceau par morceau, pendant des jours, leurs poumons brûlés.

Avec précaution je respire, la bouche pressée contre le tampon. Maintenant la nappe de gaz atteint le sol et s'insinue dans les creux. Comme une vaste et molle méduse qui s'étale dans notre entonnoir, elle en remplit tous les coins. Je pousse Kat. Il vaut mieux sortir de notre coin et nous aplatir plus haut, au lieu de rester ici où le gaz s'accumule. Mais nous n'y parvenons pas, car une seconde grêle d'obus se met à tomber. On ne dirait plus que ce sont les projectiles qui hurlent ; on dirait que c'est la terre elle-même qui est enragée.

Quelque chose de noir descend vers nous, en craquant. Cela tombe tout près de nous : c'est un cercueil qui a été lancé en l'air.

Je vois Kat bouger et je fais comme lui. Le cercueil est retombé sur le bras étendu du quatrième soldat qui était dans notre trou. L'homme essaie avec l'autre main d'enlever son masque ; Kropp intervient à temps, lui tord rudement le poignet contre le dos et le tient solidement.

Kat et moi nous nous mettons en devoir de dégager le bras blessé. Le couvercle du cercueil est lâche et fendu. Nous pouvons l'ôter facilement. Nous en sortons le mort, qui tombe à terre comme un sac, puis nous essayons de déplacer la partie inférieure du cercueil. Par bonheur, l'homme perd connaissance et Albert peut nous aider. Nous n'avons plus besoin de prendre autant de précautions et nous nous évertuons jusqu'à ce que le cercueil cède, avec un soupir, sous l'action de levier des bêches.

Il fait plus clair. Kat prend un fragment du couvercle, le met sous le bras fracassé et nous l'enveloppons avec tous nos paquets de pansement. Pour le moment nous ne pouvons pas faire davantage. Ma tête ronfle et résonne sous le masque. Elle est sur le point d'éclater. Les poumons sont très gênés. Ils n'ont, pour respirer, que le même air brûlant et déjà utilisé. Les veines des tempes se gonflent. On croit qu'on va étouffer...

Une lumière grise filtre jusqu'à nous, le vent balaie le cimetière. Je me soulève au-dessus du rebord de l'entonnoir. Dans le crépuscule sale est allongée devant moi une jambe arrachée. La botte est intacte ; je vois tout cela instantanément d'une manière très nette. Mais maintenant, deux ou trois mètres devant moi, quelqu'un se lève, je nettoie mes carreaux ; ils se recouvrent aussitôt de buée, tellement je respire fort ; je regarde éperdument : cet homme-là ne porte plus de masque.

J'attends encore pendant quelques secondes ; il est toujours là debout ; il regarde autour de lui comme s'il cherchait quelque chose et il fait un ou deux pas ; le vent a dissipé le gaz, l'air est libre. Alors, moi aussi, je retire vivement mon masque en poussant un râle, et je tombe à terre. Comme une eau froide, l'air ruisselle en moi ; mes yeux menacent de sortir de ma tête. Cette vague fraîche m'inonde et m'éteint la vue.

*

Le bombardement a cessé, je me tourne vers l'entonnoir et je fais signe aux autres. Ils sortent et ôtent leurs masques. Nous saisissons le blessé, l'un de nous tenant son bras éclissé. Ainsi nous détalons aussi vite que nous pouvons, non sans trébucher.

Le cimetière est un champ de ruines. Cercueils et cadavres sont dispersés partout. C'est comme si les morts avaient été tués une seconde fois. Mais chacun de ceux qui ont été mis ainsi en pièces a sauvé la vie de l'un de nous.

La clôture du cimetière est détruite ; les rails du chemin de fer de campagne qui passe à côté sont arrachés et ils se dressent en l'air tout cintrés. Devant nous, il y a quelqu'un d'étendu. Nous nous arrêtons ; seul Kropp continue de marcher avec le blessé.

Celui qui gît sur le sol est une recrue. Sa hanche est inondée de sang caillé. Il est si épuisé que je saisis mon bidon, dans lequel j'ai du thé au rhum. Kat arrête ma main et se penche sur le soldat ; « Où as-tu été touché, camarade ? »

Il remue les yeux. Il est trop faible pour répondre. Nous coupons son pantalon avec précaution. Il gémit. « Du calme, du calme, ça va aller mieux... »

S'il a été touché au ventre, il ne faut pas qu'il boive. Il n'a pas vomi, c'est de bon augure. Nous mettons sa hanche à nu. C'est une bouillie de chair, avec des esquilles d'os. L'articulation est atteinte. Ce garçon ne pourra jamais plus marcher.

Je lui frotte les tempes de mon doigt mouillé et je lui donne un coup à boire. Ses yeux s'animent. Alors seulement nous nous apercevons que son bras saigne aussi. Kat étale autant qu'il peut deux paquets de pansement afin de recouvrir la plaie. Je cherche de l'étoffe pour l'enrouler tout autour, sans trop serrer. Nous n'avons plus rien. Alors, je relève la jambe de pantalon du blessé pour faire une bande avec un morceau de son caleçon, mais il n'en a pas ; je le regarde attentivement, c'est le blondin de tout à l'heure. Cependant, Kat a trouvé dans les poches d'un mort d'autres paquets de pansement que nous appliquons sur la blessure avec précaution. Je dis au jeune homme qui nous regarde fixement : « Nous allons maintenant chercher une civière. » Alors il ouvre la bouche et murmure : « Restez ici. » Kat dit : « Nous revenons tout de suite ; nous allons te chercher un brancard. »

On ne peut pas savoir s'il a compris. Derrière nous, il gémit comme un enfant : « Ne me quittez pas. » Kat se retourne et dit tout bas : « Ne vaudrait-il pas mieux simplement prendre un revolver pour que tout soit fini ? »

Le jeune homme aura de la peine à supporter le transport et c'est tout au plus s'il peut encore vivre quelques jours. Tout ce qu'il a souffert jusqu'à présent n'est rien à côté de ce qui lui reste à souffrir avant qu'il meure. Maintenant il est encore engourdi et il ne sent rien. Dans une heure, ce sera un paquet hurlant de souffrances intolérables. Les jours qu'il peut vivre encore ne seront pour lui qu'une torture insensée. A quoi cela sert-il de les lui laisser ?

J'approuve de la tête :

« Oui, Kat, on devrait prendre un revolver.

– Donne ! » dit-il en s'arrêtant.

Il est décidé, je le vois. Nous regardons autour de nous, mais nous ne sommes plus seuls. Devant nous se forme un petit rassemblement. Des têtes sortent des entonnoirs et des tombes.

Nous allons chercher un brancard.

Kat secoue la tête :

« Des gosses comme ça... De pauvres gosses innocents ! ... »

*

Nos pertes sont moindres qu'on ne l'aurait supposé. Cinq morts et huit blessés. Ce n'a été qu'une courte surprise d'artillerie. Deux de nos morts sont étendus dans une des tombes mises à nu ; nous n'avons qu'à les recouvrir de terre.

Nous repartons. En silence, nous trottons à la file l'un derrière l'autre. Les blessés sont transportés au poste sanitaire. Le matin est triste, les infirmiers courent avec des numéros et des fiches ; les blessés gémissent. Il commence à pleuvoir.

Au bout d'une heure, nous avons atteint nos camions et nous y grimpons ; maintenant, il y a plus de place qu'avant. La pluie devient plus violente. Nous déplions nos toiles de tente et nous les posons sur nos têtes. L'eau y tambourine en tombant. Les écheveaux de la pluie se déroulent autour de nous. Les camions clapotent à travers les trous. Nous nous balançons d'un côté à l'autre, à moitié endormis.

Deux hommes, placés à l'avant du camion, tiennent de longs bâtons fourchus. Ils font attention aux fils téléphoniques qui pendent si bas à travers la route qu'ils pourraient nous arracher la tête. Les deux hommes les saisissent à temps avec la fourche de leurs bâtons et les lèvent au-dessus de nous. Nous entendons leur avertissement : « Attention ! Fil ! » Et, dormant à demi, nous nous baissons, puis nous nous relevons.

Les camions basculent, monotones. Monotones sont les avertissements et monotone coule la pluie. Elle coule sur nos têtes et sur les têtes des cadavres de l'avant, sur le corps du petit soldat dont la blessure est beaucoup trop grande pour sa hanche. Elle coule sur la tombe de Kemmerich, elle coule sur nos cœurs.

L'éclatement d'un obus retentit quelque part. Nous tressaillons. Nos yeux sont tendus, nos mains sont déjà prêtes pour sauter hors du camion dans les fossés de la route.

Il ne se produit plus rien. Seuls résonnent les avertissements monotones : « Attention ! Fil ! » Nous nous baissons et nous voici de nouveau à moitié rendormis.

V

Ce n'est pas commode de tuer les poux un à un, lorsqu'on en a des centaines. Ces bêtes-là sont assez dures, et les écraser éternellement avec les ongles devient ennuyeux. C'est pourquoi Tjaden a fixé, avec du fil de fer, le couvercle d'une boîte à cirage au-dessus d'un bout de bougie allumée. Il suffit alors de jeter les poux dans cette petite poêle ; on entend un grésillement et ils sont liquidés.

Nous sommes assis en cercle, avec notre chemise sur les genoux, le haut du corps tout nu dans l'air chaud et les mains en train de travailler. Haie a des poux d'une espèce particulièrement fine : ils ont sur la tête une croix rouge. Aussi prétend-il les avoir rapportés de l'hôpital militaire de Thourout, où ils étaient la propriété personnelle d'un médecin principal. Il veut aussi, dit-il, utiliser la graisse qui s'accumule lentement dans le couvercle de fer-blanc pour cirer ses bottes et il crève de rire, pendant une demi-heure, de sa plaisanterie.

Cependant, aujourd'hui, il a peu de succès ; quelque chose d'autre nous occupe trop.

Le bruit s'est confirmé : Himmelstoss est là. Il est arrivé hier ; nous avons déjà entendu sa voix bien connue. Il paraît qu'à l'arrière il a mené trop énergiquement quelques jeunes recrues dans les champs en jachère. Sans qu'il le sût, il y avait là le fils du préfet. Cela lui a cassé les reins.

C'est lui qui va être étonné ici ! Tjaden discute depuis des heures toutes les façons dont il pourra lui répondre. Haie examine pensivement ses gros battoirs et me regarde en clignant des yeux. La rossée infligée à Himmelstoss a été l'apogée de son existence ; il m'a raconté que parfois il en rêve encore.

*

Kropp et Müller sont en conversation. Kropp est le seul à avoir quelque chose à manger, une gamelle de lentilles qu'il a trouvées probablement à la cuisine des soldats du génie. Müller louche du côté des lentilles, mais il se contient et dit :

« Albert, que ferais-tu si, maintenant, la paix arrivait tout à coup ?

– La paix, ça n'existe pas, déclare Albert, d'un ton bref.
– Soit, mais si..., insiste Müller, que ferais-tu ?
– Je foutrais tout ça là, grommelle Kropp.
– C'est clair. Et ensuite ?
– Je me soûlerais, répond Albert.
– Ne dis pas de bêtises, je parle sérieusement...
– Moi aussi, dit Albert ; que voudrais-tu que je fasse d'autre ? »

Kat s'intéresse à la question. Il demande à Kropp une part de ses lentilles, il l'obtient ; il réfléchit ensuite longtemps et dit : « Oui, on pourrait se soûler, mais, autrement, vite à la plus prochaine gare et à toute vapeur à la maison ! La PAIX, Albert, nom de Dieu ! » Il cherche dans son portefeuille de toile cirée une photographie et la montre fièrement à la ronde. « C'est ma vieille. » Puis il la serre et, en pestant : « Maudite garce de guerre...
– Il t'est facile de parler, dis-je, tu as ton petit et ta femme.
– C'est vrai, fait-il d'un ton approbateur. Il me faut veiller qu'ils aient de quoi manger. »

Nous rions.

« Ce n'est pas ça qui leur manquera, Kat, sinon tu procéderais à une réquisition. »

Müller a faim et il n'est pas encore satisfait. Il débusque Haie Westhus de ses rêves de bastonnades.

« Haie, que ferais-tu donc si maintenant la paix arrivait ?
– Il devrait te botter solidement le cul, pour oser parler ici d'une chose pareille, dis-je. Comment peux-tu ? ...
– Comment la bouse de vache atteint-elle le toit ? » répond Müller laconiquement. Puis il s'adresse de nouveau à Haie Westhus.

Une telle question est trop forte pour Haie. Il balance son crâne taché de rousseur :

« Tu veux dire, si la guerre était finie ?
– C'est cela, tu comprends tout ce qu'on te dit.
– Alors, il y aurait de nouveau des femmes, n'est-ce pas ? »

Ce disant, Haie se lèche les babines.

« Oui, ça aussi.

– Par mes boyaux ! dit Haie, tandis que son visage se dégèle. Alors je mettrais le grappin sur une solide gaillarde, une grosse Marie, tu sais, avec tout ce qu'il faut pour s'y tenir solidement, et aussitôt au plumard ! Représente-toi la chose : un véritable lit de plume avec un sommier élastique. Mes enfants, pendant huit jours je ne remettrais plus mon pantalon ! »

Tout le monde se tait. L'image est trop admirable. Des frissons nous parcourent la peau. Enfin, Müller se ressaisit et demande :

« Et après ? »

Un temps d'arrêt. Puis Haie déclare, avec quelque embarras :

« Si j'étais caporal, je resterais encore chez les Prussiens et... je rengagerais.

– Haie, tu es loufoque », dis-je.

Il rétorque bonnement, en me demandant :

« As-tu déjà travaillé aux tourbières ? Essaie un peu. »

En même temps, il tire sa cuillère de la tige de ses bottes et il la plonge dans la gamelle d'Albert.

« Ce ne peut pas être pire que les tranchées de la Champagne », répliqué-je.

Haie mastique et ricane :

« Mais ça dure plus longtemps et tu ne peux pas t'embusquer.

– On est pourtant mieux chez soi, mon vieux.

– Comme ci, comme ça », dit-il, tandis que, la bouche ouverte, il se met à méditer.

On peut lire sur sa figure ce qu'il pense. Il pense à la misérable cabane des tourbières, au dur travail qu'il faut faire sous l'accablante chaleur de la brande depuis le grand matin jusqu'au soir ; il pense au maigre salaire, à l'accoutrement crasseux...

« En temps de paix, dans le militaire, tu n'as pas de souci, fait-il enfin. Chaque jour ta pitance est là ; sinon tu fais du pétard. Tu as ton lit, tous les huit jours du linge propre, comme un monsieur ; tu fais ton service de caporal ; tu as du bon vêtement... et, le soir, tu es ton maître et tu vas au bistrot. »

Haie est extraordinairement fier de son idée. Il s'y complaît : « Et, quand tu as fini tes douze ans, tu reçois ton titre de pension et tu deviens gendarme. Tout le jour, tu n'as plus qu'à te promener. »

Maintenant la pensée de cet avenir l'inonde de chaleur.

« Imagine-toi la façon dont alors les gens te traitent : ici un cognac, là un demi. Chacun veut être bien, n'est-ce pas, avec un gendarme.

– Mais tu ne deviendras jamais caporal, Haie », objecte Kat.

Haie, interloqué, le regarde et se tait. Il pense sans doute maintenant aux lumineuses soirées d'automne, aux dimanches dans la bruyère, aux cloches du village, aux après-midi et aux nuits passés avec les filles, aux beignets de sarrasin où le lard fait de grands yeux, aux heures d'insouciant bavardage à l'auberge...

Il lui faut du temps pour sortir de la sphère des images de ce genre ; c'est pourquoi il se borne à bougonner maussadement : « Vos questions sont toujours idiotes. »

Il enfile sa chemise par-dessus sa tête et boutonne sa veste.

« Et toi, que ferais-tu, Tjaden ? » s'écrie Kropp.

Tjaden ne connaît qu'une chose.

« Je veillerais qu'Himmelstoss ne m'échappe pas. »

Il est probable que son rêve serait de l'enfermer dans une cage et, chaque matin, de lui tomber dessus à coups de gourdin.

Il dit à Kropp avec enthousiasme.

« A ta place, je tâcherais de devenir lieutenant. Alors tu pourrais le dresser jusqu'à ce que ses fesses demandent grâce.

– Et toi, Detering ? » continue Müller, qui, par sa manie d'interroger les gens, serait un parfait maître d'école.

Detering parle peu. Mais sur ce sujet-là il répond. Il regarde en l'air et ne prononce qu'une phrase :

« J'arriverais encore assez tôt pour la récolte. »

Cela dit, il se lève et s'en va.

Il a des soucis. Sa femme est obligée de faire marcher la ferme et avec ça on vient de lui réquisitionner encore deux chevaux. Chaque jour il lit les journaux qu'il peut trouver, pour voir le temps qu'il fait dans son « trou » du pays d'Oldenbourg. S'il pleut là aussi, ils ne pourront pas rentrer les foins.

A ce moment-là, Himmelstoss apparaît. Il se dirige tout droit vers notre groupe. La figure de Tjaden devient rouge et il s'étend de tout son long dans l'herbe et ferme les yeux, tellement est grande son agitation.

Himmelstoss est quelque peu incertain ; son pas se ralentit. Néanmoins, il finit par marcher vers nous. Personne ne fait mine de se lever. Kropp le regarde d'un air intéressé.

Il est là devant nous et il attend. Personne ne parle ; il risque un « Alors ? »

Quelques secondes s'écoulent ; Himmelstoss ne sait visiblement pas quelle contenance prendre. Sans doute que maintenant il voudrait bien nous faire sentir rudement son autorité. Cependant, il semble avoir déjà appris que le front n'est pas une cour de caserne. Il essaie encore une fois et il ne s'adresse plus à tous, mais à un seul, espérant ainsi avoir plus facilement une réponse. Kropp est le plus près de lui. C'est pourquoi il lui fait l'honneur de lui dire :

« Alors, ici aussi ? »

Mais Albert n'est pas son ami. Il répond sèchement :

« Il y a, me semble-t-il, un peu plus longtemps que vous que j'y suis. »

La moustache rousse frémit.

« Sans doute que vous ne me reconnaissez pas, n'est-ce pas ? »

Tjaden ouvre maintenant les yeux.

« Si », dit-il.

Himmelstoss se tourne vers lui :

« Mais c'est Tjaden, n'est-ce pas ? »

Tjaden lève la tête et dit :

« Et sais-tu ce que tu es, toi ? »

Himmelstoss est stupéfait.

« Depuis quand nous tutoyons-nous donc ? Nous n'avons pourtant jamais gardé les cochons ensemble. »

Il ne sait absolument que faire devant une situation pareille. Il ne s'était pas attendu à cette hostilité déclarée. Mais, pour le moment, il est prudent : à coup sûr, quelqu'un lui a parlé de ces légendaires coups de fusil tirés dans le dos des gradés !

La question des cochons gardés ensemble a rendu Tjaden furieux au point d'en devenir spirituel.

« Non, dit-il, c'est toi seul qui les as gardés. »

Maintenant Himmelstoss bouillonne aussi. Mais Tjaden ne lui laisse pas le temps de parler ; il faut qu'il lui dise son fait.

« Ce que tu es, tu veux le savoir ? Un salaud, voilà ce que tu es ; il y a longtemps que je voulais te le dire. »

La satisfaction attendue depuis de longs mois fait briller ses petits yeux porcins, au moment où il lance d'une voix retentissante le mot « salaud ».

Himmelstoss est déchaîné :

« Que veux-tu, outil à fumier, sale oiseau de tourbière ? Debout, au garde-à-vous, quand un supérieur vous parle ! »

Tjaden, d'un geste majestueux :

« Vous pouvez vous mettre dans la position de repos, Himmelstoss. Rompez. »

Himmelstoss est devenu l'incarnation enragée du règlement militaire. Le kaiser ne serait pas plus offensé que lui. Il hurle :

« Tjaden, je vous l'ordonne hiérarchiquement : levez-vous.

– Et quoi encore ? demande Tjaden.

– Voulez-vous obéir à mon commandement, oui ou non ? »

Tjaden répond tranquillement et catégoriquement en employant, sans le savoir, la plus connue des citations classiques. En même temps, il lui montre son derrière.

Himmelstoss s'enfuit précipitamment, en hurlant :

« C'est le conseil de guerre ! »

Nous le voyons disparaître dans la direction du bureau de compagnie. Haie et Tjaden éclatent en une manifestation gigantesque de gaieté. Haie rit tellement qu'il se décroche la mâchoire et qu'il reste subitement la bouche ouverte, sans pouvoir bouger.

Albert est obligé de lui remettre la mâchoire en place d'un coup de poing.

Kat est soucieux.

« S'il te porte le motif, ça ira mal.

– Tu crois qu'il le fera ? demande Tjaden.

– A coup sûr, dis-je.

– Le moins que tu attrapes, c'est cinq jours de tôle », déclare Kat.

Tjaden n'est nullement ému.

« Cinq jours de boîte, c'est autant de repos.

– Et si l'on t'envoie en forteresse ? demande Müller, qui va jusqu'au bout des problèmes.

– Alors, pendant ce temps, la guerre sera finie pour moi. »

Tjaden est né sous une bonne étoile : pour lui, il n'y a jamais de soucis. Il s'en va avec Haie et Leer, pour qu'on ne le trouve pas dans le premier moment d'irritation.

*

Müller n'en a pas encore terminé avec ses questions. Il s'attaque de nouveau à Kropp.

« Albert, si tu rentrais à présent chez toi, que ferais-tu ? »

Kropp est maintenant repu et par conséquent plus accommodant.

« Combien donc restons-nous d'élèves de notre classe ? »

Nous comptons : sur vingt que nous étions, sept sont morts, quatre blessés, un autre est dans un asile de fous. Nous nous trouverions donc douze, tout au plus.

« Trois sont lieutenants, dit Müller. Crois-tu qu'ils se laisseraient rudoyer par Kantorek ? »

Nous ne le croyons pas ; nous non plus, nous ne nous laisserions pas faire par lui.

« Que penses-tu, en somme, de la triple action qu'il y a dans *Guillaume Tell* ? se rappelle Kropp tout à coup, en même temps qu'il éclate de rire.

– Quels étaient les buts de *Hainbund* de Gœttingue ? demande aussi Müller, d'un ton devenu soudain très sévère.

– Combien d'enfants avait Charles le Téméraire ? répliqué-je tranquillement.

– Dans la vie, vous serez un propre à rien, Bäumer, ricane Müller.

– Quand a eu lieu la bataille de Zama ? demande Kropp.

– Il vous manque le sérieux requis, Kropp ; asseyez-vous : vous aurez un *moins trois*, dis-je en faisant un signe de la main.

– Quelles sont les fonctions que Lycurgue considérait comme les plus importantes pour l'État, murmure Müller, tout en ayant l'air d'assujettir un lorgnon.

– Faut-il dire : nous, Allemands, craignons Dieu et personne d'autre au monde, ou bien : nous, les Allemands... ? Réfléchissez, dis-je.

– Combien d'habitants a la ville de Melbourne ? fait de nouveau Müller d'une voix susurrante.

– Comment voulez-vous assurer votre existence, si vous ignorez cela ? demandé-je à Albert, d'un ton indigné.

– Qu'entend-on par cohésion ? » fait maintenant celui-ci triomphalement.

Nous ne savons plus grand-chose de toute cette pacotille. Elle ne nous a non plus servi à rien. En revanche, personne, à l'école, ne nous a appris à allumer notre cigarette lorsqu'il pleut ou qu'il vente, à faire du feu avec du bois mouillé ; ou bien que le ventre est le meilleur endroit où enfoncer sa baïonnette, parce qu'elle ne s'y accroche pas, comme dans les côtes.

Müller dit pensivement :

« A quoi bon tout cela ? Nous serons obligés, pourtant, de revenir sur les bancs de l'école. »

Je considère que c'est impossible et je dis :

« Peut-être y aura-t-il pour nous un examen spécial ?

– Mais il faudra bien que tu t'y prépares. Et, même si tu réussis, qu'y aura-t-il ensuite ? Être étudiant ne vaut guère mieux. Et si tu n'as pas d'argent, il faut que tu en mettes un coup.

– Ça vaut cependant un peu mieux ; mais, malgré tout, ce qu'on te fait avaler là, c'est encore des bêtises. »

Kropp exprime notre opinion d'une manière parfaite :

« Comment peut-on prendre ça au sérieux, quand on a été ici, sur le front ?

– Il faut pourtant que tu aies une profession », objecte Müller, comme s'il était Kantorek en personne.

Albert se nettoie les ongles avec son couteau. Nous sommes étonnés de ce raffinement de délicatesse ; mais ce n'est là, pour lui, qu'une façon de mieux réfléchir. Il pose son couteau et dit :

« Oui, voilà la vérité. Kat, Detering et Haie reprendront leur profession, parce qu'ils l'avaient déjà avant de partir. Himmelstoss aussi. Nous, nous n'en avions pas. Alors, comment, après toute cette affaire (et ce disant, d'un geste il montre la direction du front), pourrons-nous nous habituer à un métier ?

– Il faudrait pouvoir être rentier et habiter tout seul dans une forêt », dis-je.

Mais j'ai honte aussitôt de cette folie des grandeurs.

« Que ferons-nous donc si nous revenons ? » se demande Müller, lui-même embarrassé.

Kropp hausse les épaules.

« Je ne le sais pas. Il faut d'abord être rentré, et puis nous verrons bien. »

Nous sommes tous décontenancés.

« Que pourrait-on donc faire ? dis-je.

– Rien ne me fait envie, répond Kropp d'un ton las. De toute façon un beau jour te voilà mort ; à quoi bon tout le reste ? je ne crois pas que nous nous en sortions.

– Quand j'y pense, Albert, dis-je au bout d'un instant, en me roulant sur le dos, je voudrais, lorsque j'entends le mot de paix et en supposant que la paix fût là, je voudrais faire quelque chose d'extraordinaire ; c'est une idée qui me monte à la tête. Quelque chose, tu sais, qui vaille la peine d'avoir été ici dans la mélasse. Seulement, je ne peux rien imaginer. Quant à ce que je vois de possible, à toutes ces histoires de profession, d'études, de traitement, etc., etc., ça m'écœure, car c'est toujours l'éternel refrain et il vous dégoûte. Je ne trouve rien, je ne trouve rien, Albert. »

En ce moment, tout me paraît vain et désespéré.

Kropp, lui aussi, réfléchit à cela. En somme, notre situation à tous sera difficile. Mais ceux de l'arrière ne se font-ils pas, parfois, des soucis à ce sujet ? Deux années de fusillade et d'obus... on ne peut pourtant pas ôter cela comme une paire de chaussettes...

Nous sommes d'accord qu'il en est de même pour chacun, non pas seulement pour nous ici, mais partout, pour tous ceux qui sont dans la même situation, que ce soit plus ou moins, peu importe. C'est le sort commun de notre génération.

Albert le dit très bien :

« La guerre a fait de nous des propres à rien. »

Il a raison, nous ne faisons plus partie de la jeunesse. Nous ne voulons plus prendre d'assaut l'univers. Nous sommes des fuyards. Nous avions dix-huit ans et nous commencions à aimer le monde et l'existence ; voilà qu'il nous a fallu faire feu là-dessus. Le premier obus qui est tombé nous a frappés au cœur. Nous n'avons plus aucun goût pour l'effort, l'activité et le progrès. Nous n'y croyons plus ; nous ne croyons qu'à la guerre.

*

Le bureau de la compagnie s'anime. On dirait qu'Himmelstoss y a jeté l'alarme. A la tête de la colonne trotte le gros sergent-major. Par un phénomène bizarre, presque tous les sergents-majors de carrière sont gros.

Himmelstoss le suit, assoiffé de vengeance. Ses bottes brillent au soleil...

Nous nous levons. Le caporal demande d'une voix essoufflée : « Où est Tjaden ? »

Bien entendu, personne ne répond. Himmelstoss fixe sur nous des yeux étincelants de méchanceté. « Pas d'histoires ! Vous le savez et vous ne voulez pas le dire. Allons, parlez. »

Il regarde autour de lui ; il n'aperçoit Tjaden nulle part. Il essaie alors d'un autre système : « Dans dix minutes, Tjaden devra se présenter au bureau. »

Après quoi il se retire, avec Himmelstoss dans son sillage.

« J'ai l'impression qu'à nos prochains travaux de retranchement un rouleau de barbelé tombera sur les jambes d'Himmelstoss, fait Kropp.

– Nous n'avons pas encore fini de nous amuser avec lui », dit Müller.

Telle est maintenant notre ambition : contrecarrer en tout les idées d'un facteur des postes...

Je vais à notre baraquement et je dis à Tjaden ce qui en est, pour qu'il s'en aille.

Puis nous changeons de place et nous nous réinstallons pour jouer aux cartes. Car, pour cela nous sommes forts : pour jouer aux cartes, jurer et faire la guerre. Ce n'est pas beaucoup, quand on a vingt ans... et c'est trop, à cet âge.

Au bout d'une demi-heure, Himmelstoss est revenu auprès de nous. Personne ne fait attention à lui. Il demande où est Tjaden. Nous haussons les épaules.

« Vous étiez pourtant chargés de le chercher, insiste-t-il, en employant le « ihr » qui équivaut à un tutoiement.

– Comment cela : *ihr* ? demande Kropp.

– Oui, *ihr*, vous qui êtes ici...

– Je vous prierai de ne pas nous tutoyer », dit Kropp d'un ton de colonel.

Himmelstoss a l'air de tomber des nues.

« Qui vous tutoie donc ?

– Vous.

– Moi ?

– Oui. »

Son cerveau travaille. Il louche avec défiance du côté de Kropp, parce qu'il ne comprend pas du tout ce que l'autre veut dire. Néanmoins, sur ce point-là, il n'est pas très sûr de lui et il reprend avec une certaine prévenance.

« Ne l'avez-vous pas trouvé ? »

Kropp s'étend dans l'herbe et dit :

« Avez-vous déjà été dans les tranchées ?

– Cela ne vous regarde pas, déclare sèchement Himmelstoss. J'exige une réponse.

– Soit ! réplique Kropp en se levant. Regardez là-bas où sont ces petits nuages. Ce sont les obus des Anglais. Hier nous étions là. Cinq morts, huit blessés et ce n'était encore qu'un amusement. La prochaine fois que vous viendrez avec nous, les hommes, avant de mourir, se placeront d'abord devant vous en faisant claquer les talons et ils vous demanderont militairement : « S'il vous plaît, l'autorisation de me retirer ! » « S'il vous plaît, l'autorisation de crever. » C'est le cas de le dire, nous avons attendu d'avoir ici des gens comme vous. »

Il se rassied et Himmelstoss file comme une comète.

« Trois jours de salle de police, suppose Kat.

– La prochaine fois, c'est moi qui m'en charge », disje à Albert.

Mais les conséquences sont là. Le soir à l'appel a lieu une confrontation. Au bureau de la compagnie, Bertinck, notre lieutenant, est assis et fait comparaître devant lui tout le monde, l'un après l'autre.

Je suis également cité comme témoin et j'explique pourquoi Tjaden s'est rebellé. L'histoire des pisseurs au lit fait impression. On va chercher Himmelstoss et je répète mes dires.

« Est-ce vrai ? » demande Bertinck à Himmelstoss.

Celui-ci se tortille et finit par avouer, lorsque Kropp a fait les mêmes déclarations.

« Pourquoi donc personne n'a-t-il alors signalé la chose ? » demande Bertinck.

Nous nous taisons ; il doit, pourtant, savoir lui-même l'utilité d'une réclamation pour des vétilles pareilles, dans la vie militaire. Dans la vie militaire, y a-t-il, du reste, des réclamations ? Le lieutenant le voit bien et il commence par rabrouer Himmelstoss, en lui faisant comprendre encore une fois que le front n'est pas une cour de caserne. Puis vient le tour de Tjaden, qui reçoit son compte avec usure, sous forme d'un lavage de tête soigné et de trois jours de salle de police. Le lieutenant dicte également un jour de salle de police pour Kropp, tout en clignant des yeux vers celui-ci. « Impossible de faire autrement », dit-il à Kropp, d'un ton de regret. C'est un homme raisonnable.

La salle de police n'est pas désagréable. Le local est un ancien poulailler ; là nos camarades pourront recevoir des visites et nous trouverons moyen d'y aller les voir. La prison, c'eût été dans une cave. Autrefois, on nous attachait aussi à un arbre, mais maintenant c'est défendu. Déjà on nous traite, dans certaines occasions, comme des êtres humains.

Une heure après que Tjaden et Kropp sont enfermés derrière leurs grillages de fil de fer, nous allons les trouver. Tjaden nous salue en imitant le chant du coq. Puis nous jouons au scat, jusqu'à la nuit noire.

Naturellement, c'est Tjaden qui gagne, la canaille !

*

Lorsque nous nous en allons, Kat me demande : « Que dirais-tu si nous faisions rôtir une oie ?

– L'idée n'est pas mauvaise », fais-je.

Nous grimpons sur une voiture de colonne de munitions. Cela nous coûte deux cigarettes. Kat a repéré exactement l'endroit. L'étable appartient à un état-major de régiment. Je décide d'aller chercher l'oie et je me fais donner des instructions. L'étable est derrière le mur, elle n'est fermée que par une barre.

Kat joint les mains en étrier ; j'y pose le pied et je passe par-dessus le mur. Kat fait le guet.

Pendant quelques minutes, je reste immobile pour accoutumer mes yeux à l'obscurité. Puis je reconnais l'étable. Je m'y glisse doucement, je tâte la barre, je l'écarte et j'ouvre la porte.

Je distingue deux taches blanches. Deux oies, c'est ennuyeux, car si l'on attrape l'une, l'autre se met à crier. Il faut donc les saisir toutes deux : si j'agis vivement, ça ira bien.

Je m'élance d'un bond ; j'en attrape une aussitôt, et la seconde, un moment après. Comme un fou, je cogne leur tête contre le mur, pour les étourdir. Mais sans doute que je n'ai pas assez de force. Les bêtes se débattent : leurs pattes et leurs ailes frappent autour d'elles. Je lutte avec acharnement, mais bon Dieu ! quelle vigueur a une oie ! Elles me tiraillent à me faire chanceler. Dans l'obscurité, ces taches blanches sont abominables ; mes bras ont maintenant des ailes, je redoute presque d'être emporté dans le ciel, comme si j'avais dans les mains une paire de ballons captifs.

Mais déjà du bruit aussi s'en mêle ! Un des gosiers a aspiré de l'air et ronfle comme un réveille-matin. Subitement quelque chose vient de dehors, je reçois un choc, je me trouve sur le sol et j'entends un grognement furibond. C'est un chien. Je regarde obliquement et voilà que déjà il ouvre la gueule dans la direction de mon cou. Aussitôt je m'immobilise et surtout je serre bien mon menton contre le col de mon uniforme.

C'est un dogue. Au bout d'une éternité, sa tête recule et il s'assied à côté de moi. Mais, quand j'essaie de bouger, il grogne. Je réfléchis. La seule chose que je puisse faire, c'est de saisir mon petit revolver. Il faut, de toute façon, que je m'en aille d'ici avant que les gens n'arrivent. Centimètre par centimètre, je déplace ma main du côté de mon revolver.

J'ai l'impression que cela dure des heures. Le moindre mouvement est suivi d'un redoutable grognement du chien ; je m'immobilise, puis je recommence. Lorsque j'ai le revolver dans ma main, celle-ci se met à trembler. Je la serre contre le sol et je me représente bien ce que je dois faire : brandir l'arme, tirer avant que le chien puisse mordre et sauter par-dessus le mur.

Lentement je respire et je deviens plus calme. Puis je retiens mon souffle, je lève mon revolver, le coup part, le dogue s'abat en hurlant, je gagne la porte de l'étable et, ce faisant, je trébuche contre une des oies qui se sont réfugiées là.

Au galop je la saisis vivement, je la projette par-dessus le mur et moi-même j'y grimpe. Je ne suis pas encore de l'autre côté que le dogue, lui aussi, se relève et s'élance vers moi. Je me laisse tomber aussitôt. Kat est là, à dix pas devant moi, tenant l'oie dans ses bras. Dès qu'il me voit, nous décampons.

Enfin, nous pouvons souffler. L'oie est morte. Kat en un instant lui a fait son affaire. Nous allons la faire rôtir aussitôt pour que personne ne s'aperçoive de rien. Je vais chercher des pots et du bois dans le baraquement et nous nous glissons à l'intérieur d'un petit réduit abandonné, dont nous nous servons pour ces sortes d'usages. Nous bouchons hermétiquement la seule fenêtre du lieu. Il y a là une sorte de foyer, une plaque de fer posée sur des briques. Nous allumons le feu.

Kat plume l'oie et l'apprête. Nous mettons soigneusement les plumes de côté. Nous avons l'intention d'en faire deux petits coussins avec cette inscription : « Repose en paix, au milieu du bombardement. »

Le feu de l'artillerie du front vient envelopper notre retraite de bourdonnements. La lueur de notre foyer danse sur notre visage ; des ombres dansent sur le mur. Parfois, on entend un craquement sourd, puis la bicoque se met à trembler. Ce sont des bombes d'avion. Une fois nous entendons des cris étouffés ; un baraquement a sans doute été touché.

Des avions ronronnent ; des mitrailleuses font tactac. Mais aucune lumière qu'on puisse voir de l'extérieur ne sort de notre asile.

Ainsi, nous sommes assis l'un en face de l'autre, Kat et moi, soldats aux uniformes élimés, faisant cuire une oie au milieu de la nuit. Nous ne parlons pas beaucoup, mais nous sommes, l'un pour l'autre, plus remplis d'attentions délicates que ne peuvent l'être, à ce que je crois, des amoureux. Nous sommes deux êtres humains, deux chétives étincelles de vie et, au-dehors, c'est la nuit et le cercle de la mort. Nous nous tenons assis à leur bordure, à la fois menacés et abrités ; sur nos mains la graisse coule ; nos cœurs se touchent et l'heure que nous vivons est semblable à l'endroit où nous nous trouvons : le doux feu de nos âmes y fait danser les lumières et les ombres de nos impressions. Que sait-il de moi, et moi, que sais-je de lui ? Autrefois, aucune de nos pensées n'eût été semblable ; maintenant, nous sommes assis devant une oie, nous sentons notre existence et nous sommes si près l'un de l'autre que nous n'en parlons même pas.

Faire rôtir une oie, cela demande du temps, même quand elle est jeune et grasse ; c'est pourquoi nous nous relayons. L'un de nous l'arrose pendant que l'autre dort. Peu à peu un parfum délicieux se répand tout autour de nous.

Les bruits du dehors forment une sorte de chaîne, un rêve, mais dans lequel le souvenir ne s'efface pas complètement. Dans un demi-sommeil je vois Kat lever et abaisser la cuiller ; je l'aime, avec ses épaules, sa silhouette anguleuse et penchée, et en même temps je vois derrière lui des forêts et des arbres et une voix bonne dit des paroles qui m'apaisent, moi, tout petit soldat qui marche sous le grand ciel, avec ses grosses bottes, son ceinturon et sa musette, suivant le chemin qui est devant lui, prompt à oublier et qui n'est plus que rarement triste et avance toujours sous le vaste ciel nocturne.

Un petit soldat et une voix bonne ; et si on voulait le cajoler, peut-être qu'il ne serait plus capable de comprendre la chose, maintenant, ce soldat qui marche avec de grandes bottes et le cœur délabré, ce soldat qui marche parce qu'il a des bottes et qui a tout oublié, sauf l'obligation de marcher. A l'horizon n'y a-t-il pas des fleurs et un paysage si calme qu'il voudrait pleurer, le soldat ? N'y a-t-il pas là des images, qu'il n'a pas perdues parce qu'il ne les a jamais possédées, des images troublantes, mais qui, cependant, sont pour lui chose passée ? N'y a-t-il pas là ses vingt ans ?

J'ai la figure mouillée et je me demande où je suis. Kat est là devant moi, son ombre géante toute courbée s'incline, sur moi, comme une image du pays natal. Il parle bas, il sourit et il revient vers le feu.

Puis il dit :

« C'est fini.

– Oui, Kat. »

Je me secoue. Au milieu de l'espace brille le rôti doré. Nous prenons nos fourchettes pliantes et nos couteaux et nous nous coupons une cuisse pour chacun. Avec cela nous mangeons du pain de munition que nous plongeons dans la sauce. Nous mangeons lentement, avec une jouissance complète.

« Tu le trouves bon, Kat ?

– Oui, et toi ?

– Très bon, Kat. »

Nous sommes comme des frères et nous nous offrons mutuellement les meilleurs morceaux. Ensuite je fume une cigarette, Kat un cigare. Il y a encore beaucoup de restes.

« Qu'en penses-tu, Kat, si nous allions en porter un morceau à Kropp et à Tjaden ?

– Entendu ! » fait-il.

Nous coupons une portion et l'enveloppons soigneusement dans du papier de journal. Nous avions l'intention de réserver le restant pour notre baraquement, mais Kat rit, rien qu'en disant : « Tjaden. »

Je le vois bien, il faut que nous emportions tout. Aussi nous nous dirigeons vers le poulailler pour réveiller les deux copains. Auparavant, nous mettons les plumes dans un paquet, que nous jetons au loin.

Kropp et Tjaden nous regardent comme un mirage. Puis leurs mâchoires se mettent à travailler. Tjaden tient à deux mains une aile qu'il a mise dans sa bouche à la façon d'un harmonica et il mastique. Il avale la graisse du pot et il dit tout en mangeant bruyamment : « Je ne l'oublierai jamais. »

Nous reprenons le chemin de notre baraquement. Voici, de nouveau, le grand ciel avec les étoiles et l'aube qui point et je marche là-dessous, soldat portant de grandes bottes et ayant le ventre plein, petit soldat perdu dans le jour qui commence, mais à côté de moi, courbé et anguleux, chemine Kat, mon camarade.

Les contours du baraquement viennent à nous, dans la pénombre crépusculaire, comme un sommeil noir et profond.

VI

On parle tout bas d'une offensive. Nous allons en première ligne deux jours plus tôt que d'habitude. En chemin, nous passons devant une école dévastée par les obus. Sur sa longueur s'élève un double mur, très haut, de cercueils clairs tout neufs, aux planches non rabotées. Ils sentent encore la résine, les pins et la forêt. Il y en a au moins cent.

« L'offensive est bien préparée, dit Müller avec étonnement.

– Ils sont pour nous, grogne Detering.

– Ne dis pas de bêtises ! fait Kat en le rabrouant.

– Estime-toi bien heureux si tu as un cercueil, ricane Tjaden. Fais attention qu'ils ne se contentent d'une toile de tente pour ta figure de tir de foire ! »

Les autres aussi lancent des plaisanteries, des plaisanteries peu agréables, car que pourrions-nous faire d'autre ? Les cercueils nous sont effectivement destinés. Pour ces choses-là, l'organisation marche recta.

Partout, devant nous, quelque chose se mijote. La première nuit, nous essayons de nous orienter. Comme le secteur est assez tranquille, nous pouvons entendre rouler continuellement les transports, en arrière du front ennemi, jusqu'à l'aube. Kat dit qu'ils n'évacuent pas, mais bien qu'ils apportent des troupes, des munitions et des canons.

L'artillerie anglaise est renforcée, nous nous en rendons compte aussitôt. Il y a à droite de la ferme au moins quatre nouvelles batteries de 205 et, derrière le tronc du peuplier, on a établi des lance-mines. En outre, il y a quantité de ces petits monstres français à fusée percutante.

Le moral est bas. Nous sommes tapis dans nos abris depuis deux heures ; voici que notre propre artillerie tire sur nos tranchées. C'est la troisième fois en quatre semaines. Si encore c'étaient des erreurs de tir, personne ne dirait rien, mais cela vient de ce que les tubes des canons sont usés, ce qui rend les coups incertains et fait souvent s'éparpiller leurs obus sur notre secteur. Cette nuit, nous avons ainsi deux blessés.

*

Le front est une cage dans laquelle il faut attendre nerveusement les événements. Nous sommes étendus sous la grille formée par la trajectoire des obus et nous vivons dans la tension de l'inconnu. Sur nous plane le hasard. Lorsqu'un projectile arrive, je puis me baisser, et c'est tout ; je ne puis ni savoir exactement où il va tomber, ni influencer son point de chute.

C'est ce hasard qui nous rend indifférents. Il y a quelques mois, j'étais assis dans un abri et je jouais aux cartes ; au bout d'un instant, je me lève et je vais voir des connaissances dans un autre abri. Lorsque je revins, il ne restait plus une miette du premier ; il avait été écrabouillé par une marmite. Je retournai vers le second abri et j'arrivai juste à temps pour aider à le dégager, car il venait d'être détruit à son tour.

C'est par hasard que je reste en vie, comme c'est par hasard que je puis être touché. Dans l'abri « à l'épreuve des bombes », je puis être mis en pièces, tandis que, à découvert, sous dix heures du bombardement le plus violent, je peux ne pas recevoir une blessure. Ce n'est que parmi les hasards que chaque soldat survit. Et chaque soldat a foi et confiance dans le hasard.

*

Il nous faut veiller à notre pain. Les rats se sont beaucoup multipliés ces derniers temps, depuis que les tranchées ne sont plus très bien entretenues. Detering prétend que c'est le signe le plus certain que ça va chauffer.

Les rats sont ici particulièrement répugnants, du fait de leur grosseur. C'est l'espèce qu'on appelle « rats de cadavre ». Ils ont des têtes abominables, méchantes et pelées et on peut se trouver mal rien qu'à voir leurs queues longues et nues.

Ils paraissent très affamés. Ils ont mordu au pain de presque tout le monde. Kropp tient le sien enveloppé dans sa toile de tente, sous sa tête, mais il ne peut pas dormir parce qu'ils lui courent sur le visage pour arriver au pain. Detering a voulu être malin ; il a fixé au plafond un mince fil de fer et il y a suspendu sa musette avec son pain. Lorsque, pendant la nuit, il presse le bouton électrique de sa lampe de poche, il aperçoit le fil en train d'osciller : un rat bien gras est à cheval sur son pain.

Finalement, nous prenons une décision. Nous coupons soigneusement les parties de notre pain qui ont été rongées par les bêtes ; nous ne pouvons, en aucun cas, jeter le tout, parce que autrement demain nous n'aurions rien à manger.

Nous plaçons par terre au milieu de notre abri les tranches de pain ainsi coupées, toutes ensemble. Chacun prend sa pelle et s'allonge, prêt à frapper. Detering, Kropp et Kat tiennent dans leurs mains leurs lampes électriques.

Au bout de quelques minutes, nous entendons les premiers frottements des rats qui viennent mordiller le pain. Le bruit augmente ; il y a là maintenant une multitude de petites pattes, alors les lampes électriques brillent brusquement et tout le monde tombe sur le tas noir, qui se disperse en poussant des cris aigus. Le résultat est bon. Nous jetons les corps des rats écrasés par-dessus le parapet de la tranchée et nous nous remettons aux aguets.

Le coup nous réussit encore quelques fois. Puis les bêtes ont remarqué quelque chose ou bien ont senti l'odeur du sang. Elles ne viennent plus. Cependant, le lendemain, le pain qui restait sur le sol a été emporté par elles.

Dans le secteur voisin, les rats ont assailli deux gros chats et un chien qu'ils ont tués et mangés.

Le lendemain, il y a du fromage de Hollande. Chacun en reçoit presque un quart de boule. D'un côté, c'est une bonne chose, car le fromage de Hollande est excellent et, d'un autre côté, c'est mauvais signe, car, jusqu'à présent, ces grosses boules rouges ont toujours été l'annonce de durs combats. Notre pressentiment s'accentue encore lorsqu'on nous distribue du schnick. Pour l'instant, nous le buvons, mais ce n'est pas de gaieté de cœur.

Pendant la journée, nous tirons à l'envi sur les rats et nous flânons, çà et là. Les stocks de cartouches et de grenades deviennent plus abondants. Nous vérifions nous-mêmes les baïonnettes. En effet, il y en a dont le côté non coupant forme une scie. Lorsque les gens d'en face attrapent quelqu'un qui est armé d'une baïonnette de ce genre, il est massacré impitoyablement. Dans le secteur voisin on a retrouvé de nos camarades dont le nez avait été coupé et dont les yeux avaient été crevés avec ces baïonnettes à scie. Puis on leur avait rempli de sciure la bouche et le nez et on les avait ainsi étouffés.

Quelques recrues ont encore de ces baïonnettes ; nous les faisons disparaître et leur en procurons d'autres.

A vrai dire, la baïonnette a perdu de son importance. Il est maintenant de mode chez certains d'aller à l'assaut simplement avec des grenades et une pelle. La pelle bien aiguisée est une arme plus commode et beaucoup plus utile ; non seulement on peut la planter sous le menton de l'adversaire, mais, surtout, on peut assener avec elle des coups très violents ; spécialement si l'on frappe obliquement entre les épaules et le cou, on peut facilement trancher jusqu'à la poitrine. Souvent la baïonnette reste enfoncée dans la blessure ; il faut d'abord peser fortement contre le ventre de l'ennemi pour la dégager et pendant ce temps on peut facilement soi-même recevoir un mauvais coup. En outre, il n'est pas rare qu'elle se brise.

La nuit, on nous envoie d'en face une nappe de gaz. Nous attendons l'attaque et nous nous couchons avec nos masques, prêts à les arracher dès qu'apparaîtront les premières ombres.

L'aube blanchit sans qu'il arrive rien. Il y a simplement toujours là-bas ce roulement qui ronge les nerfs, des trains, des trains, des camions, des camions, qu'est-ce donc qui se concentre là-bas ? Notre artillerie tire continuellement, mais le roulement ne s'arrête pas, il n'a pas de fin...

Nos visages sont fatigués et nous n'osons pas nous regarder en face. « Ça va être comme dans la Somme, où nous avons eu, après cela, sept jours et sept nuits de bombardement continu », dit Kat sombrement. Il ne plaisante plus maintenant, depuis que nous sommes ici, et c'est mauvais signe, car Kat est un briscard du front qui flaire ce qui se prépare. Seul, Tjaden est content des bons morceaux et du rhum ; il prétend même que nous retournerons au repos sans qu'il se soit rien passé.

On le croirait presque. Les jours s'écoulent sans rien de nouveau. La nuit, je suis assis dans le trou du poste d'écoute. Au-dessus de moi montent et retombent les fusées et les parachutes lumineux. Je suis plein de prudence et j'ai l'estomac tendu, mon cœur bat. Mon œil se pose continuellement sur le cadran lumineux de la montre ; les aiguilles n'avancent pas. Le sommeil s'accroche à mes paupières ; je remue la pointe de mes pieds dans mes bottes, pour rester éveillé. Rien ne se produit jusqu'au moment où je suis relevé ; il n'y a que ce perpétuel roulement de l'autre côté. Peu à peu, nous

nous tranquillisons et nous jouons tout le temps au scat ou au rams. Peut-être aurons-nous de la chance.

Le ciel est toute la journée rempli de saucisses. On raconte que maintenant ici aussi il y aura chez l'ennemi, pendant l'attaque, des tanks et des aviateurs coopérant avec l'infanterie. Mais cela nous intéresse moins que ce que l'on dit des nouveaux lance-flammes.

*

Au milieu de la nuit, nous nous réveillons. La terre retentit sourdement. Au-dessus de nous c'est un bombardement terrible. Nous nous recroquevillons dans les coins. Nous pouvons distinguer des projectiles de tous calibres. Chacun met la main à ses affaires et s'assure continuellement qu'elles sont là. Notre abri tremble, la nuit n'est que rugissements et éclairs. Nous nous regardons aux lueurs fulgurantes, et, le visage blême, les lèvres serrées, nous secouons la tête.

Chacun sent dans sa propre chair les lourds projectiles emporter le parapet de la tranchée, s'enfoncer dans le talus et déchirer les blocs supérieurs du béton. Nous remarquons le coup plus sourd et plus enragé qui se produit lorsque le projectile tape dans la tranchée ; on dirait le coup de griffe d'un fauve rugissant. Au matin, quelques recrues sont livides et elles dégobillent. L'expérience leur manque encore.

Lentement une lumière grise et repoussante s'infiltre dans nos galeries et rend encore plus blafard l'éclair des obus qui tombent. Voici le matin. Maintenant les explosions des mines se mêlent au feu de l'artillerie. La secousse qu'elles produisent est ce qu'on peut imaginer de plus dément : là où elles explosent, c'est une fosse commune.

Les relèves sortent, les observateurs rentrent en chancelant, tout couverts de saletés et agités de frissons. L'un d'eux s'étend en silence dans un coin et mange ; l'autre, un réserviste, sanglote : le déplacement d'air des explosions l'a, par deux fois, lancé au-dessus du parapet, sans qu'il ait d'autre mal qu'un choc nerveux.

Les recrues le regardent. Une pareille chose est vite contagieuse ; il faut que nous fassions bien attention, car déjà les lèvres de plusieurs d'entre elles commencent à se crisper. Il est bon que le jour arrive ; peut-être que l'attaque aura lieu ce matin même.

Le bombardement ne diminue pas. Il s'étend aussi derrière nous. Partout où la vue peut atteindre jaillissent des jets de boue et de fer. L'artillerie couvre ainsi une zone très vaste.

L'attaque ne se produit pas, mais le bombardement se maintient. Peu à peu nous devenons sourds. Personne ne parle plus ; d'ailleurs on ne pourrait pas se comprendre.

Notre tranchée est presque détruite. En beaucoup d'endroits, elle n'a plus cinquante centimètres de haut ; elle est criblée de trous, entonnoirs et montagnes de terre. Droit devant notre galerie éclate un obus. Aussitôt c'est l'obscurité complète. Nous sommes enfouis sous la terre et il faut que nous nous dégagions. Au bout d'une heure l'entrée est redevenue libre et nous sommes un peu plus calmes, parce que le travail a occupé notre esprit. Notre commandant de compagnie vient à nous en rampant et il annonce que deux des abris sont anéantis. Les recrues se tranquillisent en le voyant. Il dit que, ce soir, on tentera d'avoir à manger.

C'est une bonne nouvelle. Personne n'y avait pensé, sauf Tjaden. Ainsi donc, nous allons recevoir de nouveau quelque chose venu du dehors, et puisque l'on va s'occuper du ravitaillement, la situation n'est pas si mauvaise que cela, pensent les recrues. Nous ne voulons pas les troubler, nous qui savons que la nourriture est aussi importante que les munitions et que c'est uniquement pour cela qu'on essaiera d'aller en chercher.

Mais on n'y parvient pas. Une seconde corvée se met en route ; elle revient, elle aussi. Enfin, Kat s'en mêle et lui-même reparaît sans avoir pu rien faire. Personne ne peut passer ; il n'y a pas de queue de chien assez étroite pour échapper à un feu pareil.

Nous serrons d'un cran nos ceintures et nous mastiquons trois fois plus longtemps la moindre bouchée. Malgré cela, nous n'en avons pas assez ; une dent épouvantable nous tenaille. Il me reste un croûton ; j'en mange la mie et je mets la croûte dans ma musette ; de temps en temps j'y grignote un peu.

*

La nuit est insupportable. Nous ne pouvons pas dormir, nous regardons devant nous d'un œil hagard et nous somnolons. Tjaden regrette que nous ayons gaspillé pour les rats les tranches de pain qu'ils avaient mordues. Nous aurions dû les conserver soigneusement. Maintenant, personne ne les refuserait. L'eau nous manque aussi, mais nous en souffrons moins.

Vers le matin, lorsqu'il fait encore sombre, un moment d'émotion se produit : voici que par l'entrée de notre abri se précipite une troupe de rats fugitifs, qui grimpent partout le long des murs. Les lampes de poche éclairent ce tumulte. Tout le monde crie, peste et tape sur les rats. Ainsi se déchargent la rage et le désespoir accumulés durant de nombreuses heures. Les visages sont crispés, les bras frappent, les bêtes poussent des cris perçants ; nous avons de la peine à nous arrêter et nous nous serions presque assaillis mutuellement.

Cet assaut nous a épuisés. De nouveau nous nous couchons et attendons. C'est miracle que notre abri n'ait pas encore de pertes. C'est l'une des rares galeries profondes qui subsistent encore.

Un caporal entre en rampant ; il porte sur lui un pain. Trois soldats ont réussi à traverser pendant la nuit la ligne de feu et à ramener quelques provisions. Ils ont raconté que le bombardement, sans décroître d'intensité, va jusqu'aux positions d'artillerie. On se demande où ceux d'en face ont pu trouver des bouches à feu.

Il nous faut attendre, attendre. Vers midi se produit ce que je redoutais. L'un des bleus a une crise. Je l'observais depuis longtemps déjà, tandis qu'il grinçait continuellement des dents, en fermant et serrant les poings. Nous connaissons assez ces yeux exorbités et traqués. Ces dernières heures il n'était devenu plus calme qu'en apparence : il s'était alors affaissé sur lui-même comme un arbre pourri.

Maintenant il se lève ; sans se faire remarquer il rampe à travers l'abri, s'arrête un moment puis glisse vers la sortie. J'interviens, en disant : « Où veux-tu aller ?

– Je reviens à l'instant, dit-il, en essayant de passer devant moi.

– Attends donc un peu, le bombardement va diminuer. »

Il dresse les oreilles et son œil devient un instant lucide. Puis il reprend cet éclat trouble qu'ont les chiens enragés ; il se tait et cherche à me repousser.

« Une minute, camarade ! » fais-je d'une voix forte.

Cela attire l'attention de Kat et, au moment où l'autre me donne une poussée, il le saisit et nous le tenons solidement.

Aussitôt le soldat entre en fureur :

« Lâchez-moi ! Laissez-moi sortir ! Je veux sortir ! »

Il n'écoute rien et donne des coups autour de lui : il bave et vocifère des paroles qui n'ont pas de sens et dont il mange la moitié. C'est une crise de cette angoisse qui naît dans les abris des tranchées ; il a l'impression d'étouffer où il est et une seule chose le préoccupe : parvenir à sortir. Si on le laissait faire, il se mettrait à courir n'importe où, sans s'abriter. Il n'est pas le premier à qui cela est arrivé.

Comme il est très violent et que déjà ses yeux chavirent, nous n'avons d'autre ressource que de l'assommer, afin qu'il devienne raisonnable. Nous le faisons vite et sans pitié et nous obtenons ainsi que, provisoirement, il se rassoie tranquille. Les autres sont devenus blêmes, pendant cette histoire ; il faut espérer qu'elle leur inspirera une crainte salutaire. Ce bombardement continu dépasse ce que peuvent supporter ces pauvres diables ; ils sont arrivés directement du dépôt des recrues pour tomber dans un enfer qui ferait grisonner même un ancien.

L'air irrespirable, après cela, éprouve encore davantage nos nerfs. Nous sommes assis comme dans notre tombe et nous n'attendons plus qu'une chose, qu'elle s'écroule sur nous.

Soudain, ce sont des hurlements et des fulgurations extraordinaires ; notre abri craque de toutes ses jointures sous un coup qui l'a frappé en plein ; heureusement que le projectile était léger et que les blocs de béton ont résisté. C'est un terrible cliquetis de métal ; les murs chancellent, les fusils, les casques, la terre, la saleté et la poussière volent partout. Une vapeur de soufre pénètre jusqu'à nous. Si, au lieu d'avoir été dans notre abri de première solidité, nous nous étions trouvés dans une de ces sapes légères comme on en fait maintenant, plus un de nous ne survivrait.

Cependant, les effets produits sont assez lamentables. La recrue de tout à l'heure recommence à se démener et deux autres font de même. L'une d'elles s'échappe et disparaît en courant. Les deux autres nous donnent du mal. Je me précipite derrière le fugitif en me demandant si je ne dois pas lui tirer un coup de fusil dans les jambes. Voici que j'entends un sifflement, je m'aplatis et, lorsque je me relève, la paroi de la tranchée est recouverte d'éclats d'obus brûlants, de lambeaux de chair et de débris d'uniforme. Je reviens dans notre abri.

Le premier des jeunes paraît vraiment être devenu fou. Si on le lâche, il donne de la tête contre le mur, comme un bouc. La nuit, il nous faudra le ramener à l'arrière. Pour l'instant, nous l'attachons de manière à pouvoir, en cas d'attaque, le délivrer aussitôt.

Kat propose de jouer au scat ; que faire ? Peut-être cela nous aidera-t-il à supporter les choses. Mais le résultat est pitoyable. Nous prêtons l'oreille à chaque obus qui tombe dans le voisinage et nous nous trompons en comptant les levées, ou nous ne servons pas la couleur.

Nous sommes obligés d'y renoncer. Nous semblons être assis dans une chaudière aux puissantes sonorités, sur laquelle on tape de tous les côtés.

Encore une nuit. Nous sommes maintenant pour ainsi dire vidés par la tension nerveuse. C'est une tension mortelle, qui, comme un couteau ébréché, gratte notre mœlle épinière sur toute sa longueur. Nos jambes se dérobent ; nos mains tremblent ; notre corps n'est plus qu'une peau mince recouvrant un délire maîtrisé avec peine et masquant un hurlement sans fin qu'on ne peut plus retenir. Nous n'avons plus ni chair, ni muscles ; nous n'osons plus nous regarder, par crainte de quelque chose d'incalculable. Ainsi nous serrons les lèvres, tâchant de penser : cela passera... Cela passera... Peut-être nous tirerons-nous d'affaire.

*

Brusquement les obus cessent de tomber dans notre voisinage. Le bombardement dure encore, mais il est reporté derrière nous ; notre tranchée est libre. Nous saisissons les grenades, nous les jetons dans la sape et nous bondissons au-dehors. Le feu de destruction a cessé, mais, en revanche, derrière nous il y a un terrible feu de barrage. C'est l'attaque.

Personne ne croirait que dans ce désert tout déchiqueté il puisse y avoir encore des êtres humains ; mais, maintenant, les casques d'acier surgissent partout dans la tranchée et à cinquante mètres de nous il y a déjà en position une mitrailleuse, qui, aussitôt, se met à crépiter.

Les défenses de fils de fer sont hachées. Néanmoins elles présentent encore quelques obstacles. Nous voyons les assaillants venir. Notre artillerie fulgure. Les mitrailleuses ronflent, les fusils grésillent. Les gens d'en face font tous leurs efforts pour avancer. Haie et Kropp se mettent à travailler avec les grenades. Ils les lancent aussi vite qu'ils peuvent ; elles leur sont tendues toutes prêtes à être envoyées. Haie atteint soixante mètres et Kropp cinquante ; la preuve en a été faite et c'est une chose très importante. Les gens d'en face, occupés à courir, ne peuvent guère être dangereux avant leur arrivée à trente mètres.

Nous reconnaissons les visages crispés et les casques ; ce sont des Français. Ils atteignent les débris des barbelés et ont déjà des pertes visibles. Toute une file est fauchée par la mitrailleuse qui est à côté de nous ; puis nous avons une série d'enrayages et les assaillants se rapprochent.

Je vois l'un d'eux tomber dans un cheval de frise, la figure haute. Le corps s'affaisse sur lui-même comme un sac, les mains restent croisées comme s'il voulait prier. Puis, le corps se détache tout entier et il n'y a plus que les mains coupées par le coup de feu, avec des tronçons de bras, qui restent accrochées dans les barbelés.

Au moment où nous reculons, trois visages émergent du sol. Sous l'un des casques apparaît une barbe pointue, toute noire et deux yeux qui sont fixés droit sur moi. Je lève la main, mais il m'est impossible de lancer ma grenade dans la direction de ces étranges yeux. Pendant un instant de folie, toute la bataille tourbillonne autour de moi et de ces yeux qui, seuls, sont immobiles ; puis en face de moi, la tête se dresse, je vois une main, un mouvement, et aussitôt ma grenade vole, vole là-dessus.

Nous reculons en courant, nous tirons vivement des chevaux de frise dans la tranchée et nous laissons tomber derrière nous des grenades tout armées, qui nous permettent de céder le terrain sans cesser le feu. De la position suivante les mitrailleuses font feu.

Nous sommes devenus des animaux dangereux, nous ne combattons pas, nous nous défendons contre la destruction. Ce n'est pas contre des humains que nous lançons nos grenades, car à ce moment-là nous ne sentons qu'une chose : c'est que la mort est là qui nous traque, sous ces mains et ces casques. C'est la première fois depuis trois jours que nous pouvons la voir en face : c'est la première fois depuis trois jours que nous pouvons nous défendre contre elle. La fureur qui nous anime est insensée ; nous ne sommes plus couchés, impuissants sur l'échafaud, mais nous pouvons détruire et tuer, pour nous sauver... pour nous sauver et nous venger.

Nous nous dissimulons derrière chaque coin, derrière chaque support de barbelés et, avant de nous retirer un peu plus loin, nous lançons dans les jambes de nos assaillants des paquets d'explosions. Le craquement sec des grenades se répercute puissamment dans nos bras et dans nos jambes ; repliés sur nous-mêmes comme des chats, nous courons, tout inondés par cette vague qui nous porte, qui nous rend cruels, qui fait de nous des bandits de grand chemin, des meurtriers et, si l'on veut, des démons, – cette vague qui multiplie notre force au milieu de l'angoisse, de la fureur et de la soif de vivre, qui cherche à nous sauver et qui même y parvient. Si ton père se présentait là avec ceux d'en face, tu n'hésiterais pas à lui balancer ta grenade en pleine poitrine.

Les tranchées de première ligne sont évacuées. Sont-ce encore des tranchées ? Elles sont criblées de projectiles, anéanties ; il n'y a plus que des débris de tranchée, des trous reliés entre eux par des boyaux, une multitude d'entonnoirs. Mais les pertes de ceux d'en face s'accumulent. Ils ne comptaient pas sur autant de résistance.

*

Midi. Le soleil brûle avec ardeur ; la sueur nous irrite les yeux ; nous l'essuyons avec notre manche, parfois il y a du sang. Maintenant nous arrivons à une tranchée qui est dans un état un peu meilleur. Elle est occupée par nos troupes et prête pour la contre-attaque ; elle nous accueille. Notre artillerie entre puissamment en action et verrouille la position.

Les lignes qui sont derrière nous s'arrêtent. Elles ne peuvent pas avancer. L'attaque est brisée par notre artillerie. Nous sommes aux aguets. Voici que le tir de nos pièces s'allonge de cent mètres ; alors nous reprenons l'offensive. A côté de moi un soldat de première classe a la tête emportée. Il fait encore quelques pas tandis que le sang jaillit du cou, comme un jet d'eau.

Il ne se produit pas, à vrai dire, de corps à corps, car les autres sont obligés de reculer. Nous regagnons nos éléments de tranchées et même nous les dépassons.

Oh ! ces volte-face ! L'on a atteint les positions de réserve, qui vous protègent, on voudrait se faufiler derrière elles et disparaître ; et voici qu'il faut faire demi-tour et revenir dans l'empire de l'horreur. Si nous n'étions pas des automates, à ce moment-là, nous resterions couchés, épuisés, incapables de la moindre volonté. Mais nous sommes de nouveau entraînés en avant, malgré nous et, pourtant, avec une fureur et une rage folles ; nous voulons tuer, car ceux de là-bas sont maintenant des ennemis mortels ; leurs fusils et leurs grenades sont dirigés contre nous. Si nous ne les anéantissons pas, ce sont eux qui nous anéantiront.

La terre brune, cette terre brune toute déchirée et éclatée qui jette une lueur grasse sous les rayons du soleil est l'arrière-plan d'un automatisme sourd et sans trêve ; notre halètement est le bruit que font les ressorts du mécanisme ; nos lèvres sont sèches ; notre tête est plus lourde qu'après une nuit d'ivrognerie. C'est dans cet état que nous avançons en titubant, et dans nos âmes, percées comme des écumoires, pénètre, avec une douleur perforante, l'image de cette terre brune avec ce soleil gras et ces soldats morts et palpitants qui sont étendus là, comme si c'était un sort inéluctable, ou qui nous saisissent la jambe en poussant des cris, tandis que nous sautons par-dessus leurs corps.

Nous avons perdu tout sentiment de solidarité ; c'est à peine si nous nous reconnaissons lorsque l'image d'autrui tombe dans notre regard de bête traquée. Nous sommes des morts insensibles qui, par un stratagème et un ensorcellement dangereux, sont encore capables de courir et de tuer.

Un jeune Français reste en arrière ; il est rejoint et lève les mains ; dans l'une d'elles il a encore son revolver ; on ne sait pas s'il veut tirer ou se rendre. Un coup de pelle lui fend en deux le visage. Un second voit cela et essaie de s'enfuir, mais une baïonnette lui entre en sifflant dans le dos. Il bondit et, les bras largement écartés, la bouche grande ouverte et criant, il chancelle, tandis que la baïonnette oscille dans son échine. Un troisième jette son fusil et se blottit contre le sol, les mains devant les yeux. On le laisse derrière avec quelques autres prisonniers pour emporter les blessés.

Soudain, dans notre poursuite, nous arrivons aux positions ennemies.

Nous serrons de si près nos adversaires en fuite que nous parvenons à nous y introduire presque en même temps qu'eux. Grâce à cela, nous avons peu de pertes. Une mitrailleuse se met à aboyer, mais une grenade lui fait son affaire. Néanmoins, les quelques secondes que cela a duré ont suffi pour atteindre au ventre cinq de nos hommes. Kat, d'un coup de crosse, fracasse le visage de l'un des servants, restés sans blessure. Nous enfilons les autres à la baïonnette, avant qu'ils aient pu se servir de leurs grenades. Puis, altérés, nous buvons avidement l'eau du refroidisseur.

Partout claquent les pinces à fils de fer, en train de travailler, partout des planches sont posées vivement sur l'enchevêtrement des ouvrages ; nous sautons dans les tranchées par les étroites ouvertures qui y donnent accès. Haie plante sa pelle dans le cou d'un gigantesque Français et il lance la première grenade ; nous nous dissimulons pendant quelques secondes derrière un parapet, puis toute la partie rectiligne de la tranchée qui est devant nous se trouve vide. Dans le coin, obliquement, siffle notre nouvel envoi de grenades, qui fait place nette ; en courant, nous en lançons aussi dans les abris devant lesquels nous passons. La terre tremble ; ce n'est que fumées, grondements et explosions. Nous trébuchons contre des lambeaux de chair qui nous font glisser, contre des corps mous ; je tombe sur un ventre ouvert, sur lequel est posé un képi d'officier tout neuf et d'une propreté parfaite.

Le combat fléchit. Le contact avec l'ennemi est rompu. Comme nous ne pourrions pas tenir longtemps à cet endroit-là, on nous ramène sur nos positions primitives, sous la protection de notre artillerie. Aussitôt que nous avons connaissance de ce mouvement, nous nous précipitons avec une hâte encore plus grande dans les abris voisins, pour emporter toutes les conserves qui nous tombent sous les yeux, surtout les boîtes de *corned-beef* et de beurre, avant de grimper hors des tranchées. Nous nous replions dans de bonnes conditions. Pour le moment, il ne se produit aucune autre attaque de la part de l'ennemi. Pendant plus d'une heure, nous restons étendus, tout haletants, à nous reposer avant que personne ne parle. Nous sommes tellement épuisés que, malgré l'acuité de notre faim, nous ne pensons pas aux conserves. Ce n'est que petit à petit que nous redevenons à peu près des êtres humains.

Le *corned-beef* d'en face est renommé sur tout le front. Il est même parfois la raison principale d'une de ces sorties que nous effectuons à l'improviste, car notre nourriture est en général mauvaise ; nous avons continuellement faim.

Au total, nous avons ramassé cinq boîtes. Comparés à nous, qui sommes affamés avec notre marmelade de raves, les gens de là-bas sont magnifiquement nourris ; chez eux la viande traîne partout ; on n'a qu'à tendre la main pour en avoir. En outre, Haie s'est emparé d'un de ces pains blancs, tout ronds, qu'ont les Français et il l'a planté derrière son ceinturon, comme une pelle. Un des bouts est un peu ensanglanté, mais il est facile de le couper.

C'est un bonheur que maintenant nous ayons ainsi de quoi bien manger ; nous aurons encore besoin de nos forces. Manger à sa faim est aussi utile qu'un bon abri ; c'est pourquoi la nourriture nous préoccupe tant ; effectivement, elle peut nous sauver la vie.

Tjaden a, de plus, rapporté deux bidons de cognac. Nous les faisons passer à la ronde.

*

L'artillerie nous administre sa « bénédiction du soir ». La nuit arrive ; des brouillards montent du fond des entonnoirs. On dirait que les trous sont remplis de choses mystérieuses, semblables à des fantômes. La vapeur blanche rampe timidement çà et là, avant d'oser s'élever au-dessus du bord ; puis de longues traînes vaporeuses s'étendent d'entonnoir en entonnoir.

Il fait frais. Je suis de faction et je regarde fixement dans l'obscurité. Je me sens déprimé, comme après chaque attaque ; c'est pourquoi il m'est pénible d'être seul avec mes pensées. A vrai dire, ce ne sont pas des pensées, mais des souvenirs qui maintenant me hantent dans ma faiblesse et m'impressionnent d'une façon singulière.

Les fusées lumineuses montent dans le ciel et je vois se dessiner en moi une image : c'est un soir d'été, je suis dans le cloître de la cathédrale et je regarde de hauts rosiers qui fleurissent au milieu du petit jardin dans lequel on enterre les chanoines. Tout autour sont les images de pierre des stations du rosaire. Il n'y a personne ; un grand silence règne dans ce carré en fleurs ; le soleil met sa chaleur sur les grosses pierres grises ; j'y pose la main et je sens comme elles sont chaudes. A l'extrémité de droite du toit en ardoises, la tour verte de la cathédrale s'élance dans le bleu tendre et mat du soir. Entre les petites colonnes luisantes qui courent tout autour du cloître règne cette fraîche obscurité qui est propre aux églises ; et je suis là, immobile, pensant que, lorsque j'aurai vingt ans, je connaîtrai les troublantes choses qui viennent des femmes.

Cette image est tout près de moi, par un phénomène extraordinaire ; elle me touche presque, avant de s'effacer sous le flamboiement de la prochaine fusée.

Je saisis mon fusil et j'en vérifie l'état. Le canon est humide. J'y pose ma main en serrant fort et, avec mes doigts, j'essuie l'humidité.

Parmi les prairies qu'il y avait derrière notre ville s'élevait, le long d'un ruisseau, une rangée de vieux peupliers. Ils étaient visibles de très loin et, bien que ne formant qu'une seule file, on les appelait l'allée des peupliers. Déjà, étant enfants, nous avions pour eux une prédilection ; inexplicablement, ils nous attiraient ; nous passions auprès d'eux des journées entières et nous écoutions leur léger murmure. Nous nous asseyions à leur ombre, sur le bord du ruisseau, et nous laissions pendre nos pieds dans le courant clair et rapide. Les pures émanations de l'eau et la mélodie du vent dans les peupliers dominaient notre imagination. Nous les aimions tant ! Et l'image de ces jours-là, avant de disparaître, fait battre encore mon cœur.

Il est étrange que tous les souvenirs qui s'évoquent en nous aient deux qualités. Ils sont toujours pleins de silence ; c'est ce qu'il y a en eux de plus caractéristique, et même si dans la réalité il en fut autrement, ils n'en produisent pas moins cette impression-là. Et ce sont des apparitions muettes, qui me parlent avec des regards et des gestes, sans avoir recours à la parole, silencieusement ; et leur silence, si émouvant, m'oblige à étreindre ma manche et mon fusil, pour ne pas me laisser aller à ce relâchement et à cette liquéfaction auxquels mon corps voudrait doucement s'abandonner pour rejoindre les muettes puissances qu'il y a derrière les choses.

Elles sont silencieuses parce que le silence, justement, est pour nous un phénomène incompréhensible. Au front il n'y a pas de silence et l'emprise du front est si vaste que nous ne pouvons nulle part y échapper. Même dans les dépôts reculés et dans les endroits où nous allons au repos, le grondement et le vacarme assourdis du feu restent toujours présents à nos oreilles. Nous n'allons jamais assez loin pour ne plus l'entendre. Mais, tous ces jours-ci, ç'a été insupportable.

Ce silence est la raison pour laquelle les images du passé éveillent en nous moins des désirs que de la tristesse, une mélancolie immense et éperdue. Ces choses-là ont été, mais elles ne reviendront plus. Elles sont passées ; elles font partie d'un autre monde pour nous révolu. Dans les cours des casernes elles suscitaient un désir farouche et rebelle ; alors elles étaient encore liées à nous ; nous leur appartenions et elles nous appartenaient bien que nous fussions séparés. Elles surgissaient dans les chansons de soldat que nous chantions lorsque nous allions à l'exercice dans la lande, marchant entre l'aurore et de noires silhouettes de forêts ; elles constituaient un souvenir véhément qui était en nous et qui aussi émanait de nous.

Mais ici, dans les tranchées, ce souvenir est perdu. Il ne s'élève plus en nous-mêmes ; nous sommes morts et lui se tient au loin à l'horizon ; il est une sorte d'apparition, un reflet mystérieux qui nous visite, que nous craignons et que nous aimons sans espoir. Il est fort et notre désir est également fort ; mais il est inaccessible et nous le savons. Il est aussi vain que l'espoir de devenir général.

Et, même si on nous le rendait, ce paysage de notre jeunesse, nous ne saurions en faire grand-chose. Les forces délicates et secrètes qu'il suscitait en nous ne peuvent plus renaître. Nous aurions beau être et nous mouvoir en lui, nous aurions beau nous souvenir, l'aimer et être émus à son aspect, ce serait la même chose que quand la photographie d'un camarade mort occupe nos pensées ; ce sont ses traits, c'est son visage et les jours que nous avons passés avec lui qui prennent dans notre esprit une vie trompeuse, mais ce n'est pas lui.

Nous ne serions plus liés à ce paysage, comme nous l'étions. Ce n'est pas la connaissance de sa beauté et de son âme qui nous a attirés vers lui, mais la communauté, la conscience d'une fraternité avec les choses et les événements de notre être, fraternité qui nous limitait et nous rendait toujours quelque peu incompréhensible le monde de nos parents ; car nous étions toujours, pour ainsi dire, tendrement adonnés et abandonnés au nôtre et les plus petites choses aboutissaient toujours pour nous à la route de l'infini. Peut-être n'était-ce là que le privilège de notre jeunesse ; nous ne voyions encore aucune limite et nulle part nous n'admettions une fin ; nous avions en nous cette impulsion du sang qui nous unissait à la marche de nos jours.

Aujourd'hui, nous ne passerions dans le paysage de notre jeunesse que comme des voyageurs. Nous sommes consumés par les faits, nous savons distinguer les nuances, comme des marchands, et reconnaître les nécessités, comme des bouchers. Nous ne sommes plus insouciants, nous sommes d'une indifférence terrible. Nous serions là, mais vivrions-nous ?

Nous sommes délaissés comme des enfants et expérimentés comme de vieilles gens ; nous sommes grossiers, tristes et superficiels : je crois que nous sommes perdus.

*

Mes mains deviennent froides et ma peau frissonne. Et, pourtant, la nuit est chaude, seulement le brouillard est frais, ce brouillard sinistre qui rampe autour des morts devant nous et qui suce la dernière goutte de vie cachée. Demain ils seront livides et leur sang sera noir et coagulé.

Les fusées lumineuses montent toujours dans le ciel et projettent leur éclat impitoyable au-dessus du paysage pétrifié qui est plein de cratères et d'une froide lumière, comme un astre lunaire. Le sang qui coule sous ma peau porte l'inquiétude et la frayeur dans mes pensées. Elles s'affaiblissent et tremblent ; elles veulent de la chaleur et de la vie. Elles ne peuvent pas résister sans consolation et sans illusions ; elles s'embrouillent devant l'image nue du désespoir.

J'entends un cliquetis de bouteillons et j'ai aussitôt un violent désir d'aliments chauds ; cela me fera du bien et me tranquillisera. Je me contrains avec peine à attendre le moment de la relève.

Puis je descends dans l'abri et j'y trouve, tout prêt pour moi, un bol de gruau. Il y a de la graisse et c'est bon ; je mange lentement. Mais je reste silencieux, bien que les autres soient de meilleure humeur, parce que le bombardement s'est affaibli.

*

Les jours passent et chaque heure est à la fois incompréhensible et évidente. Les attaques alternent avec les contre-attaques et, parmi les entonnoirs, les morts s'accumulent entre les lignes. Le plus souvent nous pouvons aller chercher les blessés qui ne sont pas trop loin de nous ; mais plusieurs, malgré tout, restent là étendus longtemps et nous les entendons mourir.

Il y en a un que nous cherchons vainement depuis deux jours. Il est sans doute couché sur le ventre et il ne peut pas se retourner. C'est la seule explication qu'il y ait de notre impossibilité de découvrir où il est, car, lorsque l'on appelle avec la bouche tout près du sol, il est extrêmement difficile de savoir d'où vient l'appel.

Il aura sans doute reçu un mauvais coup, une de ces blessures malignes, qui ne sont pas assez fortes pour accabler rapidement le corps et vous faire trépasser à demi étourdi et qui, d'autre part, le sont trop pour qu'on puisse supporter la douleur avec l'espoir de guérir. Kat pense qu'il a une fracture du bassin ou bien un coup dans la colonne vertébrale. Il ne doit pas avoir de blessure à la poitrine ; autrement il ne posséderait pas tant de souffle pour crier. Si sa blessure était autre, on le verrait forcément se remuer.

Peu à peu la voix devient rauque. Le son en est si malheureusement disposé qu'on dirait que cela peut venir de tous les coins de l'horizon. La première nuit, trois camarades sont sortis pour le chercher ; mais alors qu'ils croient avoir trouvé la direction et que déjà ils rampent dans ce sens, dès qu'ils prêtent l'oreille, la voix de nouveau vient d'ailleurs.

Jusqu'à l'aube, ils cherchent en vain. Pendant le jour, on fouille le terrain avec des jumelles ; on ne découvre rien. La seconde journée, la voix de l'homme est plus faible ; on se rend compte que ses lèvres et sa bouche sont devenues sèches.

Notre commandant de compagnie a promis à celui qui le trouverait une permission anticipée avec trois jours de supplément. C'est là un puissant stimulant, mais même sans cela nous ferions tout le possible, car ces cris sont terribles. Kat et Kropp sortent même une fois pendant l'après-midi. Albert a un bout d'oreille emporté par une balle. Témérité inutile, ils ne le ramènent pas.

Et pourtant, on peut comprendre nettement ce qu'il dit. D'abord, il n'a pas cessé d'appeler au secours ; pendant la seconde nuit il a eu sans doute un peu de fièvre ; il parle à sa femme et à ses enfants ; souvent nous entendons le nom d'Élise. Aujourd'hui, il ne fait plus que pleurer. Ce soir, la voix s'éteint et n'est qu'un gémissement. Mais il soupire encore tout doucement toute la nuit. Nous l'entendons très bien, parce que le vent souffle dans le sens de nos tranchées. Le lendemain matin, lorsque nous croyons déjà qu'il est depuis longtemps entré dans la paix, un râle guttural vient encore une fois de notre côté...

Les journées sont brûlantes et les morts sont étendus là en rangs serrés. Nous ne pouvons pas aller les chercher tous ; nous ne savons pas ce que nous pourrions en faire. Ce sont les obus qui les enterrent. Parfois leur ventre se gonfle comme un ballon. Ils sifflent, rotent et bougent. Ce sont les gaz qui s'agitent en eux.

Le ciel est bleu et sans nuage. Les soirées sont lourdes et la chaleur monte du sol. Lorsque le vent souffle vers nous, il nous apporte l'odeur du sang, cette odeur lourde et d'une répugnante fadeur, cette exhalaison de mort sortie des entonnoirs, qui paraît être un mélange de chloroforme et de pourriture et qui nous donne des malaises.

*

Les nuits deviennent calmes et la chasse aux ceintures de cuivre des obus et aux parachutes de soie des fusées françaises commence. En vérité, personne ne sait très bien pourquoi ces ceintures d'obus sont si recherchées. Les collectionneurs affirment simplement qu'elles ont de la valeur. Il y a des gens qui s'en chargent tellement que quand ils descendent des tranchées le poids les oblige à marcher tout courbés.

Haie, lui, donne au moins un motif : il veut les envoyer à sa fiancée, comme jarretières. Sur ce, naturellement, les braves Frisons sont pris d'une immense hilarité ; ils se tapent sur les cuisses en disant : « En voilà une plaisanterie ! » Bon Dieu, ce Haie a de l'esprit jusqu'aux oreilles ! Tjaden, plus spécialement, ne peut pas se contenir ; il a dans sa main la plus grande de ces ceintures et à tout moment il y passe sa jambe pour montrer combien d'espace libre il y a encore. « Haie, mon vieux, elle doit en avoir des jambes, oui, des jambes – il faut dire que ses pensées s'élèvent un peu plus haut que ce point-là –, et elle doit en avoir aussi des fesses, oui, comme... comme un éléphant. »

Dans sa gaieté, il n'en finit pas. « Ah ! c'est avec elle que je voudrais bien jouer à se taper sur les jambons, ma parole. »

Haie est radieux, parce que sa fiancée a tant de succès, et il dit, content de lui-même et d'un ton bref : « C'est une gaillarde. »

Les parachutes de soie sont d'une utilisation plus pratique. Trois ou quatre, suivant l'ampleur de la poitrine, font une blouse. Kropp et moi nous en faisons des mouchoirs. Les autres les envoient chez eux. Si les femmes pouvaient voir le péril qu'il y a souvent à aller chercher ces minces chiffons, elles seraient joliment effrayées.

Kat surprend Tjaden en train d'essayer de frapper, en toute tranquillité, sur un obus non éclaté, pour en détacher les ceintures. Avec tout autre, le machin aurait fait explosion, mais Tjaden, lui, comme toujours, a de la chance.

Deux papillons jaunes jouent tout un après-midi devant notre tranchée ; leurs ailes sont tachetées de rouge.

Qu'est-ce donc qui a pu les attirer ici ? Il n'y a pas une plante, pas une fleur aux alentours. Ils se posent sur les dents d'un crâne. Aussi insouciants sont les oiseaux, ils se sont habitués, depuis longtemps, à la guerre. Chaque matin des alouettes montent dans le ciel entre les fronts ennemis. Il y a un an, nous avons pu en observer en train de couver et qui, même, réussirent à élever leurs petits.

Dans la tranchée, les rats nous laissent tranquilles. Ils sont en avant de nous, nous savons pourquoi. Ils engraissent ; quand nous en voyons un, nous tirons sur lui. La nuit, nous entendons de nouveau les roulements venant de l'autre côté. Pendant le jour, nous n'avons que le bombardement normal, de sorte que nous pouvons réparer les tranchées. Il y a aussi de quoi se distraire, les aviateurs nous servent à cela. Chaque jour, de nombreux combats aériens ont leur public.

Nous ne nous plaignons pas des avions de combat, mais nous haïssons comme la peste les observateurs, car ils attirent sur nous le feu de l'artillerie. Quelques minutes après qu'ils ont fait leur apparition, c'est un déluge de shrapnels et d'obus. Cela nous fait perdre onze hommes en un seul jour, parmi lesquels cinq brancardiers. Deux sont à tel point écrabouillés que Tjaden déclare qu'on pourrait, avec une cuiller, racler ce qui en reste collé à la paroi de la tranchée et leur donner pour cercueil une marmite. Un autre a le bas-ventre emporté, ainsi que les jambes. Mort, planté sur le tronc, dans la tranchée, son visage est jaune citron et sa cigarette luit encore dans sa barbe ; elle rougeoie jusqu'à ce qu'elle atteigne les lèvres.

Nous déposons provisoirement les morts dans un grand entonnoir. Il y en a, jusqu'à présent, trois couches superposées.

*

Soudain, le feu recommence à rouler furieusement. Bientôt nous revoilà assis dans la rigidité inquiète de l'attente inactive.

Attaque, contre-attaque, choc, contre-choc, ce sont là des mots, mais que ne signifient-ils pas ? Nous perdons beaucoup de monde, surtout des recrues. Dans notre secteur, les vides sont de nouveau comblés par des renforts. Il nous est ainsi venu un des régiments récemment créés, presque rien que des jeunes gens des derniers contingents. A peine les a-t-on instruits ; ils n'ont pu, avant d'entrer en campagne, que faire des exercices théoriques. Sans doute ils savent ce qu'est une grenade, mais ils n'ont que très peu de connaissances des moyens de s'abriter ; surtout le sens de la chose leur manque. Il faut qu'un relief du sol ait déjà cinquante centimètres de haut pour qu'ils s'en aperçoivent.

Bien que des renforts nous soient indispensables, les recrues nous donnent presque plus de travail qu'elles ne nous sont utiles. Dans cette zone de durs combats elles sont désemparées et tombent comme des mouches. La guerre de positions que l'on fait aujourd'hui nécessite des connaissances et de l'expérience ; il faut comprendre le terrain ; il faut avoir dans l'oreille le bruit des divers projectiles et connaître leurs effets ; il faut prévoir où ils tombent, quel est leur champ d'arrosage et comment on se protège.

Naturellement, tous ces jeunes effectifs ne savent encore presque rien de tout cela. Ils sont décimés, parce qu'ils distinguent à peine un fusant d'un percutant ; ils sont fauchés parce qu'ils écoutent avec angoisse le hurlement des grosses « caisses à charbon » qui sont inoffensives et qui vont tomber très loin de nous, tandis qu'ils n'entendent pas le murmure léger et sifflant des petits monstres qui éclatent au ras du sol. Ils se serrent l'un contre l'autre, comme des moutons, au lieu de se disperser, et même les blessés sont encore abattus, comme des lièvres, par les aviateurs. Ah ! ces pâles figures de navets, ces mains pitoyablement crispées, cette lamentable intrépidité de ces pauvres chiens qui, malgré tout, vont de l'avant et attaquent, de ces pauvres, de ces braves chiens, qui sont si intimidés qu'ils n'osent même pas crier et qui, les bras, les jambes, la poitrine et le ventre tout déchirés, gémissent doucement en appelant leurs mères et cessent aussitôt qu'on les regarde !

Leurs visages, pointus, duveteux et morts ont cette épouvantable absence d'expression des cadavres d'enfants.

On se sent la gorge serrée quand on les voit bondir, courir et tomber. On voudrait les battre, parce qu'ils sont si bêtes, – et aussi les prendre dans ses bras et les éloigner de là où ce n'est pas leur place. Ils portent des vestes, des pantalons gris et des bottes de soldats, mais, pour la plupart, l'uniforme est trop ample, il flotte autour de leurs membres, leurs épaules sont trop étroites ; leurs corps sont trop menus ; on n'a pas eu d'uniformes à la mesure de ces enfants.

Pour un ancien, il tombe de cinq à dix recrues.

Une attaque aux gaz, qui vient par surprise, en emporte une multitude. Ils ne se sont même pas rendu compte de ce qui les attendait. Nous trouvons un abri rempli de têtes bleuies et de lèvres noires. Dans un entonnoir ils ont enlevé trop tôt leurs masques. Ils ne savaient pas que dans les fonds le gaz reste plus longtemps ; lorsqu'ils ont vu que d'autres soldats audessus d'eux étaient sans masque, ils ont enlevé les leurs et avalé encore assez de gaz pour se brûler les poumons. Leur état est désespéré ; des crachements de sang qui les étranglent et des crises d'étouffement les vouent irrémédiablement à la mort.

*

Dans un élément de tranchée, je me trouve soudain en présence d'Himmelstoss. Nous nous cachons dans le même abri. Haletant, tout le monde est couché et attend le moment d'avancer pour l'attaque.

Bien que je sois très agité, en sortant de l'abri, une pensée me traverse encore la tête : je ne vois plus Himmelstoss ! Rapidement je redescends et je le trouve couché dans un coin qui, avec une petite éraflure, fait semblant d'être blessé. A voir son visage, on dirait qu'on l'a assommé. Il a un accès de trouille : il faut dire qu'il est encore nouveau ici. Mais ce qui me rend furieux, c'est de savoir que les jeunes recrues sont dehors tandis que lui est caché là. Je crie d'une voix rageuse :

« Sors d'ici ! »

Il ne bouge pas, ses lèvres tremblent et sa moustache palpite.

« Sors, d'ici ! »

Il raidit ses jambes, se presse contre le mur et montre les dents, comme un chien.

Je le saisis par le bras et veux l'obliger à se lever. Voilà qu'il se met à chialer. Alors mes nerfs m'emportent. Je le tiens par le cou, je le secoue comme un sac, si bien que sa tête oscille des deux côtés et je lui crie en plein visage : « Canaille, veux-tu sortir ? Chien, vache, tu voudrais te cacher ? » Ses yeux deviennent vitreux ; je balance sa tête contre le mur : « Fumier ! » Je lui donne un coup de pied dans les côtes : « Cochon ! » Je le pousse en avant et je le fais sortir la tête la première.

Précisément, une nouvelle vague de nos camarades vient à passer. Il y a avec eux un lieutenant ; il nous regarde et crie : « En avant ! En avant ! Serrez les rangs ! Serrez les rangs ! » Et ce que mes coups n'ont pu obtenir, cette parole l'obtient. Himmelstoss a entendu son supérieur ; il regarde autour de lui, comme s'il s'éveillait, et se joint aux autres.

Je le suis et je le vois bondir. Il est redevenu le tranchant Himmelstoss de la cour de la caserne ; il a même rattrapé le lieutenant et il est tout à fait en tête...

*

Feu roulant, tir de barrage, rideau de feu, mines, gaz, tanks, mitrailleuses, grenades, ce sont là des mots, des mots, mais ils renferment toute l'horreur du monde.

Nos visages sont pleins de croûtes : notre pensée est anéantie ; nous sommes mortellement las. Lorsque l'attaque arrive, il faut en frapper plus d'un à coups de poing pour qu'il se réveille et suive. Les yeux sont enflammés, les mains déchirées, les genoux saignent, les coudes sont rompus.

Sont-ce des semaines, des mois ou des années qui passent ainsi ? De simples journées. Nous voyons le temps disparaître, à côté de nous, sur les visages décolorés des mourants ; nos cuillères versent des aliments dans notre corps, nous courons, nous lançons des grenades, nous tirons des coups de feu, nous tuons, nous nous étendons n'importe où, nous sommes exténués et abrutis et une seule chose nous soutient : c'est qu'il y en a encore de plus exténués, de plus abrutis, de plus désemparés, qui, les yeux grands ouverts, nous regardent comme des dieux, nous qui, parfois, pouvons échapper à la mort.

Nous leur faisons la leçon pendant les rares heures de repos. « Tiens, tu vois là cette marmite vacillante ? C'est une mine qui arrive. Reste couché ; elle s'en va là-bas. Mais, quand elle fait comme ceci, fiche le camp. On peut s'en garer en courant. »

Nous exerçons leurs oreilles à percevoir le murmure perfide de ces petits projectiles que l'on entend à peine ; il faut qu'ils reconnaissent parmi le vacarme leur bourdonnement de moustique ; nous leur enseignons qu'ils sont plus dangereux que les gros, que l'on entend venir longtemps à l'avance. Nous leur montrons comment on se cache aux yeux des aviateurs, comment on fait le mort quand on est dépassé par les assaillants, comment il faut armer les grenades, pour qu'elles explosent une demi-seconde avant le choc. Nous leur apprenons à se précipiter rapidement dans des trous d'obus quand arrivent des percutants ; nous leur montrons comment avec un paquet de grenades on nettoie une tranchée ; nous leur expliquons la différence qu'il y a entre les grenades ennemies et les nôtres, pour ce qui est de la durée de l'allumage ; nous appelons leur attention sur le bruit que font les grenades à gaz et nous leur expliquons tous les artifices qui peuvent les sauver de la mort.

Ils nous écoutent, ils sont dociles, mais, lorsque la bataille recommence, le plus souvent, dans leur émotion, ils font tout à contresens.

Haie Westhus est emporté avec l'échine fracassée ; à chaque inspiration son poumon bat à travers la blessure. Je puis encore lui serrer la main. « C'est fini, Paul », gémit-il, en se mordant les bras de douleur.

Nous voyons des gens, à qui le crâne a été enlevé, continuer de vivre ; nous voyons courir des soldats dont les deux pieds ont été fauchés ; sur leurs moignons éclatés, ils se traînent en trébuchant jusqu'au prochain trou d'obus ; un soldat de première classe rampe sur ses mains pendant deux kilomètres en traînant derrière lui ses genoux brisés ; un autre se rend au poste de secours, tandis que ses entrailles coulent par-dessus ses mains qui les retiennent ; nous voyons des gens sans bouche, sans mâchoire inférieure, sans figure ; nous rencontrons quelqu'un qui, pendant deux heures, tient serrée avec les dents l'artère de son bras, pour ne point perdre tout son sang ; le soleil se lève, la nuit arrive, les obus sifflent ; la vie s'arrête.

Cependant, le petit morceau de terre déchirée où nous sommes a été conservé, malgré des forces supérieures et seules quelques centaines de mètres ont été sacrifiées. Mais, pour chaque mètre, il y a un mort.

*

Nous sommes relevés. Les roues roulent sous nos pieds, en nous ramenant à l'arrière ; nous sommes là debout comme en léthargie et, lorsque se fait entendre le cri : « Attention ! Fil ! » nous fléchissons les genoux pour nous baisser. Quand nous sommes passé ici, c'était l'été ; les arbres étaient encore verts ; maintenant, ils ont un air d'automne et la nuit est grise et humide. Les voitures s'arrêtent, nous en descendons petit groupe de vivants jetés pêle-mêle, reste d'une multitude de noms. Sur les côtés, dans l'obscurité, des gens appellent les numéros des régiments et des compagnies. Et à chaque appel, un petit tas se détache du groupe, un petit nombre insignifiant de soldats crasseux et livides, un petit nombre formidablement réduit, un résidu terriblement petit.

Voici que quelqu'un crie notre numéro ; c'est, nous le reconnaissons à sa voix, notre commandant de compagnie. Il en est donc revenu. Nous allons vers lui et je reconnais Kat et Albert ; nous nous mettons l'un à côté de l'autre, nous nous appuyons l'un contre l'autre et nous nous regardons.

Et encore une fois, encore une fois, on appelle notre numéro. On peut l'appeler longtemps ; on n'entend rien dans les infirmeries, ni dans les entonnoirs.

Une fois encore : « Ici la deuxième compagnie ! »

Et puis, plus bas : « Plus personne de la deuxième ? »

Il se tait. Sa voix est un peu rauque lorsqu'il demande : « Tout le monde est là ? » Et il commande : « Comptez-vous ! »

Le matin est gris ; lorsque nous sommes partis, c'était encore l'été et nous étions cent cinquante hommes. Maintenant nous avons froid ; c'est l'automne ; les feuilles bruissent, les voix s'élèvent d'un ton las : « Un, deux, trois, quatre... » Et après le numéro trente-deux elles se taisent. Il se produit un long silence, avant qu'une voix demande : « Y a-t-il encore quelqu'un ? » Puis elle attend et dit tout bas : « Par pelotons ! » Cependant, elle s'arrête et ne peut achever que péniblement : « Deuxième compagnie... deuxième compagnie, pas de route, en avant ! »

Une file, une brève file tâtonne dans le matin.

Trente-deux hommes.

VII

On nous mène plus à l'arrière que d'habitude, dans un dépôt de recrues, afin que nous puissions reconstituer notre effectif. Notre compagnie a besoin de plus de cent hommes de renfort.

Pendant ce temps, nous flânons, çà et là, car nous n'avons pas de service à faire. Au bout de deux jours, Himmelstoss nous rejoint. Depuis qu'il a été dans la tranchée, il n'a plus sa grande gueule. Il nous propose de faire la paix. Je suis prêt à accepter, car j'ai vu qu'il a aidé à emporter Haie Westhus qui avait le dos arraché. Comme, en outre, il parle d'une manière vraiment raisonnable, nous ne voyons aucune objection à ce qu'il nous invite à la cantine. Seul Tjaden est méfiant et réservé.

Mais lui aussi est vite conquis, car Himmelstoss raconte qu'il va remplacer le caporal des cuisines qui part en permission. Comme preuve, il amène aussitôt deux livres de sucre pour nous et une demi-livre de beurre, spécialement pour Tjaden. Il nous fera même détacher à la cuisine les trois jours suivants pour peler des pommes de terre et des rutabagas.

Les plats qu'il nous fait servir sont dignes de la table des officiers.

Ainsi, nous avons de nouveau, pour le moment, les deux choses qui font le bonheur du soldat : bonne nourriture et repos. Quand on y pense, ce n'est pas beaucoup. Il y a seulement quelques années, nous nous serions terriblement méprisés. Maintenant, nous en sommes presque contents. Tout est affaire d'habitude, même la tranchée.

Cette accoutumance est la raison pour laquelle nous paraissons oublier si vite. Avant-hier, nous étions encore sous le feu et aujourd'hui nous faisons les badauds et nous nous laissons vivre. Demain, nous reviendrons dans la tranchée. En réalité, nous n'oublions rien. Tant que nous devons rester en campagne, les jours de front, lorsqu'ils sont passés, tombent comme des pierres au fond de notre être parce qu'ils sont trop lourds pour que nous puissions aussitôt les méditer. Si nous le faisions, ils nous anéantiraient, car j'ai déjà remarqué ceci : les horreurs sont supportables tant qu'on se contente de baisser la tête, mais elles tuent, quand on y réfléchit.

Tout comme nous devenons des bêtes lorsque nous allons à l'avant – parce que c'est la seule chose qui nous permette de tenir – lorsque nous sommes au repos, nous devenons des farceurs superficiels et des endormis. Impossible de faire autrement, nous y sommes littéralement contraints ; nous voulons vivre à tout prix. C'est pourquoi nous ne pouvons pas nous alourdir de sentiments qui peuvent être décoratifs en temps de paix, mais qui, ici, sont absolument faux.

Kemmerich est mort. Haie Westhus meurt. Au jour du jugement dernier, on aura du mal à recoller le corps de Hans Kramer qui a été écrabouillé par un obus ; Martens n'a plus de jambes, Meyer est mort, Marx est mort, Beyer est mort, Hämmerling est mort ; cent vingt hommes sont couchés quelque part dans les ambulances, la peau trouée ; c'est une chose maudite, mais en quoi cela nous touche-t-il maintenant ? Nous vivons. Si nous pouvions les sauver, oui, on le verrait, peu nous importerait de risquer nous-mêmes notre peau, nous serions vite en route, car nous avons, quand nous le voulons, un sacré ressort ; nous ne connaissons guère la peur, sauf la peur de mourir, mais alors c'est autre chose, c'est physique.

Mais nos camarades sont morts, nous ne pouvons pas les aider ; ils ont la paix. Qui sait ce qui nous attend encore ? Ce que nous voulons, c'est nous caler là et dormir ou bouffer à plein ventre, nous pocharder et fumer, pour que les heures ne soient pas vides. La vie est courte.

*

L'horreur du front disparaît lorsque nous lui tournons le dos ; nous faisons à son sujet des plaisanteries ignobles et féroces. Lorsque quelqu'un meurt, nous disons qu'il a fermé son cul et c'est ainsi que nous parlons de tout. Cela nous empêche de devenir fous. Tant que nous le prenons de cette façon, nous sommes capables de résister.

Mais nous n'oublions pas ! Ce que disent les journaux de guerre au sujet du magnifique humour des troupes, qui s'occupent d'organiser des danses, à peine sont-elles sorties de la zone du bombardement, n'est que stupidité. Si nous agissons ainsi, ce n'est pas parce que nous avons de l'humour mais nous avons de l'humour, parce que, autrement, nous crèverions. Du reste, nous serons bientôt à bout de nos ressources et notre humour devient chaque mois plus amer.

Et, je le sais, tout ce qui maintenant, tant que nous sommes en guerre, s'enfonce en nous, comme des pierres, se ranimera après la guerre et alors seulement commencera l'explication, – à la vie, à la mort.

Les jours, les semaines, les années de front ressusciteront à leur heure et nos camarades morts reviendront alors et marcheront avec nous. Nos têtes seront lucides, nous aurons un but et ainsi nous marcherons, avec, à côté de nous, nos camarades morts et, derrière nous, les années de front : nous marcherons... contre qui, contre qui ?

*

Ici, dans la région, il y a eu dernièrement des représentations d'un théâtre du front. Sur une palissade sont encore collées des affiches bariolées. Kropp et moi nous faisons devant elles de grands yeux. Nous ne pouvons pas comprendre qu'il y ait encore pareille chose. Voici une jeune fille, vêtue d'une robe claire d'été, avec une rouge ceinture de cuir verni autour de la taille. Elle pose une main sur une rampe et de l'autre elle tient un chapeau de paille, elle porte des bas blancs et des souliers blancs, de mignonnes chaussures à boucle avec de hauts talons ; derrière elle luit la mer bleue, avec quelques vagues écumeuses, et sur le côté s'amorce une baie pleine de lumière. C'est une fille splendide, avec un petit nez, des lèvres rouges et de longues jambes, d'une propreté et d'une coquetterie inimaginables. Certainement elle se baigne deux fois par jour et elle n'a jamais de noir sous les ongles, tout au plus, peut-être, parfois un peu de sable du rivage. A côté d'elle est un homme en pantalon blanc avec un veston bleu et une casquette de navigateur, mais il nous intéresse beaucoup moins. La jeune fille de la palissade est pour nous un miracle ; nous avons absolument oublié qu'il existe des choses pareilles et même, maintenant, nous avons de la peine à en croire nos yeux.

En tout cas, depuis des années, nous n'avons rien vu de semblable, rien qui, il s'en faut de beaucoup, marque autant de sérénité, de beauté et de bonheur. Voilà bien la paix ; elle doit être telle, sentons-nous avec émotion.

« Regarde ces chaussures légères ; elles ne lui permettraient pas de faire seulement un kilomètre », dis-je.

Et aussitôt, je me trouve moi-même ridicule, car il est stupide, devant une pareille image, de penser à la marche.

« Quel âge peut-elle avoir ? » demande Kropp.

Je suppute et je dis :

« Tout au plus vingt-deux ans, Albert.

– Alors, elle serait plus âgée que nous. Mais je suis sûr qu'elle n'a pas plus de dix-sept ans. »

Un frémissement nous parcourt.

« Albert, ce serait fameux ça, qu'en dis-tu ? »

Il fait signe que oui.

« Chez moi, j'ai aussi un pantalon blanc.

– Un pantalon blanc, oui, dis-je, mais une jeune fille comme ça... »

Nous nous regardons du haut en bas, mutuellement. Il n'y a pas grand-chose à découvrir en nous, à part un uniforme crasseux, rapiécé et délavé. Toute comparaison est sans espoir.

C'est pourquoi, d'abord, nous faisons disparaître de la palissade le jeune homme au pantalon blanc, avec précaution, pour ne pas endommager la jeune fille. C'est déjà un résultat.

Puis, Kropp propose :

« Si nous allions nous faire épouiller ? »

Je ne suis pas tout à fait de cet avis, car, par là, les affaires s'abîment et au bout de deux heures on a rattrapé des poux. Cependant, après nous être une nouvelle fois plongés dans la contemplation de l'image, je me déclare prêt à le suivre. Et j'ajoute :

« Nous pourrions même essayer de trouver une chemise propre. »

Albert pense, pour je ne sais quelle raison :

« Des chaussettes russes seraient encore mieux.

– Oui, peut-être aussi des chaussettes russes, nous allons tâcher de dénicher quelque chose. »

Mais voici que Leer et Tjaden s'approchent en flânant : ils aperçoivent l'affiche et en un tournemain la conversation devient assez cochonne. Leer fut le premier de notre classe qui eut une maîtresse ; et il nous donnait, de ses amours, des détails qui nous agitaient. Il s'enthousiasme à sa manière pour cette image et Tjaden l'imite énergiquement.

A vrai dire, cela ne nous dégoûte pas. Celui qui ne dit pas de cochonneries n'est pas un soldat : seulement, en ce moment-ci nous n'avons pas l'esprit tout à fait à ça. C'est pourquoi nous coupons court et nous nous dirigeons vers l'établissement d'épouillage avec le sentiment que nous aurions en allant chez un tailleur chic.

*

Les maisons dans lesquelles nous avons pris quartier sont situées près du canal. De l'autre côté de l'eau, il y a des étangs entourés de bois de peupliers ; au-delà du canal, il y a aussi des femmes.

De notre côté, les maisons ont été évacuées, mais en face on voit encore de temps en temps des habitants.

Le soir, nous faisons de la natation. Voici venir trois femmes le long de la rive ; elles vont lentement et ne détournent pas leur regard, bien que nous ne portions pas de caleçons.

Leer les appelle ; elles rient et s'arrêtent pour nous regarder. Nous leur lançons, en un mauvais français, les phrases qui nous viennent à la tête, n'importe lesquelles, pêle-mêle et précipitamment, pour qu'elles ne s'en aillent pas. Vraiment, ce ne sont précisément pas des choses très relevées, mais d'où les aurions-nous sorties ?

Il y a là notamment une brune svelte. Quand elle rit, on voit luire ses dents. Ses mouvements sont rapides et sa jupe descend avec souplesse autour de ses jambes. Bien que l'eau soit froide, nous nous mettons en quatre et nous faisons tous nos efforts pour les intéresser afin qu'elles restent. Nous risquons des plaisanteries et elles répondent sans que nous les comprenions, nous rions et leur faisons des signes. Tjaden est plus raisonnable. Il court à notre logis, en rapporte un pain de munition et le porte en l'air.

Cela obtient un grand succès. Par signes et par gestes, elles nous invitent à venir auprès d'elles, mais cela nous est interdit. Il nous est défendu d'aller sur l'autre rive. A tous les ponts, il y a des sentinelles. Sans titre régulier, rien à faire. C'est pourquoi nous tâchons de les amener à comprendre que c'est elles qui devraient venir nous trouver, mais elles secouent la tête et nous montrent les ponts : elles non plus, on ne les laisse pas passer. Elles reviennent sur leurs pas et remontent lentement le canal, toujours le long de la rive. Nous les accompagnons en nageant. Après quelques centaines de mètres, elles s'écartent du bord et nous montrent une maison qui se détache près de là parmi les arbres et les buissons. Leer leur demande si c'est là qu'elles habitent. Elles rient. Oui, c'est là leur maison.

Nous leur crions que nous viendrons lorsque les sentinelles ne pourront pas nous voir. Pendant la nuit, cette nuit même.

Elles lèvent leurs mains, les mettent à plat l'une contre l'autre, et les posent contre leurs visages en fermant les yeux. Elles ont compris. La brune toute mince esquisse des pas de danse. Une blonde gazouille : « *Du pain... du bon...* »

Nous leur confirmons avec animation que nous leur en apporterons. Mais aussi d'autres belles choses. Et, ce disant, nous roulons des yeux et nous faisons avec les mains des gestes significatifs. Leer manque de se noyer en voulant expliquer qu'il leur apportera un bout de saucisson. Si c'était nécessaire, nous leur promettrions tout un dépôt de vivres. Elles s'en vont et se retournent encore maintes fois. Nous regagnons notre rive et nous vérifions si elles entrent bien dans la maison, car il se pourrait qu'elles nous eussent trompés. Puis, à la nage, nous revenons à notre point de départ.

Sans titre régulier, personne ne doit traverser le pont, c'est pourquoi nous irons tout bonnement, pendant la nuit, à la nage. L'émotion nous saisit et ne nous lâche plus. Nous ne pouvons rester en place et nous allons à la cantine. Justement, il y a de la bière et une sorte de punch.

Nous buvons du punch et nous nous racontons des histoires, des histoires extraordinaires inventées de toutes pièces. Chacun ne demande pas mieux que de croire le voisin, en attendant, impatiemment, de pouvoir se vanter d'une prouesse encore plus triomphante. Nos mains sont fiévreuses. Nous fumons d'innombrables cigarettes, jusqu'à ce que Kropp dise : « Ma foi, nous pourrions leur apporter aussi quelques cigarettes. » Alors, nous les mettons dans nos calots et nous les y gardons.

Le ciel prend une teinte de pomme verte. Nous sommes quatre, mais il n'y en a que pour trois : c'est pourquoi il faut que nous nous débarrassions de Tjaden ; nous lui versons du rhum et du punch jusqu'à ce qu'il titube. Lorsqu'il fait nuit, nous regagnons notre logis, Tjaden au milieu de nous. Nous sommes en feu et le désir de l'aventure nous remplit. La brune svelte est pour moi : nous avons fait le partage, c'est décidé.

Tjaden tombe sur son sac de paille et se met à ronfler ; voici qu'il se réveille et qu'il nous regarde en ricanant d'un air si malicieux que nous avons déjà peur et que nous croyons qu'il a fait semblant d'être saoul et que le punch que nous lui avons payé n'a servi de rien ; puis il retombe et il se rendort. Chacun de nous trois prépare un pain entier et l'enveloppe dans du papier de journal. Nous y ajoutons les cigarettes et, en outre, trois bonnes portions de saucisson au foie que, justement, nous avons reçu le soir. C'est là un présent convenable.

Provisoirement, nous mettons tout cela dans nos bottes, car il nous faut prendre des bottes pour ne pas marcher sur des fils de fer ou des tessons, lorsque nous serons de l'autre côté du canal. Comme, auparavant, il nous faudra traverser celui-ci à la nage, nous ne pouvons pas nous embarrasser de vêtements ; du reste il fait nuit et ce n'est pas loin.

Nous partons, nos bottes à la main. Nous nous glissons vite dans l'eau, nous nous mettons sur le dos, nous nageons et nous tenons les bottes avec le contenu au-dessus de nos têtes.

Nous escaladons avec précaution l'autre bord du canal, nous sortons les paquets des bottes et nous chaussons celles-ci. Ce que nous portons, nous le plaçons sous le bras. Ainsi nous nous mettons en marche, tout mouillés, nus, n'ayant pour vêtement que nos bottes, au petit trot. Nous trouvons aussitôt la maison. Elle est située dans l'obscurité des buissons. Leer trébuche sur une racine et s'écorche les coudes : « Ça ne fait rien », dit-il gaiement.

Il y a des volets aux fenêtres. Nous faisons le tour de la maison et nous essayons de regarder à travers les fentes. Puis, nous nous impatientons. Kropp est soudain indécis.

« S'il y avait chez elles un commandant ?

– Eh bien, on se défilerait, ricane Leer. Il n'aura qu'à lire le numéro de notre régiment ici », fait-il en se tapant sur le derrière.

La porte de la maison est ouverte. Nos bottes font un certain bruit, un gond grince. On aperçoit de la lumière. Une femme effrayée pousse un cri. Nous lui disons en aussi bon français que nous pouvons : « *Pst, pst... camarade... bon ami...* » Et en même temps, pour nous concilier ses bonnes grâces, nous levons nos paquets en l'air.

On voit maintenant aussi les deux autres. La porte s'ouvre toute grande et la lumière rayonne sur nous. On nous reconnaît et toutes trois se mettent à rire à gorge déployée de notre mise. Elles se tordent et se courbent dans l'ouverture de la porte, tellement elles rient. Quelle souplesse dans leurs mouvements !

« Un moment ! » font-elles.

Elles disparaissent et nous jettent des effets dont nous nous enveloppons tant bien que mal. Puis il nous est permis d'entrer. Une petite lampe brûle dans la chambre. Il fait chaud et cela sent un peu le parfum. Nous déballons nos paquets et nous les leur donnons. Leurs yeux brillent, on voit qu'elles ont faim.

Puis, nous nous trouvons tous quelque peu embarrassés. Leer fait mine de manger. Alors l'animation reparaît ; elles vont chercher des assiettes et des couteaux et elles se jettent sur les victuailles.

Elles lèvent d'abord en l'air, admirativement, chaque petite rondelle de saucisson au foie qu'elles s'apprêtent à manger et nous sommes là assis à côté d'elles, très fiers.

Elles nous couvrent d'un flot de paroles. Nous ne comprenons pas grand-chose à ce qu'elles disent, mais nous sentons que ce sont des mots gentils. Peut-être aussi leur produisons-nous l'impression d'être très jeunes ; la brune svelte me caresse les cheveux et me dit ce que toutes les femmes françaises disent toujours : « *La guerre... grand malheur... pauvres garçons...* »

Je prends son bras, je le tiens serré et je mets ma bouche dans la paume de sa main. Ses doigts étreignent mon visage. Tout au-dessus de moi sont ses yeux émouvants, la douceur brune de sa peau et ses lèvres rouges. Sa bouche prononce des paroles que je ne comprends pas. Je ne comprends pas non plus ses yeux, tout à fait : ils disent plus que nous n'en attendions en venant ici.

Il y a des chambres à côté. En m'y rendant, je vois Leer qui, avec la blonde, parle haut et y va carrément. C'est qu'en effet il s'y connaît ; mais moi je suis perdu dans une espèce de lointain, fait à la fois de douceur et de violence, et je m'y laisse aller. Je sens en moi quelque chose qui désire et qui sombre à la fois. La tête me tourne, il n'y a rien ici à quoi l'on puisse s'appuyer. Nous avons laissé nos bottes devant la porte ; on nous a donné des pantoufles à la place et maintenant je n'ai plus rien de ce qui rappelle l'allure cavalière et impertinente du soldat : ni fusil, ni ceinturon, ni uniforme, ni casque. Je m'abandonne à cet inconnu ; arrive que pourra, car, malgré tout, j'ai un peu peur.

La svelte brune remue les sourcils lorsqu'elle réfléchit. Quand elle parle, ils sont immobiles.

Parfois, également, ce qu'elle dit reste à moitié inexprimé, est étouffé ou passe vaguement par-dessus ma tête ; c'est comme un arc, une trajectoire, une comète. Qu'en ai-je su ? Qu'en sais-je ? Les mots de cette langue étrangère que je comprends à peine m'endorment en me plongeant dans un calme où la chambre disparaît presque avec ses parties sombres et sa lumière et où vit seulement et reste distincte la face humaine qui est au-dessus de moi.

Combien complexe est un visage qui nous était encore étranger il y a seulement une heure et qui maintenant est penché en une attitude de tendresse qui ne vient pas de lui, mais de la nuit, de l'univers et du sang qui paraissent rayonner en lui ! Les objets qui sont alentour sont touchés et transformés par cette ambiance, ils prennent un aspect particulier et ma peau blanche m'inspire presque un sentiment de vénération lorsque la lumière de la lampe s'y reflète et que la main brune et fraîche la caresse.

Comme tout cela est différent de ce qui se passe dans les bordels à soldats où nous avons l'autorisation d'aller et où l'on fait la queue en longues files ! Je ne voudrais pas y penser, mais malgré moi ce souvenir m'obsède et j'en suis épouvanté, car peut-être n'est-on plus capable de s'en débarrasser jamais.

Mais alors je sens les lèvres de cette svelte brune et je me tends vers elles ; je ferme les yeux et je voudrais par là tout effacer, la guerre, ses horreurs et ses ignominies, pour me réveiller jeune et heureux. Je pense à l'image de la jeune fille qui était sur l'affiche et je crois un instant que ma vie dépend d'une seule chose : la conquérir. Et je me presse d'autant plus fort dans ces bras qui m'enlacent : peut-être va-t-il se produire un miracle...

....

Ensuite, je ne sais pas comment, nous nous retrouvons tous ensemble. Leer a un air triomphant. Nous prenons congé chaleureusement et nous renfilons nos bottes.

L'air nocturne rafraîchit nos corps brûlants. Les peupliers se dressent très grands dans l'obscurité et murmurent. La lune brille au ciel et dans l'eau du canal. Nous ne courons pas, nous allons l'un à côté de l'autre, à grands pas. Leer dit :

« Ça valait bien un pain de munition. »

Je ne puis me résoudre à parler ; je ne suis même pas gai.

Voici que nous entendons marcher et nous nous dissimulons derrière un buisson. Les pas se rapprochent, ils sont maintenant tout près de nous. Nous apercevons un individu nu avec des bottes, exactement comme nous : il tient un paquet sous son bras et il passe au galop. C'est Tjaden, qui est très pressé. Il a déjà disparu.

Nous rions. Le lendemain, c'est lui qui pestera !

Sans être remarqués par personne, nous regagnons nos paillasses.

*

Je suis appelé au bureau. Le commandant de compagnie me tend un titre de permission avec une feuille de route et il me souhaite bon voyage. Je regarde combien j'ai de permission : dix-sept jours. Quatorze pour la permission et trois pour le voyage. Pour le voyage, c'est trop peu et je demande si je ne pourrais pas avoir cinq jours. Bertinck me fait signe de bien regarder mon papier ; alors je m'aperçois que je ne reviendrai pas tout de suite au front. Ma permission expirée, je participerai au cours du camp de la Lande.

Les autres m'envient. Kat me donne de bons conseils, en m'indiquant comme je dois m'y prendre pour essayer de m'embusquer. « Si tu es malin, tu y resteras. »

A vrai dire, j'aurais préféré ne partir que dans huit jours, car nous resterons encore ici tout ce temps-là et l'on y est bien. Naturellement, il me faut payer une tournée à la cantine. Nous sommes tous un peu ivres. Je deviens mélancolique. Je resterai à l'arrière pendant six semaines ; certes, c'est là un grand bonheur, mais que sera-ce lorsque je reviendrai ? Les retrouverai-je encore tous ici ? Haie et Kemmerich ne sont déjà plus là ; à qui le tour, maintenant ?

Nous buvons et je regarde mes camarades l'un après l'autre. Albert est assis à côté de moi et fume, il est très gai, nous avons toujours été ensemble. En face, est accroupi Kat, avec ses épaules tombantes, son large pouce et sa voix tranquille. Puis Müller avec ses dents saillantes et son rire sonore ; Tjaden avec ses yeux de souris ; Leer qui se laisse pousser la barbe et qui a l'air d'avoir quarante ans.

Au-dessus de nos têtes flotte une épaisse fumée. Sans tabac, que serait le soldat ? La cantine est pour lui un asile, la bière est plus que de la boisson, c'est l'indice que l'on peut sans danger étendre et étirer ses membres. En fait, nous ne nous gênons pas du tout sous ce rapport-là. Nous avons nos jambes allongées et nous crachons tout à notre aise autour de nous, je ne vous dis que ça ! Quelle impression tout cela fait sur quelqu'un qui s'en va le lendemain !

La nuit, nous allons encore une fois de l'autre côté du canal : j'ai presque peur en disant à la svelte brune que je m'en vais et que, quand je reviendrai, nous serons à coup sûr quelque part ailleurs et par conséquent séparés pour toujours ; mais elle se contente de faire quelques signes de tête et n'a pas l'air d'être trop émue. Tout d'abord, je ne peux pas très bien comprendre ; mais ensuite je saisis. Leer a raison ; si j'étais parti pour les tranchées, on aurait encore dit : « *Pauvre garçon !* » Mais un permissionnaire, elles s'en soucient peu, car il n'est pas aussi intéressant. Qu'elle aille au diable avec son gazouillement et ses paroles ! On croit à un miracle et au bout du compte il n'y a que les pains de munition.

Le lendemain matin, de nouveau épouillé, je me dirige vers la voie ferrée. Albert et Kat m'accompagnent. A la station, on nous dit que le départ n'aura pas lieu avant quelques heures. Mes deux camarades doivent s'en aller, rappelés par le service ; nous prenons congé l'un de l'autre.

« Bonne chance, Kat ! Bonne chance, Albert ! »

Ils s'en vont et me font signe à plusieurs reprises. Leurs silhouettes deviennent plus petites. Chacun de leurs pas, chacun de leurs mouvements m'est familier ; de loin je les reconnaîtrais facilement. Voici qu'ils ont disparu.

Je m'assieds sur mon sac et j'attends.

Soudain, je suis pris d'une impatience folle : partir.

*

Je m'arrête dans plus d'une gare ; je prends place devant plus d'une marmite où l'on distribue de la soupe ; je m'étends sur plus d'une planche. Mais, ensuite, le paysage que traverse le train devient à la fois troublant, inquiétant et familier ; il glisse, au passage, sur les vitres du soir, avec des villages – où des toits de paille s'enfoncent comme des calots sur des maisons crépies et cloisonnées –, avec des champs de céréales qui, sous l'oblique lumière, luisent comme de la nacre, avec des vergers, des granges et de vieux tilleuls.

Les noms des stations deviennent des notions qui font trembler mon cœur. Le train roule et roule en trépidant, je me mets à la fenêtre et je m'appuie au châssis. Ces noms-là renferment ma jeunesse.

Des prairies plates, des champs, des fermes. Un attelage passe solitaire, devant le ciel, dans le chemin qui court parallèlement à l'horizon. Voici une barrière devant laquelle des paysans attendent, des jeunes filles qui font des signes, des enfants qui jouent le long de la voie, des chemins qui mènent dans la campagne, des chemins bien unis, sans artillerie.

C'est le soir et, si le train ne faisait pas entendre son lourd ronronnement, je ne pourrais m'empêcher de crier. La plaine se déploie toute grande : dans un bleu atténué, la silhouette des contreforts montagneux commence à s'élever dans le lointain. Je reconnais la ligne caractéristique du Doldenberg, cette crête dentelée, qui s'amorce brusquement là où s'arrête la cime de la forêt. C'est là, derrière, que va apparaître la ville.

Mais la lumière d'un rouge doré coule sur la terre en se confondant avec elle ; le train s'engage en criant le long d'une courbe, puis encore le long d'une autre et, irréels, confus et obscurs se dressent les peupliers, très loin, l'un derrière l'autre en longue file, faits à la fois d'ombre, de lumière et de langueurs.

La campagne tourne lentement avec eux ; le train les contourne, les intervalles diminuent ; ils ne forment plus qu'un bloc et, au bout d'un instant, je n'en vois plus qu'un seul. Puis les autres reprennent leur place derrière le premier et ils restent encore longtemps seuls, sur le fond du ciel, jusqu'à ce qu'ils soient masqués par les premières maisons.

Voici un passage à niveau ; je me tiens à la fenêtre, je ne puis pas m'en détacher. Les autres préparent leurs affaires pour descendre ; moi, je prononce à voix basse le nom de la rue que nous traversons : « Rue de Brême, rue de Brême... »

Au-dessous de nous il y a des cyclistes, des voitures, des êtres humains. C'est une rue grise et un viaduc gris, mais cela m'émeut comme si c'était ma mère.

Puis le train s'arrête et la gare est là avec son vacarme, ses appels et ses écriteaux. Je saisis mon sac et je le boucle sur mes épaules ; je prends mon fusil à la main et je descends les marches du wagon presque en titubant. Sur le quai de la gare, je regarde autour de moi. Je ne connais personne des gens qui se pressent là. Une dame de la Croix-Rouge m'offre quelque chose à boire. Je m'écarte d'elle. Elle me sourit trop bêtement, tellement elle est pénétrée de son importance (voyez donc, je donne du café à un soldat !). Elle me dit : « Camarade » ; comme si j'avais besoin de cela.

Mais, dehors, devant la gare, brille la rivière, à côté de la rue. Elle siffle toute blanche en sortant des écluses du pont du moulin. La vieille tour cassée se dresse là tout près ; devant elle le gros tilleul aux vives couleurs, et derrière, le soir.

Ici, nous nous sommes assis souvent : que cela est loin !

Nous avons traversé ce pont et nous avons respiré l'odeur fraîche et putride de l'eau immobile. Nous nous sommes penchés au-dessus du flot calme, de ce côté-ci de l'écluse, où de vertes lianes et des algues pendaient aux piles du pont, et de l'autre côté de l'écluse, par les jours brûlants, nous avons joui de la fraîcheur de l'écume jaillissante, tout en bavardant sur le compte de nos maîtres.

Je traverse le pont, je regarde à droite et à gauche, l'eau est toujours remplie d'algues et elle tombe toujours bruyamment en formant un arc de blancheur. Dans la vieille tour, les repasseuses sont encore comme autrefois, avec leurs bras nus, devant le linge blanc, et la chaleur de leurs fers se répand par les fenêtres ouvertes. Des chiens trottinent dans la rue étroite ; devant les portes des maisons, il y a des gens qui me regardent passer, sale et chargé comme un portefaix. Dans cette pâtisserie nous avons pris des glaces et nous nous sommes exercés à fumer la cigarette. Dans cette rue où je passe, je connais chaque maison, l'épicerie, la droguerie, la boulangerie, et puis me voici devant la porte brune au loquet usé et ma main s'alourdit. J'ouvre : une fraîcheur étrange m'accueille ; elle rend mes yeux incertains.

Sous mes bottes, l'escalier grince. En haut, une porte crie, quelqu'un regarde par-dessus la rampe. C'est la porte de la cuisine qui vient de s'ouvrir. Justement on y fait cuire des beignets de pommes de terre, l'odeur en remplit la maison. En effet, aujourd'hui, c'est samedi ; c'est probablement ma sœur qui se penche là-haut. Pendant un instant, j'ai honte et je baisse la tête. Puis j'ôte mon casque et je lève les yeux. Oui, c'est ma sœur aînée. « Paul, s'écrie-t-elle, Paul ! »

Je fais un signe. Mon sac heurte la rampe ; mon fusil est si lourd ! Elle ouvre une porte toute grande et crie : « Mère, mère, Paul est là ! » Je ne peux plus avancer. « Mère, mère, Paul est là ! »

Je m'appuie contre le mur et j'étreins nerveusement mon casque et mon fusil ; je les étreins autant que je peux, mais je suis incapable de faire un pas de plus. L'escalier se brouille devant mes yeux. Je me donne un coup de crosse sur les pieds et je serre les dents avec colère, mais je ne peux pas résister à ce seul mot prononcé par ma sœur ; rien n'y fait. Je me tourmente pour me contraindre à rire et à parler : impossible de faire sortir une seule parole et ainsi je suis debout dans l'escalier, malheureux, tout désemparé, en proie à une crise terrible ; j'essaie de me ressaisir et les larmes ne font que couler sans cesse sur mon visage.

Ma sœur revient et me demande : « Qu'as-tu donc ? »

Alors je me fais violence et j'atteins l'antichambre en trébuchant. J'appuie mon fusil dans un coin. Je mets mon sac contre le mur et je pose mon casque dessus. Il faut que je me débarrasse de mon ceinturon et de ce qui y est accroché. Puis je dis, furieux : « Apporte-moi donc enfin un mouchoir ! » Elle m'en donne un qu'elle prend dans l'armoire et je m'essuie la figure. Au-dessus de moi est suspendue au mur la boîte de verre aux papillons multicolores que je collectionnais autrefois. Maintenant, j'entends la voix de ma mère. Cette voix vient de la chambre à coucher. Je demande à ma sœur :

« Elle n'est pas levée ?

– Elle est malade... » répond-elle.

Je vais vers elle, je lui donne la main et je dis d'un ton aussi calme que je le puis :

« Me voici, mère. »

Elle est couchée silencieusement, dans la demi-obscurité. Elle me demande avec anxiété, tandis que, je le sens, elle me tâte du regard :

« Es-tu blessé ?

– Non, je suis en permission. »

Ma mère est très pâle, j'ai peur de faire de la lumière.

« Et moi, qui suis couchée et qui pleure, dit-elle, au lieu de me réjouir !

– Es-tu malade ?

– Je vais me lever un peu aujourd'hui. »

Et elle se tourne vers ma sœur qui, sans cesse, est obligée de faire un saut à la cuisine pour que ce qu'elle fait cuire ne brûle pas.

« Ouvre aussi le pot de confitures de myrtilles... Tu les aimes, n'est-ce pas ? me demande-t-elle.

– Oui, mère, il y a longtemps que je n'en ai pas eu.

– Comme si nous avions deviné que tu allais venir ! dit ma sœur en riant. Justement, ton plat de prédilection, les beignets de pommes de terre et, qui plus est, avec des myrtilles !

– Mais il faut dire qu'aujourd'hui c'est samedi, fais-je.

– Assieds-toi près de moi », dit ma mère.

Elle me regarde ; ses mains sont blanches et maladives et toutes petites par rapport aux miennes. Nous ne nous parlons que très peu et je lui suis reconnaissant de ne pas m'interroger. Aussi bien que pourrais-je répondre ? Après tout, je n'ai pas à me plaindre, puisque je suis ici sain et sauf assis à côté d'elle et que, dans la cuisine, ma sœur est en train de préparer le dîner, tout en chantant.

« Mon cher enfant ! » dit ma mère à voix basse.

Nous n'avons jamais été d'une tendresse expansive dans la famille. Ce n'est pas l'usage chez les pauvres gens, qui ont beaucoup à faire et qui sont accablés de soucis. Même, ils ne peuvent pas comprendre de pareilles choses, car ils n'aiment pas à répéter plusieurs fois ce qu'ils savent déjà. Lorsque ma mère me dit : « Cher enfant ! » cela est aussi significatif que si une autre femme prononçait les paroles les plus pathétiques. Je sais que le pot de myrtilles est le seul qu'il y ait dans la maison depuis des mois et que c'est pour moi qu'elle l'a gardé, de même que les biscuits qu'elle me donne maintenant, et qui sont déjà vieux.

Sûrement, ceux-ci proviennent de quelque aubaine exceptionnelle et aussitôt elle les a mis de côté à mon intention.

Je suis assis près de son lit et par la fenêtre étincellent, en brun et or, les marronniers du jardin du café qui est en face. Je respire lentement, tout à mon aise, et je me dis : « Tu es chez toi, tu es chez toi. » Mais je ne puis me défaire d'une certaine gêne, je ne puis pas encore m'adapter à tout cela. Voici ma mère, voici ma sœur, voici ma boîte à papillons, voici le piano d'acajou, mais moi je ne suis pas encore tout à fait présent. Il y a un voile et un intervalle entre ma personne et les choses.

C'est pourquoi maintenant je vais chercher mon sac ; je le pose au bord du lit et je déballe ce que j'ai apporté : une boule entière de fromage de Hollande, que Kat m'a procurée ; deux pains de munition, trois quarts de livre de beurre, deux boîtes de saucisson au foie, une livre de graisse et un petit sac de riz.

« Sûrement que vous pourrez vous en servir... »

Elles font signe que oui.

« Sans doute qu'ici le ravitaillement ne va pas très bien ?

– Non, il n'y a pas grand-chose.

– Et là-bas, vous avez ce qu'il faut ? »

Je souris et montre ce que j'ai apporté.

« Pas toujours autant, mais ça peut aller. »

Ma sœur Erna emporte les vivres. Soudain, ma mère me prend vivement la main et me demande d'une voix hésitante :

« Cela a-t-il été très dur, là-bas, Paul ? »

Mère, que pourrais-je te répondre ? Tu ne le comprendrais pas, non, jamais tu ne le saisirais. Il ne faut pas, non plus, que tu le comprennes jamais. Tu me demandes si c'était dur ? C'est toi que me demandes cela, toi, mère ! Je secoue la tête et dis :

« Non, mère, pas tant que ça. Nous sommes là-bas beaucoup de camarades et ce n'est pas si dur que ça.

– Oui, mais dernièrement Henri Bredemeyer était ici et il a raconté que c'était terrible, maintenant, là-bas, avec les gaz et tout le reste. »

C'est ma mère qui parle ainsi. Elle dit : « Avec les gaz et tout le reste. » Elle ne sait pas ce qu'elle dit. Elle a simplement peur pour moi. Dois-je lui raconter qu'une fois nous avons trouvé les occupants de trois tranchées ennemies figés dans leur attitude comme s'ils avaient été frappés de la foudre ? Les gens étaient debout ou couchés sur les parapets, dans les abris, exactement à l'endroit où ils avaient été surpris, le visage bleuâtre, morts.

« Ah ! ma mère, on en dit des choses ! Bredemeyer raconte cela simplement pour parler. Tu le vois, je suis bien portant et j'ai grossi... »

Devant les inquiétudes de ma mère, je retrouve tout mon calme. Maintenant je puis aller et venir, parler et répondre, sans craindre d'être obligé de m'appuyer soudain contre le mur parce que le monde s'amollit comme du caoutchouc et que mes artères deviennent sèches comme de l'amadou.

Ma mère veut se lever ; pendant ce temps, je vais dans la cuisine trouver ma sœur.

« Qu'a-t-elle ? » lui demandé-je.

Elle hausse les épaules.

« Il y a déjà quelques mois qu'elle est couchée. Mais elle ne voulait pas que nous te l'écrivions. Plusieurs médecins l'ont vue. L'un d'eux a dit que probablement c'était encore son cancer. »

*

Je vais au bureau militaire pour faire viser ma permission. Je marche lentement à travers les rues. Çà et là, quelqu'un m'adresse la parole. Je ne m'arrête pas longtemps, parce que je ne désire pas beaucoup parler.

En revenant de la caserne, je m'entends appeler par une voix forte ; je me retourne, tout à mes pensées, et je me trouve en face d'un commandant. Il m'apostrophe :

« Vous ne pouvez pas saluer ?

– Pardonnez-moi, monsieur le commandant, dis-je, confus. Je ne vous ai pas vu. »

Il crie encore plus fort :

« Vous ne pouvez pas non plus vous exprimer correctement ? »

J'aurais envie de le gifler, mais je me retiens, car autrement ma permission est fichue. Je me raidis militairement et je dis :

« Je n'ai pas vu monsieur le commandant.

– Alors, faites attention, dit-il rudement. Comment vous appelez-vous ? »

Je donne mon nom.

Sa grosse face rouge est toujours irritée.

« Quelle formation ? »

Je réponds réglementairement.

Cela ne lui suffit pas encore.

« Où ça ? »

Mais, maintenant, j'en ai assez et je lui dis :

« Entre Langemarck et Bixschoote.

– Comment ? » demande-t-il, quelque peu étonné.

Je lui explique que je suis arrivé en permission, il y a une heure de cela, et je pense que maintenant il va se calmer.

Mais je me trompe. Il devient même plus furieux encore :

« Ah ! vous aimeriez à introduire ici les mœurs du front, hein ? Mais, rien à faire ! Ici, Dieu merci, l'ordre règne. »

Il commande :

« Vingt pas en arrière, marche, marche ! »

Je suis pris d'une rage sourde, mais je ne puis rien contre lui : s'il le voulait, il me ferait arrêter aussitôt. Aussi je reviens vivement sur mes pas, je m'avance et, cinq à six mètres avant d'arriver à sa hauteur, je me raidis en un salut nerveux, que je n'abandonne qu'après l'avoir dépassé de six mètres.

Il me rappelle et me fait connaître maintenant avec bienveillance que, pour une fois encore, l'indulgence l'emportera sur le règlement.

Je me montre reconnaissant, selon les formes militaires.

« Rompez ! » commande-t-il.

Je fais claquer les talons et je m'en vais.

Cela gâte ma soirée. Je rentre chez moi, je jette mon uniforme dans un coin ; c'était, d'ailleurs, mon intention ; puis, je sors de l'armoire mon costume civil et je l'endosse.

Je n'en ai plus l'habitude. Le costume est devenu court et étroit. Au régiment, j'ai grandi. J'ai de la peine à mettre mon col et ma cravate. Finalement, c'est ma sœur qui fait le nœud. Comme c'est léger, ce costume ! On a l'impression d'être simplement en chemise et en caleçon. Je me regarde dans la glace. C'est là pour moi une image étrange. Un communiant, brûlé par le soleil et grandi trop vite, me regarde avec étonnement. Ma mère est contente que je me sois mis en civil. Par là, je lui semble plus près d'elle. Mais mon père me préférerait en uniforme pour m'emmener ainsi chez ses amis ; je m'y refuse.

Il fait bon être assis tranquille quelque part. Par exemple, dans le jardin du café qui est en face de chez moi, sous les marronniers, près du jeu de quilles. Des feuilles tombent sur la table et sur le sol. Rien que quelques-unes, les premières. J'ai devant moi un verre de bière ; au régiment on prend l'habitude de boire. Le verre est à moitié vide. J'ai donc encore à savourer quelques bons coups bien frais et, en outre, je puis en commander, si je veux, un deuxième, puis un troisième. Il n'y a pas d'appel, ni de feu roulant. Les enfants du cafetier jouent aux quilles et le chien met sa tête sur mes genoux. Le ciel est bleu ; entre les feuilles des marronniers pointe le clocher vert de l'église Sainte-Marguerite.

Ça, c'est bon et je me trouve bien. Mais je ne peux pas m'entendre avec les gens. La seule personne qui ne m'interroge pas est ma mère. Mais mon père lui-même est comme les autres. Il voudrait que je lui parle un peu de ce qui se passe au front. Il a des désirs que je trouve à la fois bêtes et touchants ; déjà je n'ai plus avec lui de véritable intimité. Ce qu'il voudrait, ce serait m'entendre raconter, toujours. Je m'aperçois qu'il ne sait pas que des choses semblables ne peuvent pas se raconter et, pourtant, je voudrais bien aussi lui faire ce plaisir ; mais il y a du danger pour moi à traduire ça par des paroles : j'ai peur qu'alors cela ne s'enfle gigantesquement et qu'il ne soit plus possible d'en être maître. Où en serions-nous si nous prenions nettement conscience de ce qui se passe là-bas ? Aussi, je me borne à lui conter quelques histoires amusantes, mais le voilà qui me demande si j'ai pris part à un combat corps à corps. Je dis que non et je me lève pour sortir.

Cependant, je n'y gagne rien. Après que, dans la rue, je me suis effrayé deux ou trois fois parce que le bruit des tramways ressemble à celui des obus qui s'approchent en grondant, quelqu'un me frappe sur l'épaule. C'est mon professeur d'allemand qui me pose précipitamment les questions habituelles : « Eh bien, comment cela va-t-il, là-bas ? C'est terrible, terrible, n'est-ce pas ? Oui, c'est épouvantable, mais il faut que nous tenions et, somme toute, là-bas vous avez au moins une bonne nourriture, à ce qu'on m'a dit. Vous avez bonne mine, Paul. Vous paraissez très vigoureux ; ici, naturellement, ça ne va pas aussi bien ; c'est tout à fait naturel. Cela même va de soi : le meilleur doit être toujours pour nos soldats. »

Il m'entraîne au café, à sa table d'habitués. Je suis reçu d'une manière grandiose. Un monsieur qui porte le titre de directeur me donne la main et dit : « Ah ! vous venez du front ; comment est le moral, là-bas ? Excellent, excellent, n'est-ce pas ? »

Je déclare que chacun voudrait bien rentrer chez soi.

Il rit formidablement : « Je vous crois ! Mais d'abord il vous faut rosser le *Franzmann.* Fumez-vous ? Tenez, allumez-en un. Garçon, apportez aussi un verre de bière à notre jeune guerrier. »

J'ai malheureusement accepté le cigare ; aussi je suis obligé de rester. Tout le monde est débordant de bienveillance ; contre cela, il n'y a rien à dire. Cependant, je suis mécontent et je fume aussi vite que je peux. Pour faire au moins quelque chose, j'ingurgite d'un trait le verre de bière. Aussitôt on m'en fait apporter un deuxième . Les gens savent ce qu'ils doivent à un soldat.

Ils disputent sur ce que nous devons annexer. Le directeur, qui porte une chaîne de montre en fer, est le plus gourmand : il lui faut toute la Belgique, les régions houillères de la France et de grands morceaux de la Russie. Il donne les raisons exactes pour lesquelles cela doit nous revenir et il reste inflexible tant que les autres ne céderont pas. Alors il se met à expliquer en quel endroit doit se faire la percée du front français et, sur ces entrefaites, il se tourne vers moi : « Eh bien, avancez donc un peu, là-bas, avec votre éternelle guerre de positions. Flanquez une tripotée à ces bougres-là, alors nous aurons la paix. »

Je réponds que, selon notre opinion, une rupture du front est impossible, car les gens d'en face ont, pour cela, beaucoup trop de réserves. En outre, je dis que la guerre est bien différente de ce que l'on croit.

Il riposte d'un air supérieur et me prouve que je n'y entends rien. « A coup sûr, pour ce qui est des détails, vous avez raison, dit-il, mais, ce qui importe c'est l'ensemble et, cela, vous n'êtes pas en état de le juger. Vous ne voyez que votre petit secteur et c'est pourquoi vous ne pouvez pas avoir d'aperçu général. Vous faites votre devoir, vous risquez votre vie, cela mérite les plus grands honneurs. Chacun de vous devrait avoir la croix de fer. Mais, avant tout, le front ennemi doit être rompu dans les Flandres et puis il faut le faire céder du haut en bas. » Il souffle et s'essuie la barbe. « Il faut le faire céder complètement du haut en bas, et puis marcher sur Paris. »

Je voudrais bien savoir comment il se représente la chose et je m'enfile le troisième verre. Aussitôt il en commande un autre.

Mais je me lève, il me met encore quelques cigares dans la poche et il me congédie avec une tape amicale. « Tous nos vœux ! Il faut espérer que bientôt nous entendrons parler de vous d'une façon magnifique. »

*

Je m'étais imaginé la permission d'une manière différente. Il y a un an, effectivement, elle avait été tout autre. C'est sans doute moi qui ai changé depuis. Entre aujourd'hui et l'année dernière, il y a un abîme. Alors je ne connaissais pas la guerre. Nous n'avions été que dans des secteurs tranquilles. Aujourd'hui, je remarque que, sans le savoir, je suis déprimé. Je ne me trouve plus ici à mon aise. C'est pour moi un monde étranger. Les uns vous questionnent, les autres ne vous questionnent pas et on voit qu'ils sont fiers de cette attitude ; souvent, ils disent eux-mêmes, du ton de quelqu'un qui comprend les choses, qu'il n'est pas possible de parler de cela et, en même temps, ils affectent un petit air de supériorité.

Ce que je préfère, c'est être seul ; alors personne ne m'ennuie. Car, tous reviennent toujours sur les mêmes choses : ça va mal ou ça va bien. L'un trouve ceci et l'autre cela ; et toujours aussi ils s'occupent de ce qui les intéresse personnellement. Autrefois, j'ai certainement fait comme eux, mais maintenant tout cela est loin de moi.

Pour moi, les gens parlent trop. Ils ont des soucis, des buts, des désirs, que je ne puis concevoir comme eux. Parfois, je suis là assis avec l'un d'eux dans le petit jardin du café et j'essaie de lui expliquer que l'essentiel, en somme, c'est de pouvoir être là assis tranquillement.

Naturellement, ils comprennent cela ; ils le reconnaissent, ils l'admettent aussi, mais, chez eux, ce ne sont là que des paroles, des paroles et voilà la différence. Ils le sentent bien, mais à moitié ; l'autre moitié d'eux-mêmes est occupée ailleurs. Ils sont en quelque sorte partagés. Personne ne sent la chose avec tout son être. Je ne puis pas moi-même exprimer clairement ce que je pense.

Quand je les vois ainsi dans leurs chambres, dans leurs bureaux, à leurs affaires, cela m'attire irrésistiblement ; je voudrais être comme eux et être avec eux et oublier la guerre. Mais, en même temps, cela me répugne. Il y a là tant d'étroitesse. Comment cela peut-il remplir une existence ? Il faudrait briser les cadres. Comment tout cela peut-il être ainsi, pendant que là-bas les éclats d'obus sifflent au-dessus des entonnoirs et que les fusées montent dans le ciel ? Pendant que les blessés sont tirés sur les toiles de tente et que les camarades s'abritent dans les tranchées ? Ici, ce sont d'autres créatures, des créatures que je ne comprends pas très bien, qu'à la fois j'envie et je méprise. Malgré moi je suis obligé de penser à Kat et à Albert, à Müller et à Tjaden : que peuvent-ils faire maintenant ? Peut-être sont-ils assis à la cantine ou bien font-ils de la natation... Bientôt il leur faudra revenir en première ligne...

*

Dans ma chambre, derrière la table, il y a un sofa de cuir brun. Je m'y assieds. Aux murs sont fixées par des punaises de nombreuses images qu'autrefois j'ai découpées dans des revues. Çà et là, des cartes postales et des dessins qui m'ont plu. Dans le coin, un petit poêle de fer. En face, contre le mur, l'étagère où sont mes livres.

C'est dans cette chambre que j'ai vécu avant de devenir soldat. Ces livres, je les ai achetés peu à peu avec l'argent que je gagnais en donnant des leçons. Beaucoup sont des livres d'occasion. Tous les classiques, par exemple : un volume coûtait un mark vingt pfennigs, relié en toile forte de couleur bleue. Je les ai achetés complets, car j'étais pointilleux ; je n'avais pas confiance dans les éditeurs de morceaux choisis et je doutais qu'ils eussent pris le meilleur. C'est pourquoi je ne faisais l'achat que des « œuvres complètes ». Je les ai lus avec un zèle loyal, mais la plupart ne m'enchantaient pas. Je m'attachais d'autant plus aux autres livres, les modernes, qui naturellement aussi étaient beaucoup plus chers. Quelques uns, d'entre eux, je ne les ai pas acquis très honnêtement ; je les ai empruntés et ne les ai pas rendus, parce que je ne voulais pas m'en séparer.

Un compartiment est rempli de livres de classe. Ils ont été peu ménagés et ils sont en très mauvais état. Des pages ont été déchirées, on comprend pourquoi. Et au-dessous sont des cahiers, du papier et des lettres empaquetés, des dessins et des essais.

Je tâche de me reporter à ce temps-là. Il est encore dans la chambre, je le sens tout de suite. Les murs l'ont conservé. Mes mains sont posées sur le dossier du sofa. Maintenant, je me mets à mon aise et je relève mes jambes ; ainsi je suis assis confortablement dans le coin, entre les bras du sofa. La petite fenêtre est ouverte ; elle montre l'image familière de la rue avec, à l'extrémité, l'élancement du clocher. Il y a sur la table quelques fleurs. Porte-plume, crayons, un coquillage servant de presse-papiers, l'encrier, ici rien n'est changé.

L'aspect sera le même, si j'ai de la chance, lorsque la guerre sera finie et que je reviendrai pour toujours. Je m'assoirai de la même façon, regardant ma chambre et attendant...

Je suis agité ; mais je ne voudrais pas l'être, car il ne le faut pas. Je voudrais comme autrefois, lorsque je me mettais devant mes livres, éprouver encore cette attraction silencieuse, ce sentiment d'attachement puissant et inexprimable. Je voudrais que le vent des désirs qui montait jadis des dos multicolores de ces livres m'enveloppât de nouveau, je voudrais qu'il fît fondre le pesant bloc de plomb inerte qu'il y a en moi quelque part pour réveiller en mon être cette impatience de l'avenir, cette joie ailée que me donnait le monde des pensées. Je voudrais qu'il me rapportât le zèle perdu de ma jeunesse.

Je suis là assis et j'attends. Je me rappelle que je dois aller voir la mère de Kemmerich ; je pourrais aussi rendre visite à Mittelstaedt. Il doit être à la caserne. Je regarde par la fenêtre. Derrière l'image de la rue ensoleillée surgit une colline aux tons légers et délavés et cela se transforme en une claire journée d'automne, où je suis assis devant un feu et où, avec Kat et Albert, je mange des pommes de terre cuites sous la cendre.

Mais je ne veux pas penser à cela ; j'écarte ce souvenir. Ce que je désire, c'est que la chambre me parle, m'enveloppe et me prenne. Je veux sentir mon intimité avec ce lieu, je veux écouter sa voix, afin que, quand je retournerai au front, je sache ceci : la guerre s'efface et disparaît lorsque arrive le moment du retour ; elle est finie, elle ne nous ronge plus, elle n'a sur nous d'autre puissance que celle du dehors.

Les dos des livres sont placés l'un à côté de l'autre, je les connais encore et je me rappelle la façon dont je les ai rangés. Je les implore de mes yeux : « Parlez-moi, accueillez-moi, reprends-moi, ô vie d'autrefois, toi insouciante et belle ; reprends-moi... »

J'attends, j'attends.

Des images passent devant moi ; elles n'ont pas de profondeur, ce ne sont que des ombres et des souvenirs.

Rien – rien.

Mon inquiétude augmente.

Soudain, un terrible sentiment d'être ici étranger surgit en moi. Je ne puis pas retrouver ici ma place familière. C'est comme si l'on me repoussait. J'ai beau prier et m'efforcer, rien ne vibre ; je suis assis là, indifférent et triste comme un condamné, et le passé se détourne de moi. En même temps, j'ai peur d'évoquer trop vivement ce passé, parce que je ne sais pas ce qui pourrait arriver. Je suis un soldat, il ne faut pas que je sorte de ce rôle.

Je me lève avec lassitude et je regarde par la fenêtre. Puis je prends un des livres et je le feuillette, pour tâcher d'y lire quelque chose ; mais je le laisse et j'en prends un autre. Il y a des passages soulignés ; je cherche, je feuillette, je prends de nouveaux livres. Il y en a déjà tout un tas à côté de moi. D'autres viennent s'y ajouter avec encore plus de hâte... et aussi des feuilles de papier, des cahiers, des lettres.

Je suis là muet devant tout cela, comme devant un trbunal.

Sans courage.

Des mots, des mots, des mots... ils ne m'atteignent pas.

Je remets lentement les livres à leur place.

C'est fini.

Je sors sans bruit de la chambre.

*

Je n'y renonce pas encore. Il est vrai que je ne reviens plus dans ma chambre, mais je me console en pensant qu'une période de quelques jours n'est pas une chose définitive. Par la suite, plus tard, pendant des années, j'aurai du temps pour cela. Pour le moment, je vais voir Mittelstaedt à la caserne et nous nous asseyons dans sa chambre ; il y a là une atmosphère que je n'aime pas, mais à laquelle je suis habitué.

Mittelstaedt a à me raconter une nouvelle qui m'électrise aussitôt. Il m'apprend que Kantorek a été appelé sous les drapeaux, comme territorial. « Imagine-toi, dit-il, tout en sortant quelques bons cigares, que j'arrive ici à la sortie de l'hôpital et que je tombe aussitôt sur lui. Il me tend sa patte et coasse : "Tiens, Mittelstaedt ? comment donc ça va-t-il ?" Je le regarde avec de grands yeux et je réponds : "Territorial Kantorek, le service, c'est le service, et la gnôle, c'est la gnôle ; vous devriez savoir cela vous-même, mieux que quiconque. Lorsque vous parlez à un supérieur, rectifiez la position." J'aurais voulu que tu voies sa figure : un mélange de cornichon au vinaigre et d'obus raté. Il essaie encore une fois, timidement, de faire avec moi le familier. Alors je le rudoie un peu plus fort. Après quoi il joue de son plus gros atout et me dit d'un ton confidentiel : "Dois-je vous recommander "pour un examen de repêchage ?" Il voulait me rappeler qu'il avait encore barre sur moi, tu comprends. Alors la colère me saisit et, moi aussi, je lui rappelai une chose : "Territorial Kantorek, il y a deux ans vous nous avez sermonnés pour que nous nous engagions : il y avait là avec nous Joseph Behm qui, lui, ne voulait pas partir. Il a été tué, trois mois avant la date légale à laquelle il aurait été appelé sous les drapeaux. Sans vous, il eût attendu jusqu'à ce moment-là. Et maintenant, rompez : Nous nous reverrons." Il me fut facile d'être affecté à sa compagnie. La première chose que je fis, ce fut de le mener au magasin d'habillement et je lui ai déniché un joli costume. Tu vas t'en rendre compte tout de suite. »

Nous allons dans la cour. La compagnie est sur les rangs.

Elle est alignée au garde-à-vous. Mittelstaedt dit : « Repos ! » et il examine les hommes.

Alors, j'aperçois Kantorek et je suis obligé de me mordre les lèvres pour ne pas éclater de rire. Il porte une espèce de tunique à basques, d'un bleu passé. Le dos et les manches sont raccommodés avec de grosses pièces de drap foncé. Sans doute que la tunique a appartenu à un géant. La culotte noire, tout élimée, n'en est que plus courte ; elle ne va que jusqu'à mi-mollet. Les chaussures sont très larges ; ce sont de vieilles godasses, dures comme le fer, avec des tiges recourbées vers le haut et on les lace sur les côtés. En revanche, le calot est, à son tour, trop petit, c'est une misérable coiffure de rebut, horriblement crasseuse. L'ensemble est pitoyable.

Mittelstaedt s'arrête devant lui. « Territorial Kantorek, est-ce là une façon d'astiquer ses boutons ? On dirait que cette chose-là vous ne l'apprendrez jamais. Médiocre, Kantorek, insuffisant... »

En moi-même, je hurle de plaisir. C'est exactement comme ça qu'en classe Kantorek blâmait Mittelstaedt, avec le même ton de voix : « Médiocre, Mittelstaedt, insuffisant... »

Mittelstaedt continue sa critique. « Voyez donc Bœttcher ; sa tenue est exemplaire ; vous pouvez lui demander des leçons... »

J'en crois à peine mes yeux, Bœttcher est là, lui aussi, Bœttcher, le concierge de notre gymnase. Et sa tenue est exemplaire ! Kantorek me lance un regard, comme s'il voulait m'avaler. Mais, moi, je ne fais que lui ricaner innocemment au visage comme si je ne le connaissais pas du tout.

Comme il paraît stupide avec son chiffon de calot et son uniforme ! Et c'est de cela qu'autrefois on a eu une peur bleue, lorsqu'il trônait dans sa chaire et qu'il vous marquait avec son crayon à la leçon de français pour les verbes irréguliers, – qui, ensuite, en France, ne nous ont servi à rien ! Il y a à peine deux ans de cela, et maintenant, voici le territorial Kantorek brusquement dépouillé de son prestige, avec des genoux cagneux et des bras comme des anses de marmite, avec des boutons mal astiqués et dans une attitude ridicule, – une caricature de soldat.

Je ne puis plus faire accorder cette vision avec celle du professeur menaçant dans sa chaire et je voudrais véritablement savoir ce que je ferai si jamais ce paltoquet ose encore me poser un jour, à moi, vieux soldat, des questions comme celle-ci : « Bäumer, quel est l'imparfait de... »

Pour l'instant, Mittelstaedt commande quelques exercices de formation en tirailleurs. Il a la bienveillance de désigner Kantorek comme chef de groupe.

Il y a à cela une raison spéciale : c'est que, dans la formation en tirailleurs, le chef de groupe doit être toujours à vingt pas en avant de son groupe. Si donc l'on commande « Demi-tour ! » la ligne de tirailleurs se borne à tourner sur place, tandis que le chef de groupe, qui se trouve ainsi soudain à vingt pas derrière la ligne, doit s'élancer au galop pour se placer réglementairement à vingt pas devant le groupe ; cela fait au total quarante pas à accomplir dare-dare. Mais à peine est-il à sa place que l'on commande de nouveau : « Demi-tour ! » et il doit encore une fois parcourir au plus vite quarante pas en sens inverse.

De cette manière, le groupe fait toujours tranquillement son demi-tour, plus quelques pas, tandis que le chef de groupe va et vient en courant, comme un pet sur une tringle. Le tout est une de ces nombreuses recettes bien connues d'Himmelstoss.

Kantorek ne peut pas exiger de Mittelstaedt un autre traitement, car il l'a naguère obligé à redoubler sa classe et Mittelstaedt serait bien bête de ne pas profiter de cette bonne occasion avant de revenir au front. Il est possible, après tout, qu'on meure plus content lorsque l'on a rencontré dans la vie militaire une chance pareille.

Cependant, Kantorek se précipite de côté et d'autre comme un sanglier effarouché. Au bout de quelque temps, Mittelstaedt fait arrêter la chose et maintenant commence l'exercice, si important, du rampement. S'appuyant sur les genoux et sur les coudes dans l'attitude réglementaire, Kantorek allonge sa magnifique personne à travers le sable, tout à côté de nous. Il souffle fortement et son essoufflement est une musique.

Mittelstaedt encourage et console le territorial Kantorek avec des citations empruntées au professeur Kantorek : « Territorial Kantorek, nous avons le bonheur de vivre à une grande époque ; aussi, nous devons tous nous mettre à son unisson et surmonter ce qu'en elle il peut y avoir d'amer. »

Kantorek crache un morceau de bois sale qui lui est entré dans la bouche et il sue.

Mittelstaedt s'incline sur lui en l'adjurant d'une façon pressante : « Et il ne faut jamais que de petites choses fassent perdre de vue le grand événement, territorial Kantorek. »

Je m'étonne que Kantorek n'éclate pas, surtout maintenant, à la leçon de gymnastique, où Mittelstaedt le copie merveilleusement en le prenant par son fond de culotte pour le faire grimper à la barre fixe, afin que le menton de Kantorek arrive virilement à la hauteur de la barre, – bien entendu, tout en lui prodiguant de sages paroles. C'est exactement ainsi que Kantorek a autrefois agi avec lui.

Ensuite on répartit les corvées. « Kantorek et Bœttcher iront chercher le pain à la manutention. Prenez la voiture à bras. »

Quelques minutes plus tard, le couple s'en va avec sa voiture. Kantorek tient rageusement sa tête baissée. Le concierge, lui, est fier parce que le travail est aisé.

La manutention est située à l'autre extrémité de la ville. Les deux hommes doivent donc traverser deux fois la ville entière.

« Ils font cela depuis quelques jours déjà, ricane Mittelstaedt. Et il y a maintenant des gens qui attendent le moment de les voir passer.

– C'est superbe, dis-je, mais il ne s'est donc pas encore plaint ?

– Il a essayé. Notre commandant a bougrement ri lorsqu'il a entendu l'histoire. Il ne peut pas sentir les maîtres d'école. En outre, je fais la cour à sa fille.

– Il te nuira à l'examen.

– Je m'en moque, fait Mittelstaedt tranquillement. Du reste, sa réclamation n'a servi à rien, parce que j'ai pu démontrer que la plupart du temps il a un service facile.

– Ne pourrais-tu pas une bonne fois l'étriller sérieusement ?

– Je le trouve trop bête pour cela », répond Mittelstaedt, d'un ton grandiose et magnanime.

*

Qu'est-ce qu'une permission ? Un changement qui, ensuite, rend tout beaucoup plus pénible. Dès maintenant, il faut songer au départ. Ma mère me regarde en silence. Elle compte les jours, je le sais ; chaque matin, elle est triste : encore une journée de moins, pense-t-elle. Elle a mis mon sac de côté, car elle ne veut pas qu'il lui rappelle la fatale nécessité.

Les heures passent vite, lorsqu'on rumine toutes sortes de pensées. Je me domine et j'accompagne ma sœur. Elle va à l'abattoir chercher quelques livres d'os. C'est une grande faveur d'en recevoir et, dès le matin, les gens font la queue. Plus d'un tombe de défaillance.

Nous n'avons pas de chance : après avoir attendu trois heures, l'un relayant l'autre, le rassemblement se disperse, il n'y a plus rien.

Heureusement que ma nourriture est assurée. J'en rapporte un peu à ma mère et ainsi nous avons tous des aliments un peu plus substantiels.

Les journées deviennent toujours plus pénibles et les yeux de ma mère toujours plus chagrins.

Quatre jours encore. Il faut que j'aille trouver la mère de Kemmerich.

*

On ne peut pas décrire ces choses-là : cette femme tremblante et sanglotante qui me secoue, en me criant : « Pourquoi vis-tu donc, puisqu'il est mort ? » – qui m'inonde de larmes, en disant : « Pourquoi êtes-vous donc là, des enfants comme vous ? ... » – qui s'abat sur un siège et qui pleure : « L'as-tu vu, l'as-tu encore vu ? Comment est-il mort ? »

Je lui dis qu'il a reçu une balle dans le cœur et qu'il est mort aussitôt. Elle me regarde d'un air de doute :

« Tu mens, je sais que ce n'est pas vrai, j'ai senti dans ma chair la difficulté avec laquelle il est mort. J'ai entendu sa voix, j'ai, pendant la nuit, éprouvé son angoisse. Dis-moi la vérité, je veux savoir. Il faut que je sache.

– Non, dis-je, j'étais à côté de lui, il est mort immédiatement. »

Elle me supplie tout bas :

« Dis-le-moi ! Il le faut. Je sais que tu veux me consoler, mais ne vois-tu pas que tu me tortures plus qu'en me disant la vérité ? Je ne puis pas supporter l'incertitude où je suis. Dis-moi comment cela s'est passé, si terrible que ça ait été. Cela vaudra encore mieux que ce que je m'imagine autrement. »

Je ne lui dirai jamais ce qui s'est passé. Elle me hacherait plutôt en morceaux. J'ai pitié d'elle, mais je la trouve aussi un peu bête. Elle devrait pourtant se contenter de ce que je lui dis, puisque Kemmerich n'en sera pas moins mort, qu'elle sache ou non la vérité. Lorsqu'on a vu tant de morts, on ne peut plus très bien comprendre tant de douleur pour un seul. Aussi je lui dis, d'un ton un peu impatient :

« Il est mort immédiatement : il n'a rien senti. Sa figure était tout à fait paisible. »

Elle se tait. Puis elle me demande lentement : « Peux-tu le jurer ?

– Oui.

– Sur tout ce qui t'est sacré ? »

Ah ! mon Dieu, qu'est-ce qui maintenant est sacré pour moi ? Ces choses-là, ça change vite, chez nous.

« Oui, il est mort immédiatement.

– Acceptes-tu toi-même de ne pas revenir, si ce n'est pas vrai ?

– J'accepte de ne pas revenir s'il n'est pas mort sur le coup. »

J'accepterais encore je ne sais quoi ; mais elle a l'air de me croire.

Elle gémit et pleure longuement. Elle m'oblige à lui raconter ce qui s'est passé et j'invente une histoire, à laquelle maintenant moi-même je crois presque.

Lorsque je la quitte, elle m'embrasse et me fait cadeau d'un portrait de Kemmerich. Il est là dans son uniforme de recrue, appuyé contre une table ronde dont les pieds sont faits de branches de bouleau ; l'écorce y adhère encore.

Comme arrière-plan est peinte une forêt. Sur la table, il y a une chope de bière.

*

C'est le dernier soir que je passe à la maison. Tout le monde est taciturne. Je vais au lit de bonne heure. Je saisis les oreillers, je les serre contre moi et j'y enfonce ma tête. Qui sait si je coucherai encore dans un lit de plume ?

Il est déjà tard quand ma mère vient dans ma chambre ; elle croit que je dors et en effet je fais semblant. Parler et veiller avec elle m'est trop pénible.

Elle reste là assise presque jusqu'au matin, bien qu'elle souffre et que parfois son corps ploie. Enfin je ne peux plus y tenir. Je fais comme si je m'éveillais.

« Va dormir, mère, ici tu vas prendre froid.

– J'ai le temps de dormir plus tard. »

Je me redresse.

« Mais je ne vais pas tout de suite au front, mère, il faut d'abord que je reste quatre semaines au camp de baraquements. De là, peut-être, je reviendrai encore un dimanche. »

Elle se tait et me demande tout bas :
« As-tu très peur ?
– Non, mère.
– Je voulais te dire une dernière chose : fais attention aux femmes, en France ; elles sont mauvaises dans ce pays-là. »
Ah ! mère, pour toi, je suis un enfant... Pourquoi ne puis-je pas poser ma tête sur tes genoux et pleurer ? Pourquoi faut-il que toujours je sois le plus calme et le plus énergique ? Je voudrais pourtant une fois moi aussi pleurer et être consolé. Je ne suis, en réalité, guère plus qu'un enfant ; dans l'armoire, pendent encore mes culottes courtes. Il y a si peu de temps, de cela. Pourquoi donc est-ce du passé ?
Je dis, aussi tranquillement que je peux :
« Là où nous sommes, mère, il n'y a pas de femmes.
– Et sois très prudent, là-bas, au front, Paul. »
Ah ! mère, mère ! Que ne pouvons-nous nous embrasser et mourir ! Quels pauvres chiens nous sommes !
« Oui, mère, je serai prudent.
– Je prierai pour toi, chaque jour, Paul. »
Ah ! mère, mère ! Que ne pouvons-nous nous lever et revenir aux années passées, jusqu'à ce que toute cette misère nous ait quittés, revenir au temps où nous étions seuls, tous les deux, mère !
« Peut-être, pourras-tu attraper un poste qui ne soit pas aussi dangereux ?
– Oui, mère, peut-être que je serai occupé à la cuisine, c'est fort possible.
– Accepte, n'est-ce pas ? quoi que les autres puissent dire.
– Ne t'inquiète pas de cela, mère... »
Elle soupire, son visage est une lueur blanche dans l'obscurité.
« Maintenant, il faut que tu ailles te coucher, mère. »
Elle ne répond pas. Je me lève et je mets ma couverture sur ses épaules ; elle s'appuie sur mon bras, elle souffre. Je la transporte dans sa chambre. Je reste encore un instant auprès d'elle.

« Maintenant, il faut que tu guérisses, mère, d'ici mon retour.

– Oui, oui, mon enfant.

– Ne m'envoyez rien, mère, de ce que vous avez. Là-bas, nous avons assez à manger. Ici, vous pouvez mieux vous en servir. »

Quelle pauvre créature c'est là, étendue dans son lit, elle qui m'aime plus que tout au monde ! Lorsque je veux m'en aller, elle me dit précipitamment :

« Je t'ai trouvé encore deux caleçons, c'est de bonne laine, ils te tiendront chaud ; n'oublie pas de les mettre dans ton sac. »

Ah ! mère, je sais tout ce que ces deux caleçons t'ont coûté de temps et de peine employés à chercher, à courir et à mendier. Ah ! mère, comment peut-on concevoir que je sois obligé de te quitter ? Qui donc a un droit sur moi en dehors de toi ? Je suis assis près de toi, qui es couchée là, nous avons tant de choses à nous dire, mais nous ne le pourrons jamais.

« Bonne nuit, mère.

– Bonne nuit, mon enfant. »

La chambre est obscure. La respiration de ma mère monte et descend. Entre-temps, la pendule fait tic-tac. Dehors, le vent souffle devant les fenêtres. Les marronniers bruissent. Dans le vestibule, je trébuche contre mon sac qui est là tout prêt parce que, le lendemain, il me faudra partir de très bonne heure.

Je mords mes oreillers, mes poings étreignent les baguettes de fer de mon lit. Jamais je n'aurais dû venir en permission. Au front, j'étais indifférent et souvent sans espoir : je ne pourrai jamais plus retrouver cela. J'étais un soldat et maintenant je ne suis plus que souffrance – souffrance à cause de moi, à cause de ma mère, à cause de tout ce qui est si décourageant et si interminable.

Je n'aurais jamais dû venir en permission.

VIII

Les baraquements du camp de la Lande, je les reconnais encore : c'est ici qu'Himmelstoss a fait l'éducation de Tjaden. A part cela, je ne vois guère personne de connaissance ; tout a changé, comme toujours. Tout au plus si j'ai autrefois entrevu quelques-uns des hommes qui sont ici.

Je fais mon service mécaniquement. Le soir, je suis presque toujours au Foyer du Soldat ; il y a là des revues, mais je ne les lis pas ; cependant, il y a un piano, dont j'aime à jouer. Le service est fait par deux femmes ; l'une d'elles est jeune.

Le camp est entouré de hautes clôtures de fils de fer. Lorsque nous rentrons tard du Foyer du Soldat, nous devons présenter des laissez-passer. Naturellement, celui qui sait s'arranger avec la sentinelle passe également.

Chaque jour, nous faisons des exercices de compagnie, dans la lande, entre des buissons de genièvre et des forêts de bouleaux. C'est supportable, pour quelqu'un qui n'en demande pas davantage. On court de l'avant, on se jette à terre et le souffle de la respiration courbe çà et là les tiges et les fleurs de la bruyère. Vu de la sorte, tout près du sol, le sable clair est pur comme un laboratoire, formé d'une multitude de grains minuscules. Une envie singulière vous prend d'y enfoncer la main.

Mais ce qu'il y a de plus beau, ce sont les forêts, avec leurs lisières de bouleaux. Elles changent de couleur à chaque instant. Maintenant, les troncs brillent de la blancheur la plus éclatante et, comme une soie aérienne, flotte entre eux le vert de pastel du feuillage. Un moment après, tout devient d'un bleu d'opale argenté, qui se propage depuis la lisière et qui pose des touches sur la verdure ; mais aussitôt, en un endroit, le ton s'assombrit presque jusqu'au noir, lorsqu'un nuage passe sur le soleil. Et cette ombre court, comme un fantôme tout le long des troncs d'arbres, maintenant devenus livides, et s'étend à travers la lande jusqu'à l'horizon. Cependant, les bouleaux se dressent déjà comme des étendards solennels, avec de blanches hampes portant l'or rouge de leur feuillage coloré.

Je me perds souvent dans ce jeu de lumières délicates et d'ombres transparentes, au point presque de ne plus entendre les commandements : lorsqu'on est isolé, on se met à observer la nature et à l'aimer. Et ici je n'ai pas beaucoup de relations ; je n'en souhaite pas, d'ailleurs, plus qu'il ne faut. L'on se connaît trop peu pour faire autre chose que de bavarder et, le soir, jouer au « dix-sept et quatre », ou au rams.

A côté de nos baraquements se trouve le grand camp des Russes. A vrai dire, il est séparé de nous par des grillages de fils de fer ; malgré cela, les prisonniers réussissent à venir de notre côté. Ils sont très timides et craintifs ; le plus souvent ils sont barbus et très grands ; par là ils font l'effet d'humbles saint-bernard que l'on aurait battus.

Ils rôdent autour de nos baraquements et passent en revue les récipients aux eaux grasses. On peut s'imaginer ce qu'ils y trouvent ! Chez nous, déjà, la nourriture est peu abondante et surtout mauvaise ; il y a des rutabagas coupés en six et cuits à l'eau, des carottes, qui sont encore toutes terreuses ; des pommes de terre piquées sont, pour nous, une grande friandise et le régal suprême, c'est une claire soupe au riz, dans laquelle nagent, paraît-il, des tendons de bœuf coupés menu. Mais ils sont en morceaux si petits qu'on ne les trouve plus. Naturellement, malgré cela, on mange tout. Si quelqu'un est, par hasard, assez bien pourvu pour n'avoir pas besoin de lécher le fond de sa gamelle, il y en a dix autres qui l'en débarrassent volontiers. Seuls les restes que la cuiller ne peut atteindre sont rincés et versés dans le récipient aux eaux grasses. Il s'y ajoute encore parfois quelques épluchures de rutabagas, des croûtes de pain moisi et toutes sortes d'ordures.

Cette eau sale, trouble et peu substantielle est ce que convoitent les prisonniers. Ils viennent la puiser avec avidité dans les bailles puantes et ils l'emportent sous leurs blouses.

C'est une chose étrange que le spectacle de nos ennemis vus de si près. Ils ont des visages qui font réfléchir, de bons visages de paysans, un front large, un nez large, des lèvres épaisses, de grosses mains, des cheveux laineux. On ferait bien de les employer à labourer, à faucher et à cueillir des pommes. Ils ont l'air encore plus bonasses que nos paysans frisons.

Il est triste de voir leurs mouvements et leur façon de mendier un peu de nourriture. Ils sont tous bien affaiblis, car ils reçoivent tout juste de quoi ne pas mourir de faim. Il y a déjà longtemps que nous-mêmes nous n'avons pas assez à manger. Ils ont la dysenterie ; avec des regards anxieux, plus d'un d'entre eux montre furtivement le sang qu'il y a sur le pan de sa chemise. Leur dos flageole, leur tête regarde obliquement de bas en haut, lorsqu'ils tendent la main et qu'ils mendient, avec les quelques paroles qu'ils connaissent – lorsqu'ils mendient avec cette voix de basse, tendre et douce, qui évoque l'idée de poêles bien chauds et d'intérieurs où l'on est à l'aise, dans sa patrie.

Il y a des gens qui les jettent à terre à coups de pied ; mais ce n'est là que la minorité. La plupart d'entre nous les laissent tranquilles, quand ils passent à côté. Parfois, à la vérité, quand ils sont trop misérables, on se met en fureur et on leur envoie un coup de pied. Ah ! si seulement ils ne vous regardaient pas comme ils le font ! Quelle détresse il peut y avoir dans ces deux petits points que le pouce suffit à cacher – dans leurs yeux !

Le soir, ils viennent dans nos baraquements et ils tâchent de faire du négoce. Ils échangent tout ce qu'ils ont pour du pain. Parfois, ils parviennent à conclure un marché, car ils ont de bonnes bottes, tandis que les nôtres sont mauvaises. Le cuir de leurs bottes à haute tige est d'une souplesse merveilleuse, du vrai cuir de Russie. Les fils de paysans qu'il y a parmi nous et qui reçoivent de chez eux des victuailles peuvent se payer ça. Le prix d'une paire de bottes est d'environ deux à trois pains de munition ou bien un pain de munition avec un petit saucisson dur et fumé.

Mais il y a très longtemps que presque tous les Russes ont déjà cédé les choses qu'ils avaient. Ils ne portent, maintenant, qu'un costume misérable et ils essaient d'échanger de petites sculptures et des objets qu'ils ont fabriqués avec des éclats d'obus et des morceaux de cuivre provenant des ceintures de ces derniers. Naturellement, ces choses-là ne leur rapportent guère ; ils les donnent pour quelques tranches de pain. Nos paysans sont tenaces et roublards dans leurs opérations commerciales. Ils tiennent le morceau de pain ou le saucisson sous le nez du Russe jusqu'à ce que celui-ci en pâlisse d'envie et que les yeux lui tournent, après quoi tout lui est indifférent. Quant à eux, ils enveloppent leur butin avec tout le soin dont ils sont capables ; ils sortent leurs gros couteaux de poche, se coupent lentement et religieusement un bout de pain et avalent, après chaque bouchée, comme récompense, un morceau de leur bon saucisson bien dur. C'est irritant de les voir ainsi manger ; on aurait envie de taper sur leurs crânes épais. Il est rare qu'ils nous donnent quelque chose ; il faut dire aussi qu'on les connaît trop peu.

*

Je suis assez souvent de garde auprès des Russes. Dans l'obscurité, on voit leurs silhouettes se mouvoir, comme des cigognes malades, comme de grands oiseaux. Ils s'approchent du grillage et y collent leurs visages ; leurs doigts étreignent les mailles de fer.

Souvent un grand nombre d'entre eux se tiennent ainsi l'un près de l'autre et ils respirent le vent qui vient de la lande et des forêts.

Ils parlent rarement et alors ce n'est que pour dire quelques mots. Ils sont plus humains et, je le croirais presque, plus fraternels l'un à l'égard de l'autre que nous ne le sommes ici. Mais c'est peut-être simplement parce qu'ils se sentent plus malheureux que nous. Pourtant, la guerre est finie pour eux ; mais il faut reconnaître qu'attendre la dysenterie, ce n'est pas une vie.

Les vieux territoriaux qui les gardent racontent qu'au commencement ils étaient plus animés, ils avaient, comme il arrive toujours, des liaisons entre eux et il paraît que souvent on a joué du poing et du couteau. Maintenant ils sont déjà tout émoussés et indifférents ; la plupart ne s'adonnent même plus à l'onanisme, tellement ils sont faibles ; autrement, la chose va souvent si loin qu'elle est pratiquée simultanément par tout un baraquement.

Ils sont là debout contre le grillage, parfois l'un d'eux chancelle et disparaît ; bientôt un autre a pris sa place. La plupart ne disent rien ; seuls, quelques-uns mendient un mégot.

Je contemple leurs silhouettes sombres. Leurs barbes flottent au vent. Je ne sais d'eux qu'une chose : c'est qu'ils sont prisonniers, et précisément cela m'émeut. Leur existence est anonyme et sans culpabilité ; si j'en savais davantage sur leur compte, c'est-à-dire comment ils s'appellent, comment ils vivent, ce qu'ils attendent, ce qui les oppresse, mon émotion aurait un but concret et pourrait devenir de la compassion. Mais, maintenant, je n'éprouve ici, derrière eux, que la douleur de la créature, l'épouvantable mélancolie de l'existence et l'absence de pitié qui caractérise les hommes.

C'est un ordre qui a fait de ces formes silencieuses nos ennemis ; un autre ordre pourrait maintenant faire d'elles nos amis. Sur une table quelconque, des gens, que personne de nous ne connaît, signent un écrit et, pendant des années, voilà que notre but suprême devient ce qui, en temps normal, est l'objet de l'abomination universelle et du châtiment le plus énergique. Qui pourrait donc se reconnaître dans tout cela, en voyant ici ces hommes tranquilles, aux visages d'enfants et aux barbes d'apôtres ? Tout caporal est pour les recrues et tout professeur pour les collégiens un ennemi pire qu'ils ne le sont pour nous. Et, cependant, nous tirerions encore sur eux, et eux sur nous, s'ils étaient libres.

Je m'effraie ; il est mauvais de continuer de réfléchir à ces choses-là. Ce chemin conduit à l'abîme. Le temps n'est pas encore venu. Mais je ne veux point laisser perdre cette pensée ; je veux la conserver, la cacher soigneusement, jusqu'à ce que la guerre soit finie. Mon cœur bat : voici le but, le grand but, le but unique, auquel j'ai pensé dans la tranchée, celui que j'ai cherché comme capable de guider ma vie après cette catastrophe qui a frappé toute l'humanité. Est-ce là pour mon existence à venir une tâche digne de ces années d'horreur ?

Je sors mes cigarettes de ma poche ; je romps chacune d'elles en deux et je les donne aux Russes. Ils s'inclinent et les allument.

Maintenant, sur quelques visages luisent des points rouges. C'est pour moi une consolation ; on dirait que ce sont de petites fenêtres dans d'obscures maisons villageoises indiquant que là, derrière, il y a des chambres à l'accueillant asile.

*

Les jours passent. Par un matin de brouillard, on enterre de nouveau un Russe ; maintenant, il en meurt presque chaque jour. Je suis justement de garde lorsque passe le cortège. Les prisonniers chantent un cantique ; ils le chantent à plusieurs voix et on dirait que ce ne sont plus des voix, mais que c'est le son d'un orgue qu'il y a là-bas dans la lande.

L'enterrement s'effectue avec rapidité.

Le soir, ils sont encore là contre le grillage et le vent des forêts de bouleaux souffle sur eux. Les étoiles sont froides. Maintenant je connais quelques-uns des prisonniers qui parlent assez bien l'allemand. Il y a là un musicien ; il me dit qu'il a été violoniste à Berlin. Lorsqu'il apprend que je joue un peu du piano, il va chercher son violon et il se met à jouer. Les autres s'assoient et appuient leurs dos au grillage.

Il est là, debout, en train de jouer ; souvent il a cette expression lointaine qu'ont les violonistes lorsqu'ils ferment les yeux ; puis il balance de nouveau son instrument rythmiquement et il me sourit.

Il joue probablement des airs populaires ; car les autres fredonnent en même temps. Ce sont des sortes d'entassements sombres, qui semblent fredonner avec une profondeur souterraine. Le violon les domine comme une svelte jeune fille, il est clair et isolé. Les voix s'arrêtent et le violon continue : le son qu'il fait entendre est grêle dans la nuit, on dirait qu'il frissonne. Il faut, pour en jouir, être tout près de lui ; ce serait bien mieux dans une chambre. Ici, au-dehors, on devient triste devant ce son vague et solitaire.

*

Le dimanche, je n'ai pas de permission, parce que je viens d'en avoir une de longue durée. Aussi, le dimanche qui précède mon départ, mon père et ma sœur aînée viennent me voir. Nous restons toute la journée au Foyer du Soldat ; en quel autre endroit pourrions-nous aller ? car nous ne voulons pas pénétrer dans les baraquements. Vers midi, nous faisons une promenade dans la lande.

Les heures passent tristement ; nous ne savons pas de quoi nous pourrions nous entretenir. C'est pourquoi nous parlons de la maladie de ma mère ; maintenant, la chose est certaine, c'est le cancer, elle est déjà à l'hôpital et elle sera opérée prochainement. Les médecins espèrent qu'elle guérira, mais nous n'avons jamais entendu dire qu'on guérisse d'un cancer. Je demande :

« Où est-elle donc ?

– A l'hôpital Louise, dit mon père.

– Dans quelle classe ?

– Troisième. Il faut attendre de savoir ce que coûte l'opération. Elle a voulu elle-même la troisième classe.

Elle a dit qu'ainsi elle aurait un peu de société. Et aussi c'est meilleur marché.

– Alors, elle se trouve donc avec beaucoup d'autres personnes dans la même salle. Pourvu que la nuit elle puisse dormir ! »

Mon père fait signe que oui. Son visage est affaissé et plein de rides. Ma mère a été souvent malade ; bien qu'elle ne soit allée à l'hôpital que quand elle y a été forcée, cela nous a coûté beaucoup d'argent et, pour cette raison, la vie de mon père a été, véritablement, sacrifiée.

« Si encore on savait ce que coûtera l'opération ! dit-il.

– Ne l'avez-vous pas demandé ?

– Pas directement ; c'est difficile, car, si alors le médecin se froisse, c'est très désagréable, parce que, malgré tout, il faut qu'il opère votre mère. »

Oui, pensé-je amèrement, c'est bien ça pour nous ; c'est bien ça pour les pauvres gens. Ils n'osent pas demander le prix et se font, à ce sujet, des soucis terribles ; mais les autres, pour qui cette question n'est que secondaire, trouvent tout naturel de fixer auparavant le prix à payer. Et, avec eux, le médecin ne se froisse pas.

« Ensuite, les pansements sont très chers, dit mon père.

– La caisse des malades ne donne rien pour ça ?

– Votre mère est malade depuis déjà trop longtemps.

– Avez-vous donc de l'argent ? »

Il secoue la tête.

« Non, mais je peux encore faire des heures supplémentaires. »

Je le sais, il restera devant sa table jusqu'à minuit, en train de plier, de coller et de couper. A huit heures du soir, il mangera un peu de cette nourriture débilitante que l'on obtient avec des cartes. Ensuite, il prendra une poudre pour ses maux de tête et continuera de travailler.

Pour l'égayer un peu, je lui raconte quelques histoires qui, justement, me viennent à l'idée : plaisanteries de soldats et choses de ce genre, ayant trait à des généraux ou à des sergents-majors qui, d'une manière quelconque, se sont trouvés en mauvaise posture.

Ensuite, je les accompagne jusqu'à la gare. Ils me donnent un pot de marmelade et un paquet de beignets de pommes de terre que ma mère a pu encore faire cuire pour moi.

Puis le train part et, moi, je reviens sur mes pas.

Le soir, je mets de la marmelade sur les beignets et je mange. Je n'y trouve aucun plaisir. Aussi je sors, pour aller les donner aux Russes. Puis, je songe que c'est ma mère elle-même qui les a faits et que, peut-être, elle a souffert, tandis qu'elle était devant le fourneau brûlant. Je remets le paquet dans mon sac et je ne prends que deux beignets pour les Russes.

IX

NOUS passons quelques jours en chemin de fer. Les premiers aviateurs se montrent dans le ciel. Nous dépassons des trains portant du matériel. Des canons, des canons. Le chemin de fer de campagne nous reçoit. Je cherche mon régiment. Personne ne sait au juste où il est. Je passe la nuit n'importe où et, au matin, on me donne de quoi manger et quelques vagues instructions. Alors, avec mon sac sur le dos et mon fusil, je me remets en route.

Lorsque j'arrive, plus aucun des nôtres ne se trouve dans la localité, qui est toute dévastée par le bombardement. J'apprends que nous sommes devenus une division volante, destinée à être employée partout où ça chauffe. Cela ne me rend pas gai. On me parle de grandes pertes que nous avons eues par ici. Je demande des nouvelles de Kat et d'Albert. Personne ne peut rien me dire.

Je continue à chercher, en errant çà et là ; étrange sentiment... Une nuit encore, puis une autre, je campe comme un Indien. Enfin, j'obtiens des informations précises et, l'après-midi, je peux me présenter au bureau de ma compagnie.

Le sergent-major me retient. La compagnie revient dans deux jours ; il est inutile de m'envoyer la rejoindre.

« Et cette permission, demande-t-il, c'était bon, n'est-ce pas ?

– Comme ci, comme ça, dis-je.

– Oui, oui, soupire-t-il, s'il ne fallait pas repartir ! La seconde moitié est toujours gâtée par ça. »

Je flâne à l'aventure jusqu'au matin où arrive la compagnie, grise, sale, maussade et triste. Alors, je bondis et je me précipite entre les rangs ; mes yeux cherchent. Voici Tjaden, voici Müller qui se mouche, et voici également Kat et Kropp. Nous préparons nos sacs de paille l'un à côté de l'autre. En les regardant, je me sens coupable de quelque chose et, pourtant, il n'y a aucune raison à cela. Avant de nous endormir, je sors le reste des beignets et de la marmelade, afin qu'eux aussi en aient un peu.

Les deux beignets des extrémités du paquet commencent à moisir : mais on peut encore les manger. Je les garde pour moi et je donne à Kat et à Kropp les plus frais.

Kat mâche et demande :

« Ils viennent sans doute de chez toi ? »

Je fais un signe affirmatif.

« Oui, dit-il, on le sent au goût. »

Je pleurerais presque. Je ne me reconnais plus. Cependant, ça ira mieux, maintenant que je suis avec Kat, Albert et les autres. Je me trouve ici dans mon milieu.

« Tu as eu de la chance, me murmure Kropp avant de s'endormir. On dit que nous allons en Russie.

– En Russie ! Alors, ce n'est plus la guerre. »

Au lointain, le front rugit. Les parois des baraquements frémissent.

*

On astique furieusement. Un appel chasse l'autre. De tous les côtés on nous passe en revue. Ce qui est déchiré, on le change contre des choses en bon état. J'attrape ainsi une veste neuve irréprochable et Kat, naturellement, un équipement complet. Le bruit se répand que c'est la paix, mais une autre opinion est plus vraisemblable : c'est que nous allons être transportés en Russie. Mais pourquoi en Russie aurions-nous besoin d'effets meilleurs ? Enfin, la vérité se fait jour peu à peu : le kaiser vient nous passer en revue. De là tous ces préparatifs.

*

Pendant huit jours, on pourrait croire qu'on est dans une caserne de recrues, tellement on travaille et on fait l'exercice. Tout le monde est maussade et énervé, car un astiquage exagéré n'est pas ce qu'il nous faut, et des marches de parade encore moins. Ce sont précisément ces choses-là qui mécontentent le soldat plus que la tranchée.

Enfin, c'est le moment. Nous nous tenons immobiles au garde-à-vous et le kaiser apparaît. Nous sommes curieux de voir quel air il a. Il passe le long du front et, à vrai dire, je suis quelque peu déçu : d'après les portraits que j'avais vus, je me l'étais imaginé plus grand et plus imposant et surtout avec une voix tonnante.

Il distribue des croix de fer et parle aux uns et aux autres. Puis nous nous retirons.

Ensuite, nous nous mettons à parler. Tjaden dit d'un air étonné :

« Ainsi donc, voilà le chef suprême. Tout le monde doit se mettre au garde-à-vous devant lui, sans exception ! » Il réfléchit : « Devant lui, Hindenburg doit, lui aussi, se mettre au garde-à-vous, n'est-ce pas ?

– Oui », confirme Kat.

Tjaden n'a pas encore fini. Il songe un instant, puis demande :

« Un roi doit-il aussi se mettre au garde-à-vous devant un empereur ? »

Personne ne sait au juste ce qu'il en est, mais nous ne le croyons pas. Tous deux sont déjà si élevés que, certainement, le véritable garde-à-vous n'existe pas entre eux.

« De quelles bêtises accouches-tu là ! dit Kat. Le principal c'est que toi-même tu te tiennes au garde-à-vous. »

Mais Tjaden est complètement fasciné. Son imagination, qui d'habitude est si aride, cette fois-ci se met à enfler.

« Tenez, déclare-t-il, je ne puis pas comprendre qu'un kaiser doive aller aux cabinets tout comme moi.

– Eh bien, mon vieux, c'est pourtant certain, tu peux en mettre ta main au feu, dit Kropp en riant.

– Un toqué et toi ça en fait deux ! complète Kat. Tu as des poux dans le cerveau, Tjaden. Va-t'en donc tout de suite aux cabinets, afin de t'éclaircir les idées et de ne point parler comme un enfant au maillot. »

Tjaden disparaît.

« Je voudrais pourtant savoir une chose, dit Albert. Y aurait-il eu la guerre, si le kaiser avait dit non ?

– Certainement, à ce que je crois, lancé-je. On dit, d'ailleurs, qu'il ne l'a pas voulue.

– Oui, peut-être qu'à lui seul ça ne suffisait pas, mais ç'aurait suffi s'il y avait eu avec lui, dans l'univers, vingt ou trente personnes qui aient dit non.

– C'est probable, fais-je en manière de concession ; mais c'est justement ceux-là qui l'ont voulue, la guerre.

– C'est bizarre quand on y réfléchit, poursuit Kropp. Nous sommes pourtant ici pour défendre notre patrie. Mais les Français, eux aussi, sont là pour défendre la leur. Qui donc a raison ?

– Peut-être les uns et les autres, dis-je, sans le croire.

– Soit, fait Albert (je vois à son air qu'il veut me poser une colle), mais nos professeurs, nos pasteurs et nos journaux disent que nous seuls sommes dans notre droit et j'espère bien que c'est le cas. Et les professeurs, les curés et les journaux français prétendent, eux aussi, être seuls dans leur droit. Comment donc est-ce possible ?

– Je ne le sais pas, dis-je. En tout cas, c'est la guerre et chaque mois il y entre de nouveaux pays. »

Tjaden revient. Il est toujours en état d'excitation et il se mêle aussitôt à la conversation en demandant comment une guerre se produit.

« Le plus souvent, c'est parce qu'un pays en offense gravement un autre », répond Albert, d'un ton un peu supérieur.

Mais Tjaden fait la bête :

« Un pays ? Je ne comprends pas. Une montagne allemande ne peut pourtant pas offenser une montagne française, ni une rivière, ni une forêt, ni un champ de blé.

– Es-tu stupide à ce point ou bien joues-tu la comédie ? grommelle Kropp. Ce n'est pourtant pas ça que je veux dire. Un peuple en offense un autre...

– Alors, je n'ai rien à faire ici, réplique Tjaden. Je ne me sens pas offensé.

– Mais a-t-on donc des explications à te donner, à toi ? dit Albert d'un ton mécontent. Toi, cul-terreux, tu ne comptes pas là-dedans.

– Alors, raison de plus pour que je m'en retourne », insiste Tjaden.

Tout le monde se met à rire.

« Mais, bougre d'idiot, il s'agit du peuple dans son ensemble, c'est-à-dire de l'État... s'écrie Müller.

– L'État, l'État (ce disant, Tjaden fait claquer ses doigts d'un air malin), des gendarmes, la police, les impôts, voilà votre État. Si cela t'intéresse, toi, je te félicite.

– D'accord ! fait Kat. C'est la première fois que tu dis quelque chose de sensé, Tjaden ; entre l'État et la patrie, c'est vrai qu'il y a une différence.

– Cependant, l'un va avec l'autre, réfléchit Kropp. Une patrie sans État, ça n'existe pas.

– Juste ! réplique Kat. Mais songe donc que nous sommes presque tous du peuple et en France aussi la plupart des gens sont des manœuvres, des ouvriers et de petits employés. Pourquoi donc un serrurier ou un cordonnier français voudrait-il nous attaquer ? Non, ce ne sont que les gouvernements. Je n'ai jamais vu un Français avant de venir ici, et il en est de même de la plupart des Français, en ce qui nous concerne. On leur a demandé leur avis aussi peu qu'à nous.

– Pourquoi donc y a-t-il la guerre ? » demande Tjaden.

Kat hausse les épaules.

« Il doit y avoir des gens à qui la guerre profite.

– Eh bien, je ne suis pas de ceux-là, ricane Tjaden.

– Ni toi, ni personne de ceux qui sont ici.

– A qui donc profite-t-elle ? insiste Tjaden. Elle ne profite pourtant pas au kaiser non plus. Il a tout de même tout ce qu'il lui faut !

– Ne dis pas cela, réplique Kat. Une guerre, jusqu'à présent, il n'en avait pas eu. Et tout grand empereur a besoin d'au moins une guerre ; sinon il ne devient pas célèbre. Regarde donc dans tes livres de classe.

– Des généraux également deviennent célèbres grâce à la guerre, dit Detering.

– Encore plus célèbres que les empereurs, confirme Kat.

– Sûrement, il y a encore derrière eux d'autres gens qui veulent que la guerre leur profite, grogne Detering.

– Je crois plutôt que c'est une espèce de fièvre, dit Albert. Personne, à proprement parler, ne veut la guerre et soudain elle est là. Nous n'avons pas voulu la guerre, les autres prétendent la même chose, et pourtant la moitié de l'univers y travaille ferme.

– Mais, de l'autre côté on ment plus que chez nous, fais-je. Pensez aux feuilles trouvées sur les prisonniers et qui disaient qu'en Belgique nous mangions les enfants. Les coquins qui écrivent ça devraient être pendus. Voilà les vrais coupables. »

Müller se lève.

« Il vaut mieux, en tout cas, que la guerre se déroule ici qu'en Allemagne. Regardez-moi les champs d'entonnoirs !

– C'est vrai, accorde Tjaden lui-même, mais il vaut encore mieux pas de guerre du tout. »

Il s'en va fièrement, car il nous a donné une leçon, à nous, volontaires instruits. Et son opinion est effectivement typique ; on la rencontre sans cesse et l'on ne peut y répondre rien d'efficace, parce qu'elle exclut la notion de toutes autres connexions. Le sentiment national du simple poilu consiste en ce qu'il est ici au front et cela s'arrête là ; tout le reste, il le juge d'un point de vue pratique et d'après sa mentalité.

Albert s'étend maussadement dans l'herbe.

« A quoi bon parler de toute cette machine-là ?

– Du reste, cela ne change rien », dit Kat.

Le comble, c'est que nous devons rendre presque tous les effets neufs que nous avions reçus et on nous redonne nos vieilles frusques. Les bonnes n'étaient là que pour la parade.

*

Au lieu d'aller en Russie, nous revenons au front. En chemin, nous traversons un bois pitoyable, avec des troncs mutilés et un sol tout lacéré. A certains endroits il y a des trous effrayants.

« Nom d'un chien ! ici il en est tombé rudement, dis-je à Kat.

– Des mines », répond-il en me faisant signe de regarder en l'air.

Dans les branches des arbres, des morts sont accrochés. Un soldat nu semble accroupi sur la fourche d'une branche, le casque est resté sur la tête. En réalité, il n'y a sur l'arbre qu'une moitié de lui, le tronc : les jambes manquent.

Je demande ce qui a pu se passer.

« Celui-là, ils l'ont sorti tout vif de son habit », grogne Tjaden.

Kat dit :

« C'est une chose bizarre, nous avons déjà vu ça plusieurs fois. Lorsqu'une mine vous attrape, on est effectivement sorti de son habit. C'est la pression de l'air qui fait ça. »

Je cherche encore ailleurs. C'est bien ce qu'il dit. Là-bas sont accrochés uniquement des lambeaux d'uniformes, ailleurs est collée une bouillie sanglante qui, naguère, constituait des membres humains. Un corps est là étendu, avec un morceau de caleçon à une jambe et autour du cou le col d'un uniforme. A part cela, il est nu, ses vêtements sont éparpillés dans un arbre. Les deux bras manquent, comme s'ils avaient été arrachés par torsion ; je découvre l'un d'eux vingt pas plus loin dans la broussaille.

Le mort a le visage contre terre. Là où sont les attaches des bras emportés, le sol est noir de sang. Sous ses pieds, les feuilles sont écrasées, comme si cet homme les avait encore piétinées.

« Pas drôle ! Kat, dis-je.

– Un éclat d'obus dans le ventre n'est pas drôle non plus, répond-il en haussant les épaules.

– Il ne faut pas s'attendrir », dit Tjaden.

La chose a dû se passer il n'y a pas longtemps, car le sang est encore frais. Comme tous les gens que nous voyons sont morts, nous ne nous arrêtons pas, mais annonçons l'événement au prochain poste sanitaire. Somme toute, ce n'est pas notre affaire que d'accomplir la besogne de ces chevaux de brancard.

*

L'ordre arrive de faire sortir une patrouille pour constater dans quelle mesure la position ennemie est encore occupée. A cause de ma permission, j'éprouve en face des autres un sentiment de gêne et c'est pourquoi je suis volontaire pour la patrouille. Nous nous concertons pour le plan d'exécution, nous nous glissons vers les barbelés et nous nous séparons ensuite pour ramper de l'avant, chacun de son côté. Au bout d'un instant, je trouve un trou d'obus pas très profond, dans lequel je me laisse aller. De là j'examine les alentours.

Le terrain est balayé par un tir modéré de mitrailleuses. De tous les côtés il est arrosé, sans beaucoup de vigueur, mais toutefois d'une manière suffisante pour qu'il ne soit pas bon de montrer très haut ses os.

Une fusée éclairante déploie en l'air son parachute. Le terrain est figé sous cette lumière livide. Ensuite l'obscurité se replie sur elle plus ténébreusement encore. Dans la tranchée on a raconté que c'étaient des troupes noires qu'il y avait devant nous. C'est désagréable ; on ne peut pas bien les voir ; en outre, elles sont très habiles pour patrouiller. Chose étrange, souvent elles sont aussi très imprudentes ; ainsi Kat et Kropp ont, une fois, étant en surveillance, abattu des contre-patrouilleurs noirs, parce que ceux-ci, dans leur passion pour la cigarette, fumaient tout en marchant. Kat et Albert n'eurent qu'à prendre pour cibles les bouts luisants des cigarettes.

A côté de moi siffle un petit obus. Je ne l'ai pas entendu venir et je suis saisi d'une vive frayeur. Au même moment une peur insensée s'empare de moi. Je suis là tout seul et presque perdu dans l'obscurité ; peut-être que depuis longtemps deux yeux m'observent d'un entonnoir et qu'une grenade est déjà prête à être lancée pour me mettre en pièces. Je cherche à me ressaisir. Ce n'est pas ma première patrouille et, de plus, elle n'a rien de particulièrement dangereux. Mais c'est la première fois que je vais en reconnaissance depuis mon retour de permission et je connais peu le secteur.

Je me dis bien que mon émotion est stupide, que probablement dans l'obscurité rien ne me guette, autrement le feu ne serait pas si plat. C'est en vain. Pêle-mêle, les pensées bourdonnent sous mon crâne : j'entends les exhortations de ma mère, je vois les Russes aux barbes flottantes s'appuyer au grillage ; j'ai devant moi l'image claire et merveilleuse d'une cantine avec des sièges, celle d'un cinéma de Valenciennes ; dans mon imagination douloureuse, je vois l'horrible bouche grise d'un fusil implacable qui se déplace sans bruit en me menaçant et qui suit les mouvements de ma tête. La sueur me coule par tous les pores.

Je suis toujours couché dans mon trou. Je regarde l'heure ; il ne s'est écoulé que quelques minutes. Mon front est mouillé, mes orbites sont humides ; mes mains tremblent et je halète tout bas. Ce n'est qu'un terrible accès de peur, une peur vile et intense d'allonger la tête et d'avancer.

Mon anxiété, en se répandant, comme une bouillie, aboutit au désir de rester là couché. Mes membres sont collés au sol ; je fais une vaine tentative : ils ne veulent pas s'en détacher. Je me serre contre la terre ; je suis incapable de faire un pas ; je prends la résolution de rester là, étendu.

Mais, aussitôt, je suis enveloppé par une vague de honte, de repentir et aussi de sécurité. Je me lève un peu, pour voir ce qui se passe. Mes yeux brûlent, tellement je regarde fixement, dans l'obscurité. Une fusée monte dans le ciel ; de nouveau je me fais tout petit.

Je soutiens contre moi-même un combat trouble et insensé : je veux sortir de mon trou, et, pourtant, je m'y précipite. Je me dis : « C'est ton devoir ; ce sont tes camarades ; ce n'est pas là un commandement stupide. » Et, immédiatement après : « Que m'importe tout ça ? Je n'ai qu'une vie qu'il ne faut pas perdre... »

Tout cela vient de cette permission, pensé-je amèrement, pour m'excuser. Mais je n'ai pas foi moi-même en mon excuse ; je me sens extrêmement déprimé ; je me lève lentement et j'étends mes bras en avant, tandis que mon dos suit le mouvement ; maintenant je suis à moitié couché sur le bord du trou d'obus. Mais j'entends quelque chose et je recule en tressaillant. Malgré le vacarme de l'artillerie, on perçoit nettement des bruits confus. J'écoute : le bruit est derrière moi. Ce sont des gens de chez nous, qui traversent la tranchée. Maintenant j'entends aussi des voix étouffées. On dirait, au son de l'une d'elles, que c'est Kat qui parle.

Brusquement une chaleur extraordinaire m'envahit. Ces voix, ces quelques paroles prononcées bas, ces pas dans la tranchée derrière moi m'arrachent tout d'un coup à l'atroce solitude de la crainte de la mort à laquelle je me serais presque abandonné. Elles sont plus que ma vie, ces voix ; elles sont plus que la présence maternelle et que la crainte ; elles sont ce qu'il y a au monde de plus fort et de plus efficace pour vous protéger : ce sont les voix de mes camarades.

Je ne suis plus un morceau tremblant d'existence isolé dans l'obscurité ; je suis lié à eux et eux à moi ; nous avons tous la même peur et la même vie ; nous sommes unis ensemble d'une manière à la fois simple et profonde. Je voudrais plonger mon visage dans ces voix, dans ces quelques paroles qui m'ont sauvé et qui me soutiendront.

*

Je me glisse prudemment hors du trou et j'avance à la manière d'un serpent. Puis je marche à quatre pattes ; cela va bien ; je repère la direction ; je regarde autour de moi et je remarque bien comment est le feu de l'artillerie, pour pouvoir retourner sur mes pas. Puis je cherche à me mettre en rapport avec les autres.

La peur subsiste encore en moi, mais c'est une peur raisonnable, une sorte de prudence poussée à l'extrême. La nuit est venteuse et des ombres se dessinent çà et là lorsque jaillit la flamme des pièces d'artillerie. Alors on y voit à la fois trop peu et trop. Souvent la crainte me fige, mais il n'y a toujours rien. Ainsi je m'avance assez loin, et puis je retourne en arrière, mais en décrivant un arc de cercle. Je n'ai trouvé aucun de mes camarades. Chaque mètre qui me rapproche de nos tranchées me rend plus d'assurance ; il faut dire aussi que j'ai hâte d'arriver. Ce serait malheureux de recevoir maintenant une balle égarée.

Mais je suis pris d'un nouvel effroi. Je ne peux plus très bien reconnaître la direction. Je m'accroupis sans bruit dans un trou d'obus et je cherche à m'orienter. Il est arrivé plusieurs fois qu'un soldat ait sauté avec joie dans une tranchée, découvrant trop tard que c'était une tranchée ennemie.

Au bout de quelque temps j'écoute de nouveau. Je ne suis pas encore dans la bonne voie. Le fouillis des trous d'obus me paraît maintenant si indéchiffrable que, dans mon émotion, je ne sais plus de quel côté me tourner. Peut-être ai-je rampé parallèlement aux tranchées et alors ça peut durer jusqu'à l'infini. C'est pourquoi je décris un nouveau crochet.

Ces maudites fusées ! On dirait qu'elles brûlent une heure entière ; on ne peut faire aucun mouvement, sans sentir autour de soi siffler un projectile.

Pourtant, malgré tout, il faut que je sorte de là. Tout en hésitant, je fais tous mes efforts pour continuer à avancer, je rampe sur le sol comme une écrevisse et me déchire les mains aux éclats dentelés des obus, tranchants comme des rasoirs. Parfois, j'ai l'impression que le ciel s'éclaircit un peu à l'horizon ; mais c'est peut-être aussi une illusion. Cependant, je me rends compte peu à peu que ma vie est en jeu dans les mouvements que je fais.

Un obus éclate. Puis deux autres. Et voici que la danse commence. C'est un bombardement qui se déclenche. Des mitrailleuses crépitent. Pour le moment, il n'y a plus qu'à rester couché et à attendre. On dirait que cela tourne à une attaque. Partout montent des fusées. Sans interruption. Je suis couché replié sur moi-même, dans un grand trou d'obus, les jambes dans l'eau jusqu'au ventre. Lorsque l'attaque commencera, je m'y enfoncerai le plus que je pourrai, à la condition de ne pas étouffer, la figure dans la boue. Il faudra que je fasse le mort.

Soudain, j'entends que le tir se raccourcit. Aussitôt, je me précipite dans la profondeur de l'eau, le casque sur la nuque et la bouche tout juste assez haut pour pouvoir respirer un peu.

Puis je suis complètement immobile, car voici que, quelque part, j'entends un cliquetis et des pas lourds et pesants qui s'approchent ; tous mes nerfs sont figés et glacés. Ce bruit passe au-dessus de moi ; la première vague m'a dépassé. Je n'ai eu qu'une seule pensée, une pensée déchirante : que feras-tu si quelqu'un saute dans ton trou ? Maintenant je tire rapidement de son fourreau mon petit poignard ; je l'empoigne solidement et je le cache dans la vase, tout en le gardant à la main. « Si quelqu'un vient, je le poignarde aussitôt – cette pensée me bat dans le cerveau – je lui perce la gorge pour qu'il ne puisse pas crier. Il n'y a que cela à faire, il sera aussi effrayé que moi, et, dans notre angoisse, nous nous jetterons l'un sur l'autre ; il faut donc que je prenne les devants. »

Maintenant nos batteries répondent, les coups tombent près de moi. Cela me rend presque fou : il ne me manque plus que d'être atteint par les obus de mes camarades ! Je me mets à jurer et à me démener dans la boue. J'ai un véritable accès de rage ; finalement je ne puis plus que gémir et supplier.

Le claquement des obus frappe mon oreille. Si nos gens font une contre-attaque, je suis sauvé. Je presse ma tête contre la terre et je perçois des grondements sourds comme de lointaines explosions minières ; je la relève pour écouter les bruits qui viennent d'en bas.

On entend le bruit de crécelle des mitrailleuses. Je sais que nos retranchements de fils de fer sont solides et presque intacts ; il y en a une partie chargée d'un fort courant électrique. La fusillade grandit. Les ennemis ne peuvent pas passer, ils sont obligés de reculer.

De nouveau je me baisse, tout mon corps tendu jusqu'à l'extrême. Les claquements, glissements et cliquetis redeviennent perceptibles. Au milieu de cela un seul cri perçant. L'ennemi essuie une fusillade : l'attaque est repoussée.

*

Il fait maintenant un peu plus clair. Près de moi, des pas hâtifs. Ce sont les premiers. Ils sont passés. En voici d'autres. Les craquements des mitrailleuses s'enchaînent sans arrêt. J'entends un vacarme de dégringolade. Justement lorsque je veux me tourner un peu, un corps lourd tombe dans l'entonnoir, glisse et roule sur moi...

Je ne pense à rien, je ne réfléchis à rien. Je me borne à frapper furieusement et je sens simplement que le corps tressaille, puis devient flasque et se plie comme un sac. Ma main est gluante et mouillée, lorsque je reprends conscience de moi-même.

L'autre râle. Il me semble qu'il hurle et que chaque souffle est comme un cri et un grondement ; mais ce sont seulement mes veines qui battent ainsi. Je voudrais lui fermer la bouche, la remplir de terre, encore une fois le poignarder pour qu'il se taise, car il me trahit ; cependant, je suis déjà revenu à moi et aussi je me sens soudain si faible que je ne puis plus lever la main contre lui.

Donc, je rampe dans le coin le plus éloigné et je reste là, les yeux fixement dirigés sur lui, étreignant le couteau et prêt, s'il bouge, à me précipiter de nouveau sur lui. Mais il ne fera plus rien, déjà je le comprends à son râle.

Je ne puis le voir que très indistinctement. Il n'y a en moi qu'un désir : m'en aller. Si je ne me dépêche pas, il fera bientôt trop clair, maintenant c'est déjà difficile. Cependant, lorsque je tente de lever la tête, je vois l'impossibilité de m'échapper. Le feu des mitrailleuses est si nourri que je serais criblé de coups avant d'avoir fait un seul bond.

Je m'en rends compte une fois de plus avec mon casque, que je soulève un peu au-dessus de terre pour savoir quel est le niveau des projectiles. Un instant plus tard, une balle me l'emporte des mains. Donc, le tir est à ras du sol. Je ne suis pas assez éloigné de la position ennemie pour n'être pas immédiatement atteint par les bons tireurs, si j'essaie de m'enfuir.

La lumière augmente. J'attends ardemment une attaque des nôtres. Les nœuds de mes doigts sont blancs, tellement mes mains s'étreignent, tellement j'implore la cessation du feu et la venue de mes camarades.

Les minutes se succèdent lentement. Je n'ose plus porter les regards sur la sombre silhouette qui est dans l'entonnoir. Je regarde à côté d'elle avec effort, et j'attends, j'attends. Les projectiles sifflent ; ils forment un réseau d'acier ; cela n'en finit pas, cela n'en finit plus.

Alors je remarque que ma main est pleine de sang et soudain j'éprouve un malaise. Je prends de la terre et me frotte la peau ; au moins maintenant ma main est sale et l'on ne voit plus le sang.

Le feu ne diminue pas. Des deux côtés il est maintenant d'une égale intensité. Il est probable que chez nous on m'a depuis longtemps considéré comme perdu.

*

Il fait clair, une clarté grise, celle du jour qui naît. Les râles continuent. Je me bouche les oreilles, mais bientôt je retire mes doigts, parce que autrement je ne pourrais pas entendre ce qui se passe.

La forme qui est en face de moi se remue. Je tressaille d'effroi et, malgré moi, je la regarde. Maintenant mes yeux sont comme collés fixement à elle. Un homme avec une petite moustache est là étendu ; sa tête est inclinée sur le côté ; il a un bras à demi ployé, sur lequel la tête repose inerte. L'autre main est posée sur la poitrine, elle est ensanglantée.

Il est mort, me dis-je ; il doit être mort ; il ne sent plus rien ; ce qui râle là n'est que le corps ; mais cette tête essaie de se relever ; les gémissements deviennent, un moment, plus forts, puis le front retombe sur le bras. L'homme se meurt, mais il n'est pas mort. Je me porte vers lui en rampant ; je m'arrête, je m'appuie sur les mains, je me traîne un peu plus en avant, j'attends ; puis je m'avance encore ; c'est là un atroce parcours de trois mètres, un long et terrible parcours. Enfin, je suis à côté de lui.

Alors il ouvre les yeux. Il m'a sans doute entendu et il me regarde avec une expression de terreur épouvantable. Le corps est immobile, mais dans les yeux se lit un désir de fuite si intense que je crois un instant qu'ils auront la force d'entraîner le corps avec eux, de faire des centaines de kilomètres rien que d'une seule secousse. Le corps est immobile, tout à fait calme et, à présent, silencieux ; le râle s'est tu, mais les yeux crient et hurlent ; en eux toute la vie s'est concentrée en un effort extraordinaire pour s'enfuir, en une horreur atroce devant la mort, devant moi.

Je sens que mes articulations se rompent et je tombe sur les coudes. « Non », fais-je en murmurant.

Les yeux me suivent. Je suis incapable de faire un mouvement tant qu'ils sont là. Alors sa main s'écarte lentement et légèrement de la poitrine ; elle se déplace de quelques centimètres, mais ce mouvement suffit à relâcher la violence des yeux. Je me penche en avant, je secoue la tête et je murmure : « Non, non, non », je lève une main en l'air, pour lui montrer que je veux le secourir et je la passe sur son front.

Les yeux ont battu devant l'approche de cette main ; maintenant, ils deviennent moins fixes, les paupières s'abaissent, la tension diminue. J'ouvre son col et je lui mets la tête plus à l'aise.

Il a la bouche à demi ouverte ; il s'efforce de prononcer des paroles. Ses lèvres sont sèches. Mon bidon n'est pas là, je ne l'ai pas pris avec moi. Mais, au fond du trou, il y a de l'eau dans la vase. Je descends, je prends mon mouchoir, je l'étale à la surface et j'appuie ; ensuite, avec le creux de ma main, je puise l'eau jaunâtre qui filtre à travers.

Il l'avale. Je vais en chercher d'autre. Puis je déboutonne sa veste pour le panser, si c'est possible. De toute façon, il faut que je le fasse, afin que, si je venais à être fait prisonnier, ceux d'en face voient bien que j'ai voulu le secourir et ne me massacrent pas. Il essaie de se défendre, mais sa main est trop faible pour cela. Sa chemise est collée et il n'y a pas moyen de l'écarter ; elle est boutonnée par-derrière. Il ne reste que la ressource de la couper.

Je cherche mon couteau et je le retrouve. Mais, au moment où je me mets à taillader la chemise, ses yeux s'ouvrent encore une fois et de nouveau il y a en eux une expression de terreur insensée et comme des cris, de sorte que je suis obligé de les refermer et de murmurer : « Mais je veux te secourir, camarade. » Et j'ajoute, maintenant, en français : « *Camarade... Camarade...*

Camarade... » En insistant sur ce mot-là, pour qu'il comprenne.

Il a reçu trois coups de poignard. Mes paquets de pansement recouvrent les plaies, le sang coule au-dessous ; je les serre plus fortement ; alors il gémit.

C'est tout ce que je puis faire. Nous n'avons plus qu'à attendre, attendre.

*

Ah ! ces heures, ces heures-là ! Le râle reprend : avec quelle lenteur meurt un être humain ! Car, je le sais, il n'y a pas moyen de le sauver. J'ai, il est vrai, essayé de me figurer le contraire, mais, vers midi, ses gémissements ont détruit ce faux espoir. Si encore, en rampant, je n'avais pas perdu mon revolver, je l'achèverais d'un coup de feu. Je n'ai pas la force de le poignarder.

Cet après-midi, j'atteins les limites crépusculaires de la pensée. La faim me dévore ; je pleurerais presque de cette envie que j'ai de manger, mais je ne puis rien faire contre cela. A plusieurs reprises je vais chercher de l'eau pour le mourant et j'en bois moi-même.

C'est le premier homme que j'aie tué de mes mains et dont, je peux m'en rendre compte exactement, la mort soit mon ouvrage. Kat, Kropp et Müller ont déjà vu, eux aussi, des hommes qu'ils avaient tués ; c'est le cas de beaucoup d'autres, et même souvent dans un corps à corps...

Mais chaque souffle met mon cœur à nu. Ce mourant a les heures pour lui, il dispose d'un couteau invisible, avec lequel il me transperce : le temps et mes pensées.

Je donnerais beaucoup pour qu'il restât vivant. Il est dur d'être couché là, tout en étant obligé de le voir et de l'entendre.

A trois heures de l'après-midi, il est mort.

Je respire, mais seulement pour peu de temps. Le silence me paraît bientôt plus pénible à supporter que les gémissements. Je voudrais encore entendre son râle saccadé, rauque, parfois sifflant doucement et puis de nouveau rauque et bruyant.

Ce que je fais n'a pas de sens. Mais il faut que j'aie une occupation. Ainsi, je déplace encore une fois le mort, afin qu'il soit étendu commodément. Je lui ferme les yeux. Ils sont bruns ; ses cheveux sont noirs, un peu bouclés sur les côtés.

La bouche est pleine et tendre sous la moustache. Le nez est un peu courbé, la peau basanée ; elle n'a pas à présent l'air aussi terne que lorsqu'il était encore en vie. Pendant une seconde, le visage semble même celui d'un homme bien portant ; puis il se transforme rapidement en une de ces étranges figures de mort, que j'ai souvent vues et qui se ressemblent toutes.

Maintenant sa femme pense à lui ; elle ignore ce qui s'est passé. On dirait, à le voir, qu'il lui a souvent écrit ; elle recevra encore d'autres lettres de lui, – demain, dans une semaine, peut-être encore dans un mois, une lettre égarée. Elle la lira et ce sera comme s'il lui parlait.

Mon état empire toujours ; je ne puis plus contenir mes pensées. Comment peut être cette femme ? Est-elle comme la brune élancée de l'autre côté du canal ? Est-ce qu'elle ne m'appartient pas ? Peut-être que, à présent, elle m'appartient à cause de cela. Ah ! si Kantorek était ici à côté de moi ! Si ma mère me voyait ainsi ! ... Certainement, le mort aurait pu vivre encore trente ans, si j'avais mieux retenu mon chemin. S'il était passé deux mètres plus à gauche, maintenant il serait là-bas dans la tranchée et il écrirait une nouvelle lettre à sa femme.

Mais cela ne m'avance à rien, car c'est là le sort de nous tous ; si Kemmerich avait tenu sa jambe dix centimètres plus à droite, si Haie s'était penché de cinq centimètres de plus...

*

Le silence se prolonge. Je parle, il faut que je parle. C'est pourquoi je m'adresse à lui, en lui disant : « Camarade, je ne voulais pas te tuer. Si, encore une fois, tu sautais dans ce trou, je ne le ferais plus, à condition que toi aussi tu sois raisonnable. Mais d'abord tu n'as été pour moi qu'une idée, une combinaison née dans mon cerveau et qui a suscité une résolution ; c'est cette combinaison que j'ai poignardée. A présent je m'aperçois pour la première fois que tu es un homme comme moi. J'ai pensé à tes grenades, à ta baïonnette et à tes armes ; maintenant c'est ta femme que je vois, ainsi que ton visage et ce qu'il y a en nous de commun. Pardonne-moi, camarade. Nous voyons les choses toujours trop tard. Pourquoi ne nous dit-on pas sans cesse que vous êtes, vous aussi, de pauvres chiens comme nous, que vos mères se tourmentent comme les nôtres et que nous avons tous la même peur de la mort, la même façon de mourir et les mêmes souffrances ? Pardonne-moi, camarade ; comment as-tu pu être mon ennemi ? Si nous jetions ces armes et cet uniforme tu pourrais être mon frère, tout comme Kat et Albert. Prends vingt ans de ma vie, camarade, et lève-toi... Prends-en davantage, car je ne sais pas ce que, désormais, j'en ferai encore. »

Tout est calme. Le front est tranquille, à l'exception du crépitement des fusils. Les balles se suivent de près ; on ne tire pas n'importe comment ; au contraire, on vise soigneusement de tous les côtés. Je ne puis pas quitter mon abri.

« J'écrirai à ta femme, dis-je hâtivement au mort. Je veux lui écrire ; c'est moi qui lui apprendrai la nouvelle ; je veux tout lui dire, de ce que je te dis ; il ne faut pas qu'elle souffre ; je l'aiderai, et tes parents aussi, ainsi que ton enfant... »

Son uniforme est encore entrouvert. Il est facile de trouver le portefeuille. Mais j'hésite à l'ouvrir. Il y a là son livret militaire avec son nom. Tant que j'ignore son nom, je pourrai peut-être encore l'oublier ; le temps effacera cette image. Mais son nom est un clou qui s'enfoncera en moi et que je ne pourrai plus arracher. Il a cette force de tout rappeler, en tout temps ; cette scène pourra toujours se reproduire et se présenter devant moi.

Sans savoir que faire, je tiens dans ma main le portefeuille. Il m'échappe et s'ouvre. Il en tombe des portraits et des lettres. Je les ramasse pour les remettre en place ; mais la dépression que je subis, toute cette situation incertaine, la faim, le danger, ces heures passées avec le mort ont fait de moi un désespéré ; je veux hâter le dénouement, accroître la torture, pour y mettre fin, de même que l'on fracasse contre un arbre une main dont la douleur est insupportable, sans se soucier de ce qui arrivera ensuite.

Ce sont les portraits d'une femme et d'une petite fille, de menues photographies d'amateur prises devant un mur de lierre. A côté d'elles il y a des lettres. Je les sors et j'essaie de les lire. Je ne comprends pas la plupart des choses ; c'est difficile à déchiffrer et je ne connais qu'un peu de français. Mais chaque mot que je traduis me pénètre, comme un coup de feu dans la poitrine, comme un coup de poignard au cœur...

Ma tête est en proie à une violente surexcitation. Mais j'ai encore assez de clarté d'esprit pour comprendre qu'il ne me sera jamais permis d'écrire à ces gens-là, comme je le pensais précédemment. C'est impossible. Je regarde encore une fois les portraits ; ce ne sont pas des gens riches. Je pourrai leur envoyer de l'argent anonymement, si plus tard j'en gagne un peu. Je m'accroche à cette idée ; c'est là du moins pour moi un petit point d'appui. Ce mort est lié à ma vie ; c'est pourquoi je dois tout faire et tout promettre, pour me sauver ; je jure aveuglément que je ne veux exister que pour lui et pour sa famille. Les lèvres humides, c'est à lui que je m'adresse et, ce faisant, au plus profond de moi-même réside l'espoir de me racheter par là et peut-être ici encore d'en réchapper, avec aussi cette petite ruse qu'il sera toujours temps de revenir sur ces serments. J'ouvre le livret et je lis lentement : « Gérard Duval, typographe. »

J'inscris avec le crayon du mort l'adresse sur une enveloppe et puis, soudain, je m'empresse de remettre le tout dans sa veste.

J'ai tué le typographe Gérard Duval. Il faut que je devienne typographe, pensé-je tout bouleversé, que je devienne typographe, typographe...

*

L'après-midi je suis plus calme. Ma peur n'était pas fondée. Ce nom ne me trouble plus. La crise passe. « Camarade, dis-je au mort qui est à côté de moi, mais je le dis d'un ton rassuré, toi aujourd'hui, moi demain. Toutefois, si j'en reviens, camarade, je lutterai contre cette chose qui nous a tous deux abattus : toi, en te prenant la vie... Et moi ? ... En me prenant aussi la vie. Je te le promets, camarade. Il faut que cela ne se renouvelle jamais plus. »

Le soleil luit obliquement. Je suis épuisé de fatigue et de faim. Ce qui s'est passé hier est pour moi comme un brouillard ; je n'ai plus l'espoir de m'en sortir. Aussi je suis là tout affaissé et je ne comprends même pas que le soir arrive. Le crépuscule tombe. Il me semble, à présent, que le temps passe vite. Encore une heure. Si c'était l'été, il y aurait encore trois heures à attendre. Une heure encore !

Maintenant, je me mets à trembler, craignant que quelque malheur ne se produise d'ici là. Je ne pense plus au mort ; il me devient tout à fait indifférent. Tout à coup, le désir de vivre reprend le dessus et repousse tout ce que je m'étais proposé de faire. Seulement, pour ne pas m'exposer encore à une catastrophe, je bredouille mécaniquement : « Je tiendrai toutes les promesses, toutes les promesses que je t'ai faites. » Mais je sais, dès à présent, que ce n'est pas vrai.

Soudain, je songe que mes propres camarades peuvent tirer sur moi, si je me mets à ramper ; en effet, ils ne savent pas que je suis là. Je crierai, dès que ce sera possible, pour qu'ils m'entendent. Je resterai étendu devant la tranchée, jusqu'à ce qu'ils me répondent.

La première étoile. Le front reste calme. Je respire et, dans mon émotion, je me parle à moi-même : « Maintenant, pas de bêtises, Paul... Du calme, du calme, Paul... Alors tu seras sauvé, Paul. »

De prononcer ainsi mon prénom produit sur moi le même effet que s'il était prononcé par un autre et le résultat est d'autant plus grand.

L'obscurité s'épaissit. Mon émotion diminue ; par prudence, j'attends de voir s'élever les premières fusées. Puis je rampe hors du trou. Le mort, je l'ai oublié. Devant moi s'étend la nuit commençante et le champ de bataille à l'éclat blême. Je guette de l'œil un trou d'obus ; au moment où la lumière s'éteint, je m'y jette en toute hâte ; je tâte devant moi soigneusement, je réussis à atteindre le prochain trou, je me fais tout petit et je continue ainsi de m'insinuer de l'avant.

Je me rapproche. Alors, à la lueur d'une fusée, je m'aperçois que, précisément, quelque chose bouge encore autour des barbelés, avant de se figer dans l'immobilité, et je reste étendu sans bruit. Une deuxième fois, je revois la même chose ; à coup sûr, ce sont des camarades venant de notre tranchée. Mais je me tais prudemment jusqu'au moment où je reconnais nos casques. Puis j'appelle.

Aussitôt, mon nom résonne, comme réponse :

« Paul... Paul... »

J'appelle encore. C'est Kat et Albert, qui sont venus à ma recherche avec une toile de tente.

« Es-tu blessé ?

– Non, non... »

Nous nous précipitons dans la tranchée. Je demande de quoi manger et je l'avale gloutonnement. Müller me donne une cigarette. Je raconte, en peu de mots, ce qui s'est passé. Il n'y a là rien de nouveau. Des choses comme ça se sont souvent produites. Seule l'attaque nocturne est ce qu'il y a de particulier dans cette histoire. Mais en Russie Kat est resté une fois pendant deux jours derrière le front russe avant de pouvoir revenir vers les siens.

Je ne parle pas du typographe mort.

Cependant, le lendemain matin, je n'y tiens plus : il faut que je raconte l'affaire à Kat et à Albert. Ils me tranquillisent tous deux.

« Tu ne peux rien y faire. Comment aurais-tu voulu agir autrement ? C'est précisément pour cela que tu es ici. »

Je les écoute, rassuré, raffermi par leur proximité. Ah ! quelles pensées stupides ai-je eues là-bas, dans l'entonnoir !

« Regarde donc ça », me fait Kat.

Contre les parapets se dressent quelques tireurs d'élite. Ils ont en position des fusils, avec des longues-vues pour mieux viser, et ils examinent le secteur ennemi. De temps en temps un coup de feu claque. Maintenant nous entendons des exclamations. « Mouche ! » – « As-tu vu quel saut il a fait ? » Le sergent Oellrich se retourne fièrement et note son succès. Il vient en tête dans la liste de tir d'aujourd'hui, avec trois coups ayant authentiquement atteint leur but.

« Que dis-tu de cela ? » demande Kat.

Je me borne à faire un geste.

« S'il continue, il aura ce soir à la boutonnière un petit oiseau bariolé de plus, dit Kropp.

– Ou bien il ne tardera pas à être sergent-major en second », ajoute Kat.

Nous nous regardons.

« Je ne le ferais pas, dis-je.

– Tout de même, répond Kat, c'est une excellente chose que justement tu viennes de voir ça. »

Le sergent Oellrich revient contre le parapet. Le canon de son arme se déplace dans tous les sens.

« Tu vois que tu n'as plus à t'inquiéter de ton histoire », me dit Albert, en faisant un signe de tête.

Moi-même, à présent, je ne me comprends plus.

« C'était seulement parce qu'il m'a fallu rester si longtemps avec lui, dis-je. Après tout, la guerre, c'est la guerre. »

Le fusil d'Oellrich fait entendre un claquement bref et sec.

X

NOUS avons le filon. Nous recevons la mission, à huit, de garder un village qui a été évacué parce qu'il est trop bombardé.

Principalement, nous avons à veiller sur le dépôt des subsistances, qui n'est pas encore vide. Notre nourriture, nous devons la prendre sur les provisions existantes. Nous sommes pour ça les gens qu'il faut : Kat, Albert, Müller, Tjaden, Leer, Detering, tout notre groupe est là. A la vérité, Haie est mort. Mais c'est tout de même une chance formidable, car tous les autres groupes ont eu plus de pertes que le nôtre. Nous choisissons comme abri une cave bétonnée, à laquelle on accède par un escalier extérieur. L'entrée est encore protégée par un mur spécial en béton.

Maintenant, nous déployons une grande activité. Nous avons là, de nouveau, une occasion de délasser non seulement nos jambes, mais encore nos esprits. Et nous ne manquons pas de profiter de telles occasions, car notre situation est trop désespérée pour que nous puissions faire longtemps du sentiment, ce qui n'est possible que tant que les choses ne vont pas trop mal. Il ne nous reste plus qu'à être positifs, – si positifs que, parfois, je frissonne lorsque, pour un instant, une pensée d'autrefois, de l'époque antérieure à la guerre, s'égare dans ma tête. Il faut dire aussi qu'elle n'y reste pas longtemps.

Il est bon que nous prenions notre situation du bon côté, dans la mesure du possible. C'est pourquoi nous profitons de chaque occasion et nous passons directement, brutalement, sans transition aucune, des frissons d'horreur à la gaminerie la plus stupide. Nous ne pouvons pas nous en empêcher, nous nous y précipitons aveuglément. Pour le moment, nous nous occupons avec un zèle ardent à organiser une idylle, – naturellement, une idylle de boustifaille et de sommeil.

*

Nous garnissons d'abord notre cagna de matelas que nous allons chercher dans les maisons. Un derrière de soldat aime lui aussi, parfois, à reposer sur quelque chose de moelleux. Le sol n'est libre que dans le milieu. Puis, nous nous procurons des couvertures et des édredons, des choses d'une douceur admirable. Il y a, dans le village, tout ce qu'il faut pour cela. Albert et moi, nous découvrons un lit en acajou, démontable, avec un ciel de soie bleue et une garniture de dentelles. Nous suons comme des bœufs en le transportant, mais on ne peut pourtant pas laisser échapper une chose pareille, surtout si l'on songe que dans quelques jours le bombardement aura, à coup sûr, démoli tout ça.

Kat et moi, nous organisons une petite patrouille dans les maisons. Au bout de quelque temps nous avons déniché une douzaine d'œufs et deux livres de beurre assez frais. Dans un salon, soudain, on entend un craquement : un poêle en fonte traverse en sifflant le mur à côté de nous et, à un mètre plus loin, fait encore une brèche à un autre mur. Cela fait deux trous. Ce projectile improvisé provient de la maison d'en face, dans laquelle est tombé un obus. « C'est de la veine ! » ricane Kat, et nous continuons nos recherches. Tout à coup, nous dressons les oreilles et nous courons à toutes jambes. Aussitôt, nous nous arrêtons, comme en proie à un ensorcellement magique : dans une petite étable se trémoussent deux porcelets. Nous nous frottons les yeux et nous regardons de nouveau prudemment, dans la même direction : effectivement, ils sont encore là. Nous les empoignons : il n'y a aucun doute, ce sont deux véritables petits cochons.

Cela va faire un repas magnifique. A peu près à cinquante pas de notre abri est une petite maison qui a servi de logement à des officiers. Dans la cuisine, il y a un gigantesque foyer, avec deux grilles à rôtir, des poêles à frire, des pots et des marmites. Il y a tout ce qu'il faut ; une énorme quantité de petit bois nous attend même sous le hangar : c'est une véritable maison de cocagne.

Depuis le matin, deux hommes sont dans les champs, à chercher des pommes de terre, des carottes et des pois nouveaux. C'est que nous faisons les délicats et nous nous moquons des conserves du magasin aux vivres ; nous voulons des choses fraîches. Dans notre garde-manger, il y a déjà deux choux-fleurs.

On tue les porcelets ; c'est Kat qui s'en est chargé. Nous voulons ajouter au rôti des beignets de pommes de terre. Mais nous ne trouvons pas de râpe comme il en faudrait pour cela. Nous avons bientôt fait d'y suppléer ; nous pratiquons avec des clous une multitude de trous dans des couvercles en fer-blanc et nous avons les râpes qui nous manquaient. Trois hommes mettent des gants épais pour ménager leurs doigts, en râpant les pommes de terre ; deux autres pèlent les tubercules et la besogne avance rapidement.

Kat accommode les porcelets, les carottes, les petits pois et les choux-fleurs. Il prépare même une sauce blanche pour les choux-fleurs. Moi, je fais cuire mes beignets, quatre par quatre. Au bout de dix minutes, j'ai attrapé le tour de main pour secouer la poêle de façon que ceux qui sont cuits à point d'un côté sautent en l'air, se retournent et y retombent bien en place. Les porcelets sont rôtis tout entiers. Tout le monde les entoure, comme un autel.

Sur ces entrefaites, nous avons des visites, deux radiotéléphonistes, que nous invitons généreusement à déjeuner. Ils sont assis au salon, où il y a un piano. L'un d'eux joue, l'autre chante *Au bord du Weser*. Il chante avec sentiment, mais avec un léger accent saxon. Néanmoins, cela nous émeut, tandis que nous sommes là devant nos fourneaux à préparer toutes ces bonnes choses.

Peu à peu, nous nous apercevons que les obus pleuvent autour de nous. Les ballons observateurs ont flairé la fumée sortant de notre cheminée et on nous bombarde.

Ce sont ces maudits petits obus qui font un trou minuscule, en disséminant leur charge très loin et tout contre le sol. Les sifflements se rapprochent sans cesse, mais nous ne pouvons pourtant pas laisser notre cuisine en panne. Ces animaux assurent leur tir. Quelques éclats volent à travers notre fenêtre. Le rôti est bientôt terminé. Mais la cuisson des beignets devient désormais plus difficile. Les coups tombent si près de nous que, de plus en plus fréquemment, les éclats des obus viennent claquer contre le mur et pénètrent par les fenêtres. Chaque fois que j'entends, près de moi, siffler quelque chose je m'agenouille avec ma poêle et mes beignets et je me tapis derrière le mur de la fenêtre. Aussitôt après, je me relève et je continue ma cuisson.

Les Saxons cessent de jouer : un éclat d'obus a atteint le piano. Nous aussi, nous avons maintenant achevé nos préparatifs culinaires et nous organisons notre retraite. Lorsqu'un obus vient d'éclater, deux hommes s'en vont en courant, avec les casseroles aux légumes, pour franchir les cinquante mètres qui nous séparent de notre abri. Nous les voyons disparaître.

Un nouvel obus. Tout le monde se baisse, et puis deux hommes portant chacun une grande cafetière de café authentique et de première qualité partent au galop et atteignent notre cagna avant la chute d'un autre obus.

Maintenant, Kat et Kropp prennent la pièce de résistance : la grande poêle avec les porcelets rôtis et dorés. Un hurlement d'obus, un agenouillement, et les voici qui franchissent en volant les cinquante mètres à découvert.

J'achève de faire cuire mes quatre derniers beignets ; pour cela, il faut que je m'aplatisse par deux fois sur le sol, mais, somme toute, ce sont là quatre beignets de plus, – mon plat de prédilection.

Alors, je saisis le plateau avec son échaufaudage de fritures et je me serre contre la porte de la maison. Un sifflement, un craquement, et je pars au galop, en pressant de mes deux mains le plateau contre ma poitrine. Je suis presque arrivé lorsqu'un bruit strident s'enfle de plus en plus ; je bondis comme un cerf, je contourne en coup de vent le mur de béton ; des éclats claquent contre celui-ci ; je dégringole dans l'escalier souterrain ; mes coudes sont écorchés, mais le plateau ne s'est pas renversé et je n'ai pas perdu un seul beignet.

Nous commençons à manger à deux heures. Cela dure jusqu'à six. De six à six et demie, nous buvons du café (du café pour officiers, provenant du magasin aux vivres) et nous fumons avec cela des cigares et des cigarettes d'officiers, de la même provenance. A six heures et demie précises nous nous mettons à dîner. A dix heures nous jetons devant la porte les carcasses des porcelets. Puis il y a du cognac et du rhum, provenant également de ce providentiel magasin aux vivres, et de nouveau c'est le tour des longs et gros cigares, entourés de bagues. Tjaden affirme qu'il ne manque qu'une chose : des poules d'un bordel d'officiers.

Tard dans la soirée, nous entendons des miaulements. Un petit chat gris est assis à l'entrée. Nous l'attirons et nous lui donnons à manger. Cela nous redonne de l'appétit. Nous mastiquons encore en allant nous coucher.

Mais nous passons une mauvaise nuit. Nous avons mangé une nourriture trop grasse. Le cochon de lait frais fait mal à l'intestin. Dans notre abri, ce sont de continuelles allées et venues. Au-dehors, il y a toujours deux ou trois hommes accroupis en cercle, les culottes baissées et lançant des jurons. Pour ma part, je fais neuf fois le chemin. Vers quatre heures du matin, nous battons un record : tous les onze que nous sommes, soldats du poste et visites, nous tenons séance dehors.

Des maisons en flammes se dressent dans la nuit, comme des flambeaux. Des obus font rage et éclatent près de nous. Des colonnes de munitions passent dans la rue à grand fracas. Un des côtés du dépôt de subsistances est emporté. Malgré tous les éclats d'obus, les conducteurs des voitures s'y pressent, comme un essaim d'abeilles, et font main basse sur le pain qui s'y trouve. Nous les laissons faire tranquillement. Si nous leur disions quelque chose, nous risquerions d'être assommés. Aussi nous nous y prenons autrement. Nous leur déclarons que nous sommes là de garde et, comme nous connaissons toutes les ficelles, nous leur offrons des conserves, que nous échangeons contre des choses qui nous manquent. Quelle importance cela a-t-il ? Sous peu, tout sera détruit par les obus. Pour nous, nous extrayons du dépôt du chocolat que nous mangeons par tablettes entières. Kat dit que c'est bon pour un ventre trop relâché...

Nous passons ainsi presque quinze jours à manger, à boire et à flâner. Personne ne nous gêne. Le village disparaît peu à peu sous les obus et nous menons une vie heureuse. Tant qu'il restera quelque chose dans le dépôt de subsistances, tout nous est indifférent et nous désirons modestement finir ici la guerre.

Tjaden est devenu raffiné au point de ne fumer les cigares qu'à moitié. Il déclare d'un air hautain que c'est son habitude. Kat, lui aussi, est très gaillard. Son premier mot, le matin, est : « Émile, apportez le caviar et le café. » Nous sommes devenus singulièrement distingués, chacun de nous considère son camarade comme son ordonnance, le vouvoie et le commande. « Kropp, mon pied me démange, attrapez donc ce pou. » Ce disant, Leer lui tend la jambe comme une comédienne et Albert le traîne jusqu'au haut de l'escalier. – « Tjaden ! – Quoi ? – Mettez-vous à votre aise, Tjaden ; d'ailleurs on ne dit pas *quoi*, mais *à vos ordres*. Alors, Tjaden ! » Et, du geste et de la parole, Tjaden fait de nouveau son meilleur Goetz de Berlichingen, et il s'y entend.

Au bout de huit autres jours, nous recevons l'ordre de nous retirer. Toutes les magnificences sont finies. Deux grands camions nous recueillent. Ils sont remplis de planches jusqu'en haut. Mais, là-dessus, Albert et moi nous campons encore notre lit à ciel, avec sa garniture de soie bleue, avec ses matelats et deux édredons à dentelles. Dans le fond, il y a, pour chacun de nous, un sac garni des meilleures victuailles. Parfois nous le palpons et les saucisses fumées, bien fermes, les boîtes de saucissons au foie, les conserves, les caisses de cigares font jubiler nos cœurs. Chaque homme emporte ainsi un sac plein avec lui.

Mais Kropp et moi, nous avons encore sauvé deux fauteuils de velours rouge. Ils sont dressés sur le lit et nous nous y prélassons comme dans une loge de théâtre. Au-dessus de nous se gonfle la soie du ciel de lit, comme un baldaquin. Chacun a au bec un long cigare. Ainsi placés, notre regard plonge de haut dans la contrée.

Entre nous, il y a une cage à perroquet que nous avons trouvée pour mettre notre chat, que nous emportons et qui ronronne devant son écuelle de viande.

Les voitures roulent lentement sur la route. Nous chantons. Derrière nous, les obus font jaillir des panaches du village maintenant tout à fait abandonné.

*

Quelques jours plus tard, nous partons pour faire évacuer une localité. En chemin, nous rencontrons les habitants fugitifs que l'on chasse de chez eux. Ils traînent leurs biens dans des charrettes, dans des voitures d'enfant et aussi sur leur dos. Leurs silhouettes sont courbées, leurs visages pleins de chagrin, de désespoir, de hâte et de résignation. Les enfants donnent la main à leurs mères ; parfois, c'est une fille plus âgée qui conduit les petits, lesquels avancent en trébuchant et regardent toujours derrière eux. Quelques-uns emportent de misérables poupées. Tous se taisent, lorsqu'ils passent à côté de nous.

Nous sommes encore en colonne de marche, les Français ne bombarderont probablement pas un village dans lequel sont leurs compatriotes. Au bout de quelques minutes, l'air hurle, la terre tremble, des cris retentissent : un obus vient de pulvériser la section de queue. Nous nous dispersons et nous nous jetons à terre, mais, à cet instant, je sens que me quitte le sang-froid qui, d'habitude, sous le feu, me fait accomplir inconsciemment les actes convenables ; une idée, « tu es perdu », frémit en moi et une anxiété terrible m'étrangle. Au même moment, quelque chose qui ressemble à un coup de fouet atteint ma jambe gauche. J'entends Albert crier, il est tout contre moi.

« Debout, allons, Albert ! » dis-je en hurlant, car nous sommes couchés à découvert, sans aucun abri.

Il se lève en chancelant et il se met à courir. Je reste à côté de lui. Nous avons à traverser une haie ; elle est plus haute que nous. Kropp en saisit des branches ; j'empoigne sa jambe ; il pousse un cri, je lui donne de l'élan et il saute de l'autre côté de la haie. D'un bond je suis derrière lui et je retombe dans une mare qu'il y a derrière.

Nous avons le visage plein de lentilles d'eau et de vase, mais l'abri est bon. C'est pourquoi nous y pataugeons jusqu'au cou. Quand nous entendons siffler un projectile, nous plongeons la tête sous l'eau.

Lorsque nous avons fait cela une douzaine de fois, j'en suis excédé. Albert, lui aussi, soupire :

« Sortons d'ici, autrement je tombe et me noie.

– Où as-tu été touché ?

– Au genou, je crois.

– Peux-tu courir ?

– Je pense...

– Alors, en avant ! »

Nous gagnons le fossé de la route et nous le suivons en nous courbant, le feu nous suit. Le chemin conduit au dépôt de munitions. Si ça saute, jamais plus personne ne retrouvera de nous un seul bouton. C'est pourquoi nous changeons de direction, et nous courons obliquement à travers champs.

Albert marche plus lentement.

« Cours, je te suis », dit-il en se laissant tomber.

Je lui prends le bras et le secoue.

« Lève-toi, Albert ; si tu te couches, tu ne pourras pas aller plus loin. Allons, tu t'appuieras sur moi. »

Enfin, nous atteignons un petit abri. Kropp s'allonge à terre et je le panse. Le coup de feu l'a frappé un peu au-dessus du genou. Ensuite je me regarde moi-même.

Ma culotte est ensanglantée, de même ma manche. Albert m'applique ses paquets de pansements sur les trous des blessures. Il ne peut déjà plus remuer la jambe et nous nous étonnons tous deux d'avoir pu nous traîner jusqu'ici. C'est la peur, seule, qui nous l'a permis ; nous aurions continué de marcher, même si nous avions eu les pieds emportés, en nous traînant sur nos moignons.

Je puis ramper encore un peu et j'appelle une voiture à ridelles qui passe et qui nous emporte. Elle est pleine de blessés. Il y a un infirmier de première classe qui nous fait au ventre une piqûre contre le tétanos.

A l'ambulance, nous nous arrangeons de manière à être placés l'un près de l'autre. On nous donne une soupe claire que nous avalons à la fois avec avidité et mépris : bien qu'habitués à des temps meilleurs, nous avons faim.

« Maintenant, nous allons dans notre pays, Albert, dis-je.

– Il faut l'espérer, répond-il. Si seulement je savais ce que j'ai ! »

Les souffrances deviennent plus vives. Les pansements brûlent comme du feu. Nous buvons, nous buvons sans cesse, verre d'eau après verre d'eau.

« A quelle distance du genou est ma blessure ? demande Kropp.

– Au moins à dix centimètres, Albert, dis-je comme réponse. En réalité, il y en a peut-être trois.

– Je me le suis promis, dit-il au bout d'un instant, s'ils m'enlèvent une jambe, je me fais sauter le caisson. Je ne veux pas marcher estropié dans ce monde. »

Ainsi, nous sommes là couchés avec nos pensées et nous attendons.

*

Le soir, on nous transporte sur le billard. Je suis épouvanté et je me demande rapidement ce que je dois faire, car on sait que, dans les ambulances de campagne, les médecins sont prompts à amputer. Étant donné la grande presse, c'est plus simple que des raccommodages compliqués. Je me rappelle Kemmerich. En aucun cas, je ne me laisserai chloroformer, même s'il me faut casser la figure à quelques personnes.

Cela se passe bien. Le médecin charcute ma blessure de tous les côtés, de sorte que des points noirs me passent devant les yeux.

« Ne faites donc pas de manières », bougonne-t-il en continuant de sabrer. Les instruments luisent sous la vive lumière, comme de méchants animaux. Les souffrances sont insupportables. Deux infirmiers tiennent mes bras solidement, mais je me débarrasse de l'un d'eux et je suis sur le point de l'envoyer dans les lunettes du médecin, lorsque celui-ci le remarque et fait un bond en arrière.

« Chloroformez le gaillard ! » s'écrie-t-il furieux.

Alors je me calme.

« Excusez, monsieur le major, je resterai tranquille, mais ne me chloroformez pas.

– Soit ! » dit-il d'une voix aigre en reprenant ses instruments.

C'est un homme blond, âgé de trente ans tout au plus, avec des balafres d'étudiant et des lunettes d'or antipathiques. Je remarque que, maintenant, il cherche la petite bête ; il ne fait que fouiller ma plaie, tout en louchant de temps en temps de mon côté, par-dessus ses lunettes. Mes mains se meurtrissent aux poignées de la table d'opération ; je crèverais plutôt que de laisser échapper la moindre plainte.

Il a pêché dans ma blessure un éclat d'obus et il me le lance. Il paraît satisfait de mon attitude, car il me met maintenant des éclisses avec grand soin et dit : « Demain, départ pour la maison. » Puis on me met dans le plâtre. Lorsque je suis revenu à côté de Kropp, je lui raconte que demain, probablement, un train sanitaire va arriver.

« Il faut que nous parlions au sergent-major infirmier, afin de rester ensemble, Albert. »

Je réussis à passer au sergent-major, avec quelques mots appropriés, deux de mes cigares bagués. Il les renifle et dit :

« En as-tu d'autres ?

– Encore une bonne poignée et mon camarade (ce disant, je montre Kropp) autant ; nous aimerions, tous deux, pouvoir vous les donner demain matin, par la fenêtre du train sanitaire. »

Naturellement, il comprend, renifle encore une fois et dit :

« Entendu. »

Pendant la nuit nous ne dormons pas une minute. Dans notre salle meurent sept hommes. L'un d'eux chante des cantiques pendant une heure, d'une voix étranglée de ténor, avant de se mettre à râler. Un autre s'est glissé hors de son lit pour aller à la fenêtre et il est étendu devant elle, comme s'il avait voulu, pour la dernière fois, regarder dehors.

*

Nos brancards sont déjà à la gare. Nous attendons le train. Il pleut. La gare n'a pas de toit. Les couvertures sont minces. Nous attendons depuis deux heures.

Le sergent-major veille sur nous, comme une mère. Quoique j'aille très mal, je prépare notre plan. C'est pourquoi, sans avoir l'air de rien, je montre les paquets et je donne, un cigare comme acompte. En échange, le sergent-major met sur nous une toile de tente.

« Albert, mon vieux, fais-je en me souvenant soudain, et notre lit à ciel, et le chat...

– Et les fauteuils », ajoute-t-il.

Oui, les fauteuils en peluche rouge. Le soir, nous y étions assis comme des princes et nous nous proposions de les louer à l'heure, plus tard. Pour une heure, une cigarette. Ç'aurait été une existence sans souci, en même temps qu'une bonne affaire.

« Albert, dis-je brusquement, et nos sacs de boustifaille. »

Nous devenons mélancoliques. Nous aurions pu si bien utiliser ces choses-là. Si le train partait un jour plus tard, Kat, certainement, nous eût trouvés et nous aurait apporté la camelote.

Maudit destin ! Nous avons dans l'estomac une soupe à la farine, maigre nourriture d'hôpital, tandis que dans nos sacs il y a du rôti de porc. Mais nous sommes si faibles que nous n'avons même pas la force de nous émouvoir à ce sujet.

Les brancards sont tout mouillés lorsque, au matin, le train arrive. Le sergent-major nous fait placer dans le même compartiment. Il y a là une quantité de dames de la Croix-Rouge. Kropp est couché en bas. On me soulève, pour me mettre dans le lit qui est au-dessus de lui.

« Ah ! mon Dieu ! dis-je soudain.

– Qu'est-ce qu'il y a donc ? » demande l'infirmière.

Je jette un regard sur le lit. Il est fait avec des draps d'une blancheur de neige, des draps d'une propreté inimaginable et qui gardent encore les plis de la blanchisseuse. En revanche, ma chemise n'a pas été lavée depuis six semaines et elle est affreusement sale.

« Ne pouvez-vous pas entrer tout seul dans le lit ? demande l'infirmière avec inquiétude.

– Si, dis-je tout en transpirant, mais d'abord enlevez ces draps.

– Pourquoi donc ? »

Je trouve que je ressemble à un porc et il faut que je m'étende dans ces draps.

« Mais, dis-je en hésitant, ça va...

– ... se salir un peu ? demande-t-elle d'un ton encourageant. Ça ne fait rien, nous n'aurons qu'à les laver.

– Non, ce n'est pas ça..., dis-je avec agitation. – Je ne suis pas fait pour ce raffinement de civilisation.

– Nous pouvons bien laver un drap de lit pour vous qui avez été là-bas dans la tranchée », poursuit-elle.

Je la regarde ; elle est appétissante et jeune, lavée à la perfection et fine, comme tout ce qu'il y a ici ; on ne comprend pas que ce ne soit pas uniquement réservé à des officiers et on se sent mal à l'aise et même quelque peu en danger.

Cependant, cette femme est un bourreau ; elle me force à tout dire.

« C'est simplement... »

Je m'arrête ; elle doit pourtant bien comprendre. « Qu'est-ce qu'il y a donc encore ?

– A cause des poux ! » finis-je par beugler.

Elle rit.

« Il faut bien qu'eux aussi aient parfois de bons jours. »

Maintenant je n'ai plus à insister. Je me glisse dans le lit et je me couvre.

Une main passe ses doigts sur ma couverture. C'est le sergent-major ; il s'en va avec les cigares.

Au bout d'une heure, nous remarquons que le train est en marche.

*

La nuit, je me réveille. Kropp remue, lui aussi. Le train roule doucement sur les rails. Nous avons encore de la peine à comprendre tout ceci : un lit, un train, le retour chez soi. Je murmure :

« Albert !

– Oui.

– Sais-tu où sont les cabinets ?

– Je crois que c'est de l'autre côté, à droite de la porte.

– Je vais voir. »

Il fait sombre ; je cherche à tâtons le bord du lit et j'essaie de descendre avec précaution. Mais mon pied ne trouve pas d'appui ; je me sens entraîné, ma jambe plâtrée ne m'est d'aucun secours et me voici tombant sur le parquet, avec un grand bruit.

« Nom de Dieu ! dis-je.

– T'es-tu cogné ? demande Kropp.

– Tu as dû pourtant l'entendre, mon crâne... »

Là-bas, à l'arrière du wagon, la porte s'ouvre. L'infirmière arrive avec une lumière et m'aperçoit.

« Il est tombé du lit... »

Elle me tâte le pouls et touche mon front.

« Mais vous n'avez pas de fièvre.

– Non.

– Avez-vous donc rêvé ? demande-t-elle.

– Sans doute », fais-je évasivement.

Maintenant l'inquisition recommence. Elle me regarde avec ses yeux brillants ; elle est propre et merveilleuse ; je puis d'autant moins lui dire ce que je veux.

Je suis replacé dans mon lit. Ça va faire du joli ! Lorsqu'elle sera partie, il faudra que j'essaie aussitôt de redescendre. Si c'était une vieille femme, il serait plus facile de lui dire la chose ; mais elle est toute jeune ; elle a tout au plus vingt-cinq ans ; ce n'est pas possible ; je ne peux pas lui dire ça.

Alors, Albert vient à mon aide ; il ne se gêne pas ; il faut dire que, après tout, ce n'est pas lui que ça concerne. Il appelle l'infirmière. Elle se retourne.

« Mademoiselle, il voudrait... »

Mais Albert, lui non plus, ne sait plus comment il doit s'exprimer, pour être décent et irréprochable. Parmi nous, au front, un seul mot suffit pour le dire, mais ici, en présence d'une dame comme cela... Cependant, tout à coup, le souvenir de l'école lui revient et il achève sans difficulté :

« Mademoiselle, il voudrait sortir.

– Ah ! bien, dit l'infirmière. Mais pour cela il n'a pas besoin de descendre du lit, avec sa jambe plâtrée ! Que voulez-vous qu'on vous donne ? » fait-elle en s'adressant à moi.

Cette nouvelle tournure me remplit d'un effroi mortel, car je n'ai aucune idée de la façon dont ces choses-là s'expriment en langage technique. L'infirmière vient à mon aide.

« Le petit ou le gros ? »

Quel ridicule ! Je transpire comme un bœuf et je dis d'une voix embarrassée :

« Eh bien, simplement le petit... » Tout au moins j'ai eu encore un peu de chance.

On m'apporte une espèce de bouteille. Au bout de quelques heures, je ne suis plus le seul dans mon cas et, au matin, nous sommes habitués et nous demandons sans la moindre gêne ce dont nous avons besoin.

Le train marche lentement. De temps en temps il s'arrête, et l'on en descend les morts. Il s'arrête souvent.

*

Albert a la fièvre ; moi, je ne vais pas trop mal, malgré mes douleurs, mais le pire, c'est que, probablement, j'ai encore des poux sous le plâtre de mon pansement. Cela me démange terriblement, et je ne puis pas me gratter.

Nous sommeillons presque tout le temps. Le paysage passe paisiblement devant nos fenêtres. La troisième nuit, nous arrivons à Herbesthal. J'entends dire à l'infirmière qu'Albert, à cause de sa fièvre, va être débarqué à la prochaine gare.

Je demande jusqu'où va le train.

« Jusqu'à Cologne.

– Albert, nous allons rester ensemble, dis-je, tu vas voir. »

A la prochaine tournée de l'infirmière, je retiens mon souffle et je presse mon haleine dans ma tête. Elle s'enfle et devient rouge. L'infirmière s'arrête.

« Avez-vous des douleurs ? » Je gémis :

« Oui, c'est venu brusquement. »

Elle me donne un thermomètre et s'en va plus loin. Je n'aurais pas été à l'école de Kat si je ne savais pas ce qu'il faut faire. Ces thermomètres ne sont pas prévus pour des soldats expérimentés. Il s'agit simplement de faire monter le mercure ; alors il s'arrête dans le mince tube, sans redescendre.

Je mets le thermomètre sous mon bras, renversé et obliquement et, avec l'index, je le frotte continuellement. Ensuite, je le secoue vers le haut. J'atteins ainsi

37,9. Mais cela n'est pas suffisant. Une allumette approchée avec précaution donne 38,7.

Lorsque l'infirmière revient, je souffle fort, je respire par saccades, je la regarde avec des yeux fixes, je me remue vivement et je murmure : « Je ne puis plus résister... »

Elle inscrit mon nom sur une fiche. Je sais parfaitement que mon pansement ne sera pas ouvert sans nécessité.

Albert et moi nous sommes débarqués tous les deux.

*

Nous sommes dans un hôpital catholique, dans la même chambre. C'est une grande chance, car les hôpitaux catholiques sont connus pour leurs bons soins et leur bonne nourriture. Notre train a rempli toutes les salles ; il y a, parmi nous, beaucoup de cas graves. On ne nous examine pas le jour même, car les médecins sont trop peu nombreux. Dans le couloir passent continuellement les voitures plates aux roues caoutchoutées et toujours il y a quelqu'un dedans. C'est une maudite position que d'être ainsi étendu de tout son long ; elle n'est bonne que quand on dort.

La nuit est très agitée. Personne ne peut dormir. Vers le matin, nous nous assoupissons un peu. Je me réveille au moment où le jour commence. La porte est ouverte et j'entends des voix venant du couloir. Les autres aussi s'éveillent. L'un de ceux qui sont déjà ici depuis quelques jours nous explique la chose : « Ici, en haut, chaque matin, les sœurs prient dans le couloir. Elles appellent ça la prière du matin. Pour que vous en ayez votre part, elles tiennent les portes ouvertes. »

Certainement, l'intention est bonne, mais les os et le crâne nous font mal.

« Quelle stupidité ! dis-je. Alors que justement on s'était un peu endormi.

– Ici, ce sont les cas les moins graves ; c'est pourquoi elles font comme ça », répond-il.

Albert gémit. Je deviens furieux et je crie :
« La paix, là-dehors ! »
Au bout d'une minute, une sœur paraît. Dans son costume blanc et noir, elle ressemble à une de ces jolies choses dont on recouvre les cafetières, pour tenir le café chaud.
« Fermez donc la porte, ma sœur ! dit quelqu'un.
– On prie, c'est pourquoi la porte est ouverte, réplique-t-elle.
– Mais nous voudrions bien encore dormir...
– Prier vaut mieux que dormir. (Elle reste là et sourit innocemment.) Et puis il est déjà sept heures. »
Albert gémit de nouveau.
« Fermez la porte ! » dis-je rudement.
La sœur est tout éberluée ; apparemment elle ne peut pas concevoir une chose pareille.
« Mais c'est pour vous aussi que l'on prie.
– Ça ne fait rien, fermez la porte ! »
Elle s'en va et laisse la porte ouverte. La litanie résonne de nouveau. Je deviens enragé et je dis :
« Je vais compter jusqu'à trois. Si, d'ici là, ça ne cesse pas, je lance un projectile.
– Et moi aussi », déclare un autre.
Je compte jusqu'à cinq. Puis je prends une bouteille, je vise et je la jette à travers la porte, dans le couloir. Elle se casse en mille morceaux. La prière s'arrête. Un essaim de sœurs arrive alors, en se fâchant joliment.
« Fermez la porte ! » crions-nous.
Elles se retirent. La petite de tout à l'heure est la dernière.
« Païens ! » gazouille-t-elle ; mais, malgré tout, elle ferme la porte. Nous sommes vainqueurs.

*

A midi vient l'inspecteur de l'hôpital et il nous couvre d'invectives. Il nous promet des peines de forteresse et encore davantage. Or, un inspecteur d'hôpital, tout comme un inspecteur de subsistances, a beau porter une longue épée et des épaulettes, il n'est, somme toute, qu'un fonctionnaire et, à cause de cela, il n'est pas pris au sérieux, même par une recrue. C'est pourquoi nous le laissons parler. Que peut-il bien nous arriver ?

« Qui a lancé la bouteille ? » demande-t-il.

Avant que j'aie pu réfléchir si je dois me dénoncer, quelqu'un dit :

« C'est moi. »

Un homme à la barbe broussailleuse se dresse. Nous nous demandons, intrigués, pourquoi il s'accuse.

« Vous ?

– Oui ; j'étais excité de voir qu'on nous réveillait inutilement et j'ai perdu la tête, au point que je ne savais plus ce que je faisais. »

Il parle comme un livre.

« Comment vous appelez-vous ?

– Joseph Hamacher, territorial. »

L'inspecteur s'en va.

Tout le monde est plein de curiosité.

« Pourquoi donc as-tu dit que c'était toi, puisque ce n'était pas toi ? »

Il ricane.

« Ça ne fait rien. J'ai un permis de chasse. »

Alors, naturellement, chacun comprend. S'il a un permis de chasse, il peut faire ce qu'il veut.

« Oui, raconte-t-il, j'ai reçu un coup de feu dans la tête et on m'a donné un certificat comme quoi il y a des moments où je suis irresponsable. Depuis, j'en prends à mon aise. Il est défendu de m'irriter. Donc, à moi, on ne me fait rien. Le bougre va être bien attrapé. Et j'ai dit que c'était moi parce que ce chambard m'a amusé. Si demain elles ouvrent de nouveau la porte, nous recommencerons. »

Nous sommes enchantés. Avec Joseph Hamacher parmi nous, nous pouvons maintenant tout nous permettre.

Puis les petites voitures plates et silencieuses viennent nous chercher.

Nos pansements sont collés. Nous beuglons comme des taureaux.

*

Il y a huit hommes dans notre salle. Le plus grièvement blessé est Peter, une tête frisée toute noire : un coup de feu dans le poumon, c'est une chose compliquée. Franz Wächter, à côté de lui, a un bras fracassé, qui, au début, n'a pas mauvaise mine. Mais au cours de la troisième nuit il nous appelle, en nous disant de sonner, car il croit qu'il perd tout son sang.

Je sonne énergiquement. La sœur de garde ne vient pas. La veille au soir, nous l'avons assez fortement mise à contribution, parce que nous avions tous des pansements neufs et, par conséquent, des douleurs. L'un voulait que sa jambe fût placée comme ceci, l'autre comme cela, le troisième demandait de l'eau, le quatrième voulait qu'on lui remontât son oreiller ; la grosse vieille avait fini par grommeler méchamment et puis elle avait claqué la porte. Probablement que maintenant elle suppose encore quelque chose de ce genre, car elle ne vient pas.

Nous attendons. Puis Franz dit :

« Sonne encore une fois. »

Je sonne. La sœur ne se montre toujours pas. Dans l'aile de notre bâtiment, il n'y a, la nuit, qu'une seule sœur de garde ; peut-être est-elle justement occupée dans d'autres chambres. Je demande :

« Es-tu certain, Franz, que tu saignes ? Autrement, nous prendrons de nouveau quelque chose pour notre rhume.

– Je suis mouillé. Quelqu'un peut-il faire de la lumière ? »

Impossible. Le commutateur est à la porte et personne ne peut se lever. Je tiens mon pouce sur la sonnerie jusqu'à ce qu'il soit engourdi. Peut-être que la sœur s'est endormie. En effet, elles ont beaucoup de travail et elles sont toutes surmenées, même pendant le jour. Sans parler encore de la prière continuelle.

« Faut-il lancer des bouteilles ? demande Joseph Hamacher, l'homme au permis de chasse.

– Elle l'entendrait encore moins que la sonnerie. »

Enfin la porte s'ouvre. La vieille paraît avec un air maussade. Lorsqu'elle remarque ce qui est arrivé à Franz, elle s'empresse et demande :

« Pourquoi n'a-t-on pas averti ?

– Mais nous avons sonné. Personne ici ne peut marcher. »

Franz a perdu beaucoup de sang et on lui fait un pansement. Le lendemain matin, nous regardons son visage ; il est devenu jaune et effilé et, pourtant, la veille encore, il avait l'air presque en bonne santé. Maintenant, une sœur vient plus souvent faire la ronde.

*

Souvent ce sont aussi des dames auxiliaires de la Croix-Rouge. Elles sont très bonnes, mais parfois un peu maladroites. En changeant quelqu'un de lit, il arrive qu'elles lui font mal et elles sont alors si effrayées qu'elles lui font encore plus mal.

Les sœurs sont plus expérimentées. Elles savent comment s'y prendre, mais nous aimerions bien qu'elles fussent un peu plus gaies. A vrai dire, quelques-unes ont de l'humour ; elles sont même impayables. Qui ne ferait pas tout son possible pour être agréable à sœur Libertine, cette admirable femme qui répand la bonne humeur dans tout l'étage, du plus loin qu'on la voit ? Et il y en a encore plus d'une de son genre. Pour elles, nous nous jetterions au feu. On ne peut vraiment pas se plaindre, on est ici traité par les religieuses absolument comme des civils. Quand on pense aux hôpitaux de garnison, en comparaison de ceux-ci, on est effrayé.

Franz Wächter ne va pas mieux. Un jour, on vient le chercher et il ne reparaît pas. Joseph Hamacher sait ce que c'est :

« Nous ne le reverrons plus. Ils l'ont transporté dans la chambre aux morts.

– Quelle chambre aux morts ? demande Kropp.

– Eh bien, la chambre où l'on meurt...

– Où est-elle donc ?

– C'est la petite chambre au coin de l'étage. Quand quelqu'un est sur le point de claquer, on l'y porte. Il y a deux lits. Partout elle est connue sous le nom de chambre aux morts.

– Mais pourquoi font-ils ça ?

– Ils ont moins de travail ensuite. Puis, c'est plus commode, parce qu'elle est située tout près de l'ascenseur qui conduit au dépositoire. Peut-être font-ils ça aussi pour que les malades qui sont dans les salles ne meurent pas en voyant l'agonie des autres. Enfin, on peut mieux veiller sur quelqu'un quand il est seul.

– Mais, le mourant lui-même ? »

Joseph hausse les épaules.

« D'ordinaire, il ne remarque plus grand-chose de ce qui se passe.

– Tout le monde sait ça ?

– Bien entendu, celui qui est ici depuis quelque temps le sait. »

*

L'après-midi, le lit de Franz Wächter est réoccupé. Au bout de quelques jours, on emporte également le nouvel occupant. Joseph fait de la main un mouvement significatif. Nous en voyons encore plus d'un arriver et puis s'en aller.

Parfois, des parents sont assis près des lits et pleurent et parlent tout bas et avec embarras. Même, une vieille femme ne veut pas s'en aller ; mais elle ne peut pourtant pas rester là toute la nuit. Le lendemain matin, elle revient de bonne heure, mais c'est tout de même trop tard, car, lorsqu'elle s'approche du lit, il y a déjà dedans quelqu'un d'autre. Il faut qu'elle aille au dépositoire. Elle nous donne les pommes qu'elle avait apportées.

Le petit Peter, lui aussi, va plus mal. Le graphique de sa fièvre est mauvais et, un jour, la légère voiture plate se trouve près de son lit.

« Où me conduit-on ? demande-t-il.

– A la salle de pansement. »

On le met dans la voiture. Mais la sœur commet la faute de décrocher son uniforme et de le mettre sur la voiture ; ainsi elle n'aura pas besoin de revenir. Peter comprend aussitôt et il veut glisser de la voiture.

« Je reste ici. »

On le retient. Il crie tout bas avec son poumon traversé :

« Je ne veux pas aller dans la chambre aux morts.

– Mais nous allons à la salle de pansement !

– Pourquoi, alors, avez-vous besoin de mon uniforme ? »

Il ne peut plus parler. D'une voix rauque et agitée, il murmure :

« Je veux rester ici. »

On ne lui répond pas et on l'emmène.

Devant la porte il essaie de se redresser. Sa tête crépue et noire tremble, ses yeux sont pleins de larmes.

« Je reviendrai, je reviendrai », s'écrie-t-il.

La porte se ferme. Nous sommes tous très émus ; mais nous nous taisons.

Enfin Joseph dit :

« Plus d'un a déjà dit ça. Quand on est là-bas, impossible de tenir le coup. »

*

Je suis opéré et je dégobille deux jours durant. Mes os ne veulent pas bien se ressouder, dit le secrétaire du médecin. Chez un autre, la soudure s'est effectuée de travers : on sera obligé de briser l'os une seconde fois. C'est quelque chose de pitoyable !

Parmi les nouveaux arrivés, il y a deux jeunes soldats qui ont les pieds plats. A la visite, le médecin-chef s'en aperçoit et il s'arrête, tout joyeux.

« Nous arrangerons ça, raconte-t-il. Nous ferons une petite opération et vous aurez alors des pieds normaux. Écrivez, ma sœur. »

Lorsqu'il est parti, Joseph, qui sait tout, fait entendre l'avertissement suivant :

« Ne vous laissez pas opérer. Le vieux a la manie des expériences. Quand il peut avoir quelqu'un pour cela, il ne le lâche plus. Il vous opère les pieds plats et ensuite, effectivement, vous n'avez plus les pieds plats ; en revanche, vous avez des pieds bots et il vous faut, pendant toute votre vie, marcher avec des bâtons.

– Mais alors que faire ? demande l'un des soldats.

– Dire non ; vous êtes ici pour guérir vos blessures et non pas pour vos pieds plats. Est-ce qu'au front vous ne les avez pas eus ? Ah ! voyez-vous, maintenant vous pouvez encore courir, mais, dès que le vieux vous aura tenus sous son couteau, vous serez infirmes. Il a besoin de sujets d'expériences ; pour lui, la guerre est, à cause de cela, une époque magnifique, comme pour tous les médecins. Voyez en bas, au centre médical, une douzaine de ses opérés s'y traînent. Plusieurs sont là depuis des années. Pas un seul ne peut marcher mieux qu'avant ; presque tous marchent plus mal et la plupart avec les jambes dans le plâtre. Tous les six mois il les rattrape et il leur brise les os une fois de plus, en disant chaque fois que la guérison va venir. Tenez-vous sur vos gardes ; il n'a pas le droit de le faire si vous dites non.

– Mais, mon vieux, dit l'un des deux, d'un ton las, mieux vaut les pieds que la tête. Sais-tu ce qui t'arrivera si tu retournes là-bas ? Ils feront de moi ce qu'ils voudront, pourvu que je revienne à la maison. Mieux vaut être pied bot que mort. »

L'autre, un jeune homme comme nous, ne veut pas de l'opération. Le lendemain matin, le vieux les fait descendre tous les deux et il leur parle et les menace jusqu'à ce qu'ils finissent par accepter. Que peuvent-ils faire d'autre ? Ce ne sont que de pauvres poilus et lui est un manitou. On les rapporte plâtrés et chloroformés.

Albert va mal ; on vient le chercher pour l'amputer.

On lui coupe toute la jambe. Maintenant, il ne parle presque plus, mais il a dit que quand il remettra la main sur son revolver il se fera sauter la cervelle.

Un nouveau transport arrive, notre chambre reçoit deux aveugles. L'un d'eux est un tout jeune musicien ; lorsque les sœurs lui donnent à manger, elles n'ont jamais de couteau, car, une fois déjà, il en a arraché un à l'une d'elles. Malgré cette précaution, un incident se produit. Le soir, à l'heure du repas, la sœur qui le fait manger est appelée ailleurs ; elle pose sur sa table l'assiette et la fourchette. Alors l'aveugle cherche la fourchette en tâtonnant, la trouve et se l'enfonce de toutes ses forces dans la poitrine ; puis il saisit un soulier et frappe sur le manche tant qu'il peut. Nous appelons à l'aide et il faut trois hommes pour lui enlever la fourchette. Les dents émoussées avaient déjà pénétré profondément. Toute la nuit, il nous injurie et nous empêche de dormir. Le lendemain matin il a une violente crise de larmes.

De nouveau les lits se vident. Des journées se passent au milieu des souffrances et de l'angoisse, des gémissements et des râles. Les chambres aux morts ne servent plus à grand-chose ; il y en a trop peu ; la nuit, les gens meurent même dans notre salle. Ça va plus vite que les sœurs ne peuvent réfléchir.

Mais, un jour, la porte s'ouvre brusquement ; la voiture plate entre et nous apercevons, sur le brancard, Peter, tout pâle, tout menu, se soulevant d'un air triomphal, avec sa tête noire et crépue aux cheveux hérissés. Sœur Libertine, radieuse, le conduit à son ancien lit. Il est revenu de la chambre aux morts. Nous le croyions fini depuis longtemps.

Il regarde autour de lui et s'écrie :

« Qu'est-ce que vous en dites ? »

Et Joseph, lui-même, doit avouer que c'est la première fois qu'il voit ça.

*

Peu à peu, quelques-uns d'entre nous ont la permission de se lever. On me donne des béquilles, pour m'aider à faire quelques pas, çà et là. Mais je n'en use pas beaucoup ; je ne peux pas supporter le regard d'Albert, lorsqu'il me voit aller dans la chambre. Il me regarde alors toujours avec des yeux si étranges ! Aussi je me glisse parfois dans le couloir ; je puis m'y mouvoir plus librement.

A l'étage en dessous sont les blessés du ventre et de la moelle épinière, ceux qui ont reçu des balles dans la tête et les amputés des deux membres. Dans l'aile droite, les blessés de la mâchoire, les gazés, ceux qui ont été atteints au nez, aux oreilles et au cou. Dans l'aile gauche, les aveugles et ceux qui ont des blessures au poumon, au bassin, aux articulations, dans les reins, dans les parties et à l'estomac. C'est ici qu'on voit sérieusement tous les endroits où un homme peut être blessé.

Deux malades meurent du tétanos. La peau devient terne, les membres se raidissent et il finit par ne plus y avoir de vivant que les yeux, – dans lesquels la vie persiste encore longtemps. Chez beaucoup de blessés, le membre atteint est suspendu en l'air librement, par une sorte de potence ; sous la blessure est placé un bassin, dans lequel s'égoutte le pus. Toutes les deux ou trois heures, on vide le bassin. D'autres sont couchés avec un appareil d'extension et de lourds poids descendent de leur lit. Je vois des blessures à l'intestin qui, continuellement, sont pleines d'excréments. Le secrétaire du médecin me montre des radiographies d'os de la hanche, de genoux et d'épaules complètement brisés.

On ne peut pas comprendre que, sur des corps si mutilés, il y ait encore des visages humains, dans lesquels la vie suit son cours quotidien. Et, cependant, ce n'est là qu'un seul centre médical ; il y en a des centaines de mille en Allemagne, des centaines de mille en France, des centaines de mille en Russie. Puisque pareille chose est possible, combien tout ce qu'on a jamais écrit, fait ou pensé est vain ! Tout n'est forcément que mensonge ou insignifiance, si la culture de milliers d'années n'a même pas pu empêcher que ces flots de sang soient versés et qu'il existe, par centaines de mille, de telles geôles de torture. Seul l'hôpital montre bien ce qu'est la guerre.

Je suis jeune, j'ai vingt ans ; mais je ne connais de la vie que le désespoir, l'angoisse, la mort et l'enchaînement de l'existence la plus superficielle et la plus insensée à un abîme de souffrances. Je vois que les peuples sont poussés l'un contre l'autre et se tuent sans rien dire, sans rien savoir, follement, docilement, innocemment. Je vois que les cerveaux les plus intelligents de l'univers inventent des paroles et des armes pour que tout cela se fasse d'une manière encore plus raffinée et dure encore plus longtemps. Et, tous les hommes de mon âge, ici et de l'autre côté, dans le monde entier, le voient comme moi ; c'est la vie de ma génération, comme c'est la mienne. Que feront nos pères si, un jour, nous nous levons et nous nous présentons devant eux pour réclamer des comptes ? Qu'attendent-ils de nous lorsque viendra l'époque où la guerre sera finie ? Pendant des années nous n'avons été occupés qu'à tuer ; ç'a été là notre première profession dans l'existence. Notre science de la vie se réduit à la mort. Qu'arrivera-t-il donc après cela ? Et que deviendrons-nous ?

*

Le plus âgé de notre chambre est Lewandowski. Il a quarante ans et il est déjà depuis dix mois à l'hôpital, à cause d'une blessure grave dans le ventre. Ce n'est que ces dernières semaines qu'il a pu faire quelques pas, en boitant et tout courbé.

Depuis quelques jours, il est très agité. Sa femme lui a écrit du petit trou où elle habite, en Pologne, qu'elle a assez d'argent pour payer le voyage et venir le voir.

Elle est en route et elle peut arriver d'un jour à l'autre. Lewandowski ne trouve plus aucun goût à la nourriture ; même, il donne aux autres sa saucisse aux choux rouges, après en avoir pris seulement quelques bouchées. Continuellement il va et vient dans la chambre, avec sa lettre ; chacun l'a déjà lue une douzaine de fois ; les timbres-poste ont été examinés Dieu sait combien de fois ; l'écriture est à peine encore lisible, à cause des taches de graisse et des traces de doigts, et, comme c'était fatal, Lewandowski attrape la fièvre et est obligé de se recoucher.

Il n'a pas vu sa femme depuis deux ans. Au cours de ce temps, elle a mis au monde un enfant qu'elle apporte avec elle. Mais quelque chose de tout différent occupe Lewandowski. Il avait espéré recevoir l'autorisation de sortir, pendant le séjour de sa femme, car, c'est clair : se voir est très joli, mais quand on retrouve sa femme, après un temps si long, on veut, si c'est possible, encore autre chose.

Lewandowski a discuté tout cela avec nous pendant des heures, car, dans la vie militaire, il n'y a, pour ça, pas de secret. D'ailleurs, personne n'y trouve rien à dire. Ceux d'entre nous qui peuvent déjà sortir lui ont indiqué quelques bons coins, en ville, des promenades et des parcs, où il ne serait pas dérangé ; quelqu'un connaissait même une petite chambre.

Cependant, à quoi bon, tout cela ? Lewandowski est couché, en proie à des soucis. Plus rien dans la vie ne l'intéresse, s'il doit se priver de cela. Nous le consolons et nous lui promettons que nous trouverons bien quelque moyen d'arranger l'affaire.

L'après-midi suivant arrive sa femme, un petit être ratatiné, avec des yeux d'oiseau, vifs et effarouchés, vêtue d'une espèce de mantille noire à collerette et à rubans. Dieu sait où elle a trouvé cette antiquité.

Elle murmure tout bas quelque chose et elle reste timidement devant la porte. Elle est effarouchée de voir là six hommes.

« Eh bien, Maria, dit Lewandowski, tandis qu'il semble s'étrangler avec sa pomme d'Adam, tu peux entrer sans crainte, ils ne te feront rien. »

Elle va vers chacun de nous, en nous donnant la main. Puis elle montre l'enfant, qui, entre-temps, a fait dans ses langes. Elle a avec elle un grand sac brodé de perles, d'où elle sort un linge propre, pour remmailloter lestement l'enfant. Elle est maintenant débarrassée de sa gêne première et les deux époux se mettent à parler.

Lewandowski est très nerveux ; il regarde sans cesse de notre côté avec ses yeux ronds à fleur de peau, d'un air extrêmement malheureux.

Le moment est favorable, la visite du médecin est passée ; tout au plus si une sœur pourrait encore venir dans la chambre. C'est pourquoi l'un d'entre nous va voir dehors, encore une fois, pour savoir ce qui en est. Il revient et dit, avec un signe de tête : « Pas une charogne en vue. Eh bien, dis-le-lui donc, Johann, et grouille-toi. »

Les deux époux s'entretiennent dans leur langue. La femme nous regarde, un peu rouge et embarrassée. Nous rions doucement, d'un air bonhomme, et nous faisons de la main des gestes désinvoltes signifiant qu'il n'y a là-dedans rien de mal. Au diable tous les préjugés ! Ils sont bons pour d'autres temps : ici est couché le menuisier Johann Lewandowski, soldat qu'un coup de feu a rendu infirme, et voici sa femme ; qui sait quand il la reverra ? Il veut l'avoir, il faut donc qu'il l'ait, la chose est simple.

Deux hommes se placent devant la porte pour retenir les sœurs et les occuper, si par hasard elles arrivaient. Ils feront le guet pendant environ un quart d'heure.

Lewandowski ne peut se coucher que sur le côté ; c'est pourquoi on lui met quelques oreillers de plus sous le dos. Albert prend l'enfant, puis nous nous tournons un peu ; la mantille noire disparaît sous la couverture et nous attaquons un scat en parlant très fort de toute espèce de choses.

Tout va bien. J'ai en main un jeu terrible. Aussi nous oublions presque Lewandowski. Au bout de quelque temps, l'enfant se met à criailler, bien qu'Albert le balance rythmiquement, avec une mine désespérée. Puis l'on entend des froissements et de légers bruits et, lorsque nous regardons incidemment, nous voyons que l'enfant a déjà le biberon à la bouche et est de nouveau avec sa mère. La chose a bien marché.

Nous nous sentons maintenant une grande famille ; la femme est devenue tout à fait gaie et Lewandowski est tout transpirant et radieux dans son lit.

Il déballe le sac brodé ; quelques belles saucisses apparaissent ; Lewandowski prend son couteau comme si c'était un bouquet et il tranche la viande en morceaux. D'un ample mouvement il nous désigne et la petite femme ratatinée va de l'un à l'autre en nous souriant et en nous distribuant une part à chacun ; maintenant elle a l'air tout à fait jolie. Nous l'appelons « maman » ; elle est heureuse et elle remonte nos oreillers.

*

Quelques semaines plus tard, je vais tous les matins à l'Institut Zander. Là ma jambe est solidement bouclée et on lui fait faire des mouvements appropriés. Mon bras est depuis longtemps guéri.

Il arrive du front de nouveaux transports. Les pansements ne sont plus en étoffe ; ils sont faits simplement avec du papier blanc crêpé. Là-bas, le linge à pansements est venu à manquer.

Le moignon d'Albert se guérit très bien. La plaie est presque fermée. Dans quelques semaines il doit aller dans un centre de prothèse. Il parle encore peu et il est beaucoup plus grave qu'autrefois. Souvent il s'arrête au milieu de la conversation et il regarde fixement devant lui. S'il n'était pas avec nous, il y a longtemps qu'il aurait mis fin à ses jours. Mais maintenant il est sorti de la période la plus difficile. Parfois il nous regarde jouer au scat.

J'obtiens une permission de convalescence.

Ma mère ne veut plus me laisser repartir. Elle est si faible ! Tout va encore plus mal que la dernière fois.

Ensuite, je suis réclamé par mon régiment et je repars pour le front.

Il est dur pour moi de me séparer de mon ami Albert Kropp. Mais dans la vie militaire on se fait à tout avec le temps.

XI

Nous ne comptons plus les semaines. Lorsque je suis arrivé ici c'était l'hiver et, quand les obus tombaient, les mottes de terre gelées étaient presque aussi dangereuses que les éclats. Maintenant, les arbres ont reverdi. Notre vie alterne entre le front et les baraquements. Nous y sommes déjà partiellement habitués. La guerre est une cause de mort, comme le cancer ou la tuberculose, comme la grippe et la dysenterie. Seulement les cas mortels sont plus fréquents, plus variés et plus cruels.

Nos pensées sont comme de la glaise ; elles sont pétries par les jours changeants ; elles sont bonnes quand nous sommes au repos et funèbres quand nous nous trouvons sous le feu. Il y a des champs d'entonnoirs au-dehors et au-dedans de nous.

Tout le monde ici est comme cela, et non pas seulement nous : ce qui fut le passé n'existe plus et effectivement nous ne nous en souvenons plus. Les différences créées par l'éducation et l'instruction sont presque effacées et il est difficile de les reconnaître. Parfois elles donnent des avantages pour tirer parti d'une situation, mais elles entraînent aussi des inconvénients, en suscitant des entraves qu'il faut d'abord surmonter. C'est comme si nous avions été jadis des pièces de monnaie de pays différents ; on les a fait fondre et toutes ont maintenant le même coin. Si l'on veut reconnaître des différences, il faut examiner avec soin la matière première. Nous sommes des individus et encore ne le sommes-nous que d'une manière bizarre et comme honteuse.

Il y a chez nous une grande fraternité qui réunit étrangement une lueur de la camaraderie des chansons populaires, un peu du sentiment de solidarité des détenus et de l'attachement désespéré qu'ont entre eux des condamnés à mort ; tout cela nous place sur un plan de la vie où, au milieu du danger, nous surmontons l'angoisse et la détresse de la mort pour prendre rapidement possession des heures qu'il nous est encore donné de vivre. Cela d'une manière absolument dépourvue de pathétique. Si l'on voulait apprécier la chose, c'est une situation à la fois héroïque et banale ; mais qui s'en occupe !

C'est par l'effet de cet état d'esprit que Tjaden, lorsqu'on annonce une attaque ennemie, avale avec une furieuse précipitation jusqu'à la dernière cuillerée sa soupe de pois au lard, parce qu'il ne sait pas si dans une heure il sera encore en vie. Nous avons longuement discuté sur le point de savoir s'il a raison ou non : Kat le blâme, parce qu'il dit qu'il faut compter avec l'éventualité d'un coup dans le ventre, lequel est plus dangereux lorsque l'estomac est plein que quand il est vide.

Nous nous préoccupons de ces sortes de problèmes. Ils ont pour nous une importance sérieuse et il ne peut pas en être autrement. La vie ici, à la frontière de la mort, a une ligne d'une simplicité extraordinaire ; elle se limite au strict nécessaire, tout le reste est enveloppé d'un sommeil profond ; c'est là à la fois notre primitivité et notre salut ; si nous étions plus différenciés, il y a longtemps que nous serions devenus fous, que nous aurions déserté ou que nous serions morts. C'est comme s'il s'agissait d'une expédition aux régions polaires. Toute manifestation de la vie ne doit servir qu'à maintenir l'existence et doit forcément s'orienter dans ce sens. Tout le reste est banni, parce que cela consumerait inutilement de l'énergie. C'est le seul moyen de nous sauver. Parfois je me vois en face de moi-même comme devant un étranger quand, dans des heures tranquilles, le miroir terni où je retrouve le reflet énigmatique du passé me révèle les contours de mon existence actuelle ; je m'étonne alors de voir comment cette activité indicible, qu'on appelle la vie, s'est adaptée même à cette forme. Toutes autres manifestations sont enveloppées dans le sommeil de l'hiver ; la vie est uniquement occupée à faire le guet continuellement, pour se garder des menaces de la mort ;

elle a fait de nous des animaux pour nous donner cette arme qu'est l'instinct ; elle a émoussé notre sensibilité, pour que nous ne défaillions pas devant les horreurs qui nous assailliraient si nous avions la conscience claire et nette. Elle a éveillé en nous le sens de la camaraderie, afin que nous échappions aux abîmes de l'isolement ; elle nous a donné l'indifférence des sauvages, afin que, en dépit de tout, nous puissions repérer toute valeur positive et la mettre en réserve contre l'assaut du néant. Ainsi nous vivons une existence fermée et dure, toute en surface, et il est rare qu'un événement fasse jaillir du fond quelques étincelles, mais alors la flamme d'une aspiration lourde et terrible se fait jour en nous tout à coup.

Ce sont les moments dangereux ; ils nous montrent que l'adaptation n'est, après tout, qu'artificielle, que cela n'est pas du véritable calme, mais une tension extrême vers le calme. Nous nous distinguons à peine des nègres de la brousse pour ce qui est des formes extérieures de la vie ; mais ceux-ci n'ont aucun mal à être toujours ainsi, parce que précisément c'est leur naturel et tout au plus peuvent-ils continuer de se développer par un effort de leurs facultés ; chez nous, au contraire, les forces intérieures ne tendent pas à un développement, mais à une régression. Ce qui, chez eux, est normal et va de soi, n'est obtenu chez nous que par l'effort et l'artifice.

Et, avec effroi, la nuit, lorsque nous nous éveillons au milieu d'un rêve, dominés par l'enchantement de visions qui affluent autour de nous et abandonnés à elles, nous nous rendons compte combien minces sont l'appui et la frontière qui nous séparent des ténèbres. Nous sommes de petites flammes protégées tant bien que mal par de faibles parois contre la tempête de l'anéantissement et de la folie ; nous vacillons et, parfois, nous sombrons presque. Alors la rumeur assourdie de la bataille devient un anneau qui nous enserre ; nous nous recroquevillons en nous-mêmes et nous regardons dans la nuit avec de grands yeux hagards. Nous ne sentons de réconfort que dans le souffle des camarades endormis et c'est ainsi que nous attendons le matin.

*

Chaque jour et chaque heure, chaque obus et chaque mort rongent un peu plus ce mince appui et les années le liment rapidement. Je vois que, peu à peu, déjà il se brise autour de moi.

Par exemple, cette malheureuse histoire de Detering. Il était un de ceux qui vivaient très repliés sur eux-mêmes. Sa malchance fut d'apercevoir, dans un jardin, un cerisier. Nous revenions précisément des tranchées et ce cerisier nous apparut d'une façon surprenante à la pointe du jour, près de notre nouveau cantonnement, à un détour du chemin. Il n'avait pas de feuilles, mais on eût dit un bouquet de fleurs blanches. Le soir, nous ne vîmes pas Detering. Finalement, il arriva en tenant dans sa main quelques branches du cerisier, toutes fleuries. Nous nous moquâmes de lui, en lui demandant s'il allait chercher une épousée. Il ne répondit rien, mais s'étendit sur sa couche. La nuit, je l'entendis remuer. Il paraissait faire des paquets. Je flairai un malheur et j'allai le trouver. Il fit comme si de rien n'était, et je lui dis :

« Pas de bêtises, hein ! Detering.

– Ah ! quoi ? Je ne peux pas dormir, tout simplement...

– Pourquoi donc es-tu allé chercher ces branches de cerisier ?

– Je peux pourtant bien aller chercher des branches de cerisier », répond-il, buté. Et, au bout d'un instant, il ajoute : « Chez moi, j'ai un grand verger avec des cerisiers : lorsqu'ils sont en fleur, vus du grenier à foin, cela a l'air d'un grand drap de lit, tellement c'est blanc ; c'est maintenant la saison.

– Il y aura peut-être bientôt des permissions. Il peut se faire aussi que toi, étant cultivateur, tu sois mis en sursis. »

Il acquiesce de la tête, mais son esprit est ailleurs. Lorsque ces paysans sont animés par quelque sentiment profond, ils ont un air étrange – à la fois avachi et mystique, à demi stupide et à demi émouvant. Pour le tirer de ses pensées, je lui demande un morceau de pain ; il me le donne sans difficulté. C'est un signe suspect, car d'habitude il est avare. Aussi je reste éveillé. Rien ne se passe : le lendemain matin, Detering est comme de coutume.

Il a vu probablement que je le surveillais. Cependant, le surlendemain il n'est plus là. Je m'en aperçois, mais je ne dis rien, pour lui laisser du temps : peut-être pourra-t-il passer. Déjà plusieurs ont réussi à gagner la Hollande.

A l'appel on remarque son absence. Une semaine plus tard, nous apprenons qu'il a été arrêté par les gendarmes de la prévôté, ces policiers militaires que nous méprisons. Il avait pris la direction de l'Allemagne ; de cette façon, naturellement, il n'avait aucune chance et, tout aussi naturellement, il s'y était pris d'une manière très peu intelligente. Tout le monde aurait dû voir que cette fuite n'était que de la nostalgie et un égarement passager. Mais que comprennent à cela les juges du conseil de guerre, à cent kilomètres derrière le front ? Nous n'avons plus entendu parler de Detering.

*

Parfois aussi, les puissances dangereuses que nous avons longtemps refoulées se font jour, comme la vapeur hors d'une chaudière surchauffée. Il faut parler maintenant de la mort de Berger.

Il y a déjà longtemps que nos tranchées sont intenables et notre front est devenu élastique, de sorte que, à proprement parler, nous ne faisons plus la guerre de positions. Lorsque attaques et contre-attaques se sont succédé, il ne reste qu'une ligne toute rompue et un combat acharné, de trou d'obus à trou d'obus. La première ligne est éventrée et partout se sont établis des groupes, dans un réseau d'entonnoirs où la lutte se poursuit.

Nous sommes dans un trou d'obus ; latéralement sont des Anglais ; ils déroulent leur flanc et parviennent sur nos derrières, nous sommes cernés. Il est difficile de se rendre, le brouillard et la fumée oscillent au-dessus de nous ; personne ne reconnaîtrait que nous voulons capituler ; peut-être que nous ne le voulons pas non plus. Dans de pareils moments on ne le sait pas soi-même. Nous entendons approcher les explosions des grenades. Notre mitrailleuse couvre de son feu le demi-cercle qui est devant nous. L'eau du refroidisseur se transforme en vapeur ; nous nous hâtons de faire passer les boîtes à la ronde, chacun pisse dedans ; de la sorte, nous avons encore du liquide et nous pouvons continuer à tirer ; mais dans notre dos cela crache de plus en plus près. Dans quelques minutes nous serons perdus.

Voici qu'une seconde mitrailleuse se démasque tout près. Elle est cachée dans l'entonnoir qui est à côté de nous. C'est Berger qui est allé la chercher ; et maintenant, derrière nous, a lieu une contre-attaque ; nous sommes dégagés et nous reprenons contact avec les nôtres.

Lorsque, ensuite, nous sommes assez bien abrités, l'un de ceux qui sont allés aux vivres raconte qu'à quelques centaines de pas de là est couché un chien militaire blessé.

« Où ? » demande Berger.

L'autre le lui dit. Berger part. Il veut sauver le chien ou lui donner le coup de grâce. Il y a six mois encore, il ne se serait pas soucié de cela. Il aurait été plus raisonnable. Nous essayons de le retenir. Mais comme il nous quitte gravement, nous ne pouvons que dire : « Il est fou » et le laisser faire. Car ces accès de délire du front deviennent dangereux lorsqu'on ne peut pas jeter l'homme tout de suite à terre et le maintenir. Et Berger a un mètre quatre-vingts de haut ; c'est l'homme le plus fort de la compagnie.

Effectivement, il est fou, car il lui faudrait traverser le mur de feu ! Mais c'est cet éclair – qui quelque part nous guette tous – qui l'a frappé et qui a fait de lui un possédé. Il y en a d'autres qui se mettent à casser tout ou qui s'échappent ; il y en a même eu un qui essayait continuellement de creuser le sol avec les mains, les pieds et la bouche pour s'y enterrer.

Bien entendu, ces choses-là donnent lieu également à beaucoup de simulations, mais ces simulations sont déjà par elles-mêmes un indice suffisamment significatif. On ramène Berger avec un coup de feu dans le bassin et, en outre, l'un de ceux qui le soutiennent attrape une balle dans le mollet.

*

Müller est mort. On lui a tiré à bout portant une fusée dans le ventre. Il a vécu encore une demi-heure avec toute sa lucidité et en souffrant terriblement. Avant de mourir il m'a donné son portefeuille et m'a fait cadeau de ses bottes, celles qu'il avait héritées de Kemmerich. Je les porte, car elles me vont bien. Après moi, c'est Tjaden qui les aura ; je les lui ai promises.

Nous avons pu enterrer Müller, mais sans doute qu'il ne restera pas longtemps en paix. Nos lignes sont ramenées en arrière. Il y a en face de nous trop de troupes fraîches anglaises et américaines. Il y a trop de *corned-beef* et de farine blanche de froment et trop de nouveaux canons, trop d'avions.

Quant à nous, nous sommes maigres et affamés. Notre nourriture est si mauvaise et faite de tant de succédanés que nous en devenons malades. Les industriels, en Allemagne, se sont enrichis, tandis que nous, la dysenterie nous brûle les intestins. Les feuillées sont toujours pleines de clients accroupis. On devrait montrer aux gens de l'arrière ces figures terreuses, jaunes, misérables et résignées, ces corps courbés en deux, dont la colique épuise douloureusement le sang et qui, tout au plus, sont capables de se regarder en ricanant et de dire avec des lèvres crispées, et frémissantes encore de douleur : « Il est inutile de se reculotter... »

Notre artillerie est à bout de moyens ; elle a trop peu de munitions et les tubes des canons sont si usés que leur tir n'est plus sûr et qu'ils envoient même leurs décharges sur nos propres soldats. Nous avons trop peu de chevaux ; nos troupes fraîches, ce sont des enfants anémiques qui ont besoin d'être ménagés, qui ne peuvent pas porter le sac, mais qui savent mourir, par milliers. Ils ne comprennent rien à la guerre, ils ne savent qu'aller de l'avant et se laisser canarder. Un seul aviateur s'est amusé à coucher sur le sol deux compagnies de ces recrues, avant qu'elles aient su comment s'abriter, au moment même où elles descendaient du train.

« L'Allemagne sera bientôt vidée », dit Kat.

Nous n'espérons pas que cela puisse avoir une fin. Nos pensées ne vont pas si loin. On peut recevoir un coup de feu et être tué. On peut être blessé ; alors l'hôpital est la prochaine station. Si l'on n'est pas amputé, tôt ou tard, on tombe entre les pattes d'un de ces médecins-majors qui, la croix de fer à la boutonnière, vous disent : « Comment ? Pour cette jambe un peu plus courte que l'autre ? Au front, vous n'avez pas besoin de courir, si vous avez du courage. Cet homme est apte au service. Rompez. »

Kat raconte une des histoires qui ont fait tout le tour du front, depuis les Vosges jusqu'aux Flandres, l'histoire d'un médecin-major qui, lors d'une visite médicale, lit à haute voix des noms et, lorsque l'homme s'avance, dit, sans le regarder : « Bon pour le front. Nous avons besoin de soldats là-bas. » Voici qu'un individu ayant une jambe de bois se présente ; le major répète : « Bon pour le front. » Et alors (en racontant cela, Kat élève la voix) l'homme lui dit : « J'ai déjà une jambe de bois, mais si maintenant je pars pour le front et qu'on me casse la tête d'un coup de feu, je me ferai fabriquer une tête de bois, et je deviendrai, moi aussi, médecin-major. »

Nous sommes tous profondément satisfaits de cette réponse.

Il peut y avoir de bons médecins, et effectivement beaucoup le sont ; cependant, parmi les cent visites qu'il passe, chaque soldat tombe une fois ou l'autre entre les mains de ces nombreux fabricants de héros, qui s'efforcent, sur leur liste, de transformer un aussi grand nombre que possible d'inaptes définitifs et d'inaptes provisoires en aptes au front.

Il y a beaucoup d'histoires de ce genre ; le plus souvent elles sont encore bien plus amères. Cependant, elles n'ont rien de commun avec la mutinerie et l'indiscipline : elles sont loyales et appellent les choses par leur nom ; car, dans la vie militaire, il y a beaucoup de tromperie, d'injustice et de vilenie. N'est-ce pas énorme que, malgré tout, régiments après régiments acceptent d'aller à cette lutte toujours plus désespérée et que les attaques succèdent aux attaques sur une ligne qui recule et s'émiette sans cesse ?

Les tanks, qui étaient autrefois un objet de raillerie, sont devenus une arme terrible. Ils se déroulent en longues lignes blindées et incarnent pour nous, plus qu'autre chose, l'horreur de la guerre.

Ces canons qui déversent sur nous leurs feux roulants, nous ne les voyons pas ; les lignes offensives des adversaires sont composées d'êtres humains, comme nous ; mais ces tanks sont des machines, leurs chenilles sont infinies, comme la guerre : elles apportent la destruction, lorsque impassiblement elles descendent dans les entonnoirs et en ressortent sans s'arrêter, véritable flotte de cuirasses mugissantes et crachant la fumée, bêtes d'acier invulnérables écrasant les morts et les blessés... Devant elles, nous nous faisons aussi petits que nous pouvons dans notre peau trop mince ; en face de leur puissance colossale, nos bras sont des fétus et nos grenades des allumettes.

Obus, vapeurs de gaz et flottilles de tanks : choses qui vous écrasent, vous dévorent et vous tuent.

Dysenterie, grippe, typhus : choses qui vous étouffent, vous brûlent et vous tuent.

La tranchée, l'hôpital et le pourrissoir en commun : il n'y a pas d'autres possibilités.

*

Bertinck, notre commandant de compagnie, tombe lors d'une attaque. C'était un de ces magnifiques officiers du front qui sont en avant toutes les fois qu'il y a du danger. Depuis deux ans il était avec nous, sans avoir été blessé. Il était bien forcé qu'à la fin quelque chose lui arrivât. Nous sommes dans un trou d'obus, entourés par l'ennemi. Les vapeurs de la poudre soufflent sur nous accompagnées d'une puanteur d'huile ou de pétrole. Nous découvrons deux hommes armés d'un lance-flammes ; l'un porte sur son dos le récipient et l'autre tient dans les mains le tuyau par lequel jaillit le feu. S'ils s'approchent de nous assez pour pouvoir nous atteindre, nous sommes cuits, car nous ne pouvons pas reculer, dans la position où nous nous trouvons.

Nous les prenons sous notre feu. Cependant, ils réussissent à se rapprocher et cela devient mauvais. Bertinck est allongé avec nous dans l'entonnoir. Lorsqu'il remarque que nos coups ne portent pas, parce que, exposés comme nous le sommes à la violence du feu, nous nous préoccupons trop de nous abriter, il prend un fusil, rampe hors de l'entonnoir et vise, redressé sur ses coudes. Il tire ; au même instant une balle claque sur lui : il est touché. Néanmoins, il reste où il est et il continue de viser. Un moment il abaisse son fusil, puis il épaule de nouveau ; enfin le coup part, Bertinck laisse tomber son arme et dit : « Bon ! » puis revient dans le trou d'obus. Le plus éloigné des deux soldats qui porte le lance-flammes est blessé ; il tombe, le tuyau échappe à l'autre, le feu se répand de tous les côtés et l'homme brûle.

Bertinck a reçu une balle dans la poitrine. Un instant après, un éclat d'obus lui fracasse le menton. Le même éclat a encore la force d'emporter la hanche de Leer. Leer gémit et s'appuie sur ses bras. Il perd son sang rapidement. Personne ne peut le secourir. Au bout de quelques minutes, il se replie sur lui-même, comme un boyau vide. A quoi lui a-t-il servi d'avoir été, à l'école, un si bon mathématicien ?

*

Les mois se succèdent. Cet été de l'année mil neuf cent dix-huit est le plus pénible et le plus sanglant de tous. Les journées sont comme des anges vêtus d'or et d'azur, impassibles au-dessus du champ de la destruction. Chacun d'entre nous sait que nous perdrons la guerre. On n'en parle pas beaucoup. Nous reculons ; après cette grande offensive, nous ne pourrons plus attaquer ; nous n'avons plus ni soldats ni munitions.

Néanmoins, la lutte continue, on continue de mourir...

Été de mil neuf cent dix-huit... Jamais la vie dans sa misérable incarnation ne nous a semblé aussi désirable que maintenant : rouges coquelicots des prairies sur les brins d'herbe, chaudes soirées dans les chambres fraîches et à demi obscures ; arbres noirs et mystérieux du crépuscule, étoiles et eaux courantes, rêves et long sommeil, ô vie, vie, vie ! ...

Été de mil neuf cent dix-huit... Jamais on n'a supporté en silence plus de douleurs qu'au moment où l'on part pour les premières lignes. Les faux bruits, si excitants, d'armistice et de paix ont fait leur apparition ; ils troublent les cœurs et rendent les départs plus pénibles que jamais.

Été de mil neuf cent dix-huit... Jamais la vie au front n'a été plus amère et plus atroce que dans les heures passées sous le feu, lorsque les blêmes visages sont couchés dans la boue et que les mains se convulsent en une seule protestation : « Non, non, non, pas maintenant ! Pas maintenant, puisque ça va être la fin ! »

Été de mil neuf cent dix-huit... Vent d'espérance qui caresse les champs dévastés par le feu, ardente fièvre de l'impatience et de la déception, frisson douloureux de la mort, question incompréhensible : « Pourquoi ? Pourquoi n'en finit-on pas ? Et pourquoi s'élèvent ces bruits annonçant la fin ? »

*

Il y a tant d'aviateurs ici et ils sont si sûrs d'eux-mêmes qu'ils font la chasse aux soldats isolés, comme si c'étaient des lièvres. Pour un avion allemand, il y en a au moins cinq anglais et américains. Pour un soldat allemand, las et affamé, dans sa tranchée, il y en a cinq autres, vigoureux et frais, dans la tranchée opposée. Pour un pain de munition allemand, il y a en face de nous cinquante boîtes de conserves de viande. Nous ne sommes pas battus, car, en tant que soldats, nous sommes plus forts et plus expérimentés ; nous sommes simplement écrasés et repoussés par l'énorme supériorité numérique.

Nous avons eu quelques semaines de pluie : ciel gris, terre grise et en liquéfaction, mort grise. Lorsque nous partons en camions pour les premières lignes, déjà l'humidité pénètre nos capotes et nos vêtements et elle persiste tout le temps que nous restons dans les tranchées. Nous ne nous séchons pas. Celui qui a encore des bottes en enveloppe le haut avec des sacs à terre, pour que l'eau argileuse n'y entre pas si vite. Les fusils s'incrustent, les uniformes s'incrustent, tout est en liquéfaction et en désagrégation ; tout est une masse de terre ruisselante, huileuse avec des mares jaunes auxquelles des flaques de sang mettent des spirales rouges. Les morts, les blessés et les survivants s'y enfoncent lentement.

La tempête fait rage sur nous. La grêle des éclats d'obus arrache en cette confusion grise et jaune les cris perçants, les cris d'enfant de ceux qui sont atteints, et pendant les nuits la vie déchirée gémit en aboutissant péniblement au silence suprême.

Nos mains sont de la terre ; nos corps, de l'argile ; nos yeux, des mares de pluie. Nous ne savons pas si nous sommes encore vivants.

Puis la chaleur s'abat dans nos trous, humide et visqueuse comme une méduse et, par une de ces journées de fin d'été, en allant aux vivres, Kat tombe à la renverse. Nous ne sommes que nous deux ; je panse sa plaie, le tibia paraît fracassé, en tout cas le coup a porté sur l'os de la jambe et Kat gémit désespérément : « Maintenant, juste maintenant... »

Je le console : « Qui sait combien de temps la tuerie durera encore ? Toi, tu es sauvé... »

La blessure commence à saigner violemment. Impossible de laisser Kat seul pendant que j'essaierais d'aller chercher un brancard. En outre, je ne connais pas de station sanitaire dans le voisinage.

Kat n'est pas très lourd ; je le prends sur mon dos et je me dirige vers le poste de secours.

A deux reprises, nous faisons halte. Le transport le fait souffrir beaucoup. Nous ne parlons guère. J'ai ouvert le col de mon uniforme et je respire fortement : je sue et ma figure est toute gonflée par les efforts que je viens de faire ; malgré tout, j'insiste pour que nous reprenions notre marche, car le terrain est dangereux.

« Nous repartons, Kat ?

– Il le faut bien, Paul.

– En avant donc ! »

Je le relève. Il se tient sur sa jambe intacte et s'appuie contre un arbre ; alors je prends avec précaution sa jambe blessée ; il se donne une secousse et je passe sous mon bras le genou de la jambe saine.

Notre chemin devient plus difficile ; de temps en temps un obus siffle.

Je vais aussi vite que possible, le sang de Kat coule goutte à goutte sur le sol. Nous ne pouvons nous protéger que très mal contre les obus, car, avant que nous soyons en mesure de nous abriter, ils sont depuis longtemps passés.

Nous nous mettons dans un petit entonnoir, pour attendre un peu ; je donne à Kat du thé de mon bidon. Nous fumons une cigarette.

« Oui, Kat, dis-je tristement, il faut donc maintenant que nous nous séparions. »

Il se tait et me regarde.

« Te rappelles-tu, Kat, l'oie que nous avons réquisitionnée ? Te rappelles-tu comment tu m'as sauvé de la boucherie, lorsque j'étais encore un bleu et que j'ai été blessé pour la première fois ? Alors je pleurais encore. Kat, il y a presque trois ans de cela. »

Il fait signe que oui.

La peur de rester seul surgit en moi. Lorsque Kat sera transporté ailleurs, je n'aurai plus ici aucun ami.

« Kat, il faudra de toute façon nous revoir, si vraiment la paix se fait avant que tu ne reviennes.

– Crois-tu qu'avec cette patte-là je redeviendrai apte au front ? demande-t-il amèrement.

– Tu guériras avec du repos. L'articulation est en bon état. Peut-être que tout ira bien.

– Donne-moi encore une cigarette.

– Peut-être pourrons-nous, plus tard, entreprendre quelque chose ensemble, Kat. »

Je suis très triste. Il est impossible que Kat, mon ami Kat, aux épaules tombantes et à la moustache mince, Kat que je connais mieux que n'importe quel autre être humain, Kat avec qui j'ai partagé ces années-là, il est impossible que je ne revoie plus Kat.

« Donne-moi ton adresse, en tout cas, Kat, pour quand je serai rentré chez moi. Et voici la mienne, je vais te la mettre par écrit. »

Je glisse le bout de papier dans sa poche. Comme je me sens déjà abandonné, quoiqu'il soit encore assis près de moi ! Dois-je me tirer vite une balle dans le pied pour pouvoir rester à côté de lui ? Soudain, Kat fait entendre un gargouillement et devient vert et jaune.

« Avançons », balbutie-t-il.

Je bondis fiévreusement pour l'aider ; je le prends sur mon dos et je me mets à courir, – une course modérée, au ralenti, pour que sa jambe ne soit pas trop secouée.

Ma gorge est sèche : je vois passer devant mes yeux des taches rouges et noires, lorsque, les dents serrées et marchant toujours sans merci, en titubant presque, j'atteins enfin le poste de secours. Là mes genoux fléchissent, mais j'ai encore assez de force pour tomber du côté où Kat a la jambe intacte. Au bout de quelques minutes, je me relève lentement ; mes jambes et mes mains tremblent violemment ; j'ai de la peine à trouver mon bidon, pour boire une gorgée. Ce faisant, mes lèvres frémissent. Mais je souris : Kat est en lieu sûr.

Au bout d'un instant, je distingue le déluge confus de voix qui s'engouffrent dans mes oreilles.

« Tu aurais pu t'épargner cette peine », dit un infirmier.

Je le regarde sans comprendre. Il montre Kat et ajoute :

« Tu vois bien qu'il est mort. »

Je ne saisis pas ses paroles.

« Il a reçu un coup de feu dans la jambe », dis-je.

L'infirmier, sans bouger :

« Et aussi autre chose... »

Je me retourne. Mes yeux sont toujours troubles. Maintenant la sueur m'a repris ; elle coule le long de mes cils, je l'essuie et je regarde Kat ; il est étendu, immobile.

« Évanoui », dis-je rapidement.

L'infirmier sifflote doucement :

« Je m'y connais pourtant mieux que toi ! Il est mort ; je parie tout ce que tu voudras.

– Impossible, il y a dix minutes j'ai encore parlé avec lui ; il est évanoui. »

Les mains de Kat sont chaudes ; je le prends par les épaules pour le frotter avec du thé. Alors, je sens que mes doigts sont humides. Lorsque je les retire de derrière sa tête, je vois qu'ils sont ensanglantés. L'infirmier sifflote de nouveau entre ses dents :

« Vois-tu ? ... »

Kat, sans que je m'en sois aperçu, a attrapé en chemin un éclat d'obus dans la tête ; ce n'est qu'un petit trou, ç'a dû être un minuscule éclat, un éclat égaré, mais ça a suffi. Kat est mort.

Je me relève lentement.

« Veux-tu prendre son livret et ses affaires ? » me demande le gradé.

Je fais signe que oui et il me les donne.

L'infirmier est étonné.

« Vous n'êtes pourtant pas parents ? »

Non, nous ne sommes pas parents ; non, en aucune façon...

Vais-je pouvoir m'en aller ? Ai-je encore des pieds ? Je lève les yeux, je les promène tout autour de moi et je tourne avec eux, en décrivant un cercle, jusqu'à ce que je m'arrête. Tout est comme d'habitude : sauf que le réserviste Stanislas Katczinsky est mort.

Ensuite, je ne sais plus rien.

XII

C'EST l'automne. Des anciens soldats, il n'en reste plus beaucoup. Je suis le dernier des sept sortis de notre classe.

Chacun parle d'armistice et de paix. Tout le monde attend. Si c'est encore une désillusion, ce sera la catastrophe. Les espérances sont trop fortes : il n'est plus possible de les écarter, sans qu'elles fassent explosion. Si ce n'est pas la paix, ce sera la révolution.

J'ai quinze jours de repos parce que j'ai avalé un peu de gaz. Je suis assis toute la journée au soleil dans un petit jardin. L'armistice va venir bientôt ; maintenant, je le crois, moi aussi. Alors, nous rentrerons chez nous ; c'est à quoi s'arrêtent mes pensées. Elles ne peuvent pas dépasser ce point. Ce qui m'attire et m'entraîne, ce sont des sentiments, c'est la soif de vivre, c'est l'attrait du pays natal, c'est le sang, c'est l'ivresse du salut. Mais ce ne sont pas là des buts.

Si nous étions rentrés chez nous en mil neuf cent seize, par la douleur et la force de ce que nous avions vécu, nous aurions déchaîné une tempête. Si maintenant nous revenons dans nos foyers, nous sommes las, déprimés, vidés, sans racine et sans espoirs. Nous ne pourrons plus reprendre le dessus.

On ne nous comprendra pas non plus, car devant nous croît une génération qui, il est vrai, a passé ces années-là en commun avec nous, mais qui avait déjà un foyer et une profession et qui, maintenant, reviendra dans ses anciennes positions, où elle oubliera la guerre ; et, derrière nous, croît une génération semblable à ce que nous étions autrefois, qui nous sera étrangère et nous écartera.

Nous sommes inutiles à nous-mêmes. Nous grandirons ; quelques-uns s'adapteront ; d'autres se résigneront et beaucoup seront absolument désemparés ; les années s'écouleront et, finalement, nous succomberons.

Mais peut-être qu'aussi tout ce que je pense n'est que mélancolie et abattement, choses qui disparaîtront lorsque je serai de nouveau sous les peupliers à écouter bruire leurs feuilles.

Il n'est pas possible que cette douceur qui faisait s'agiter notre sang, que l'incertitude, l'inquiétude, l'approche de l'avenir et ses mille visages, que la mélodie des rêves et des livres, que l'ivresse et le pressentiment des femmes n'existent plus. Il n'est pas possible que tout cela ait été anéanti sous la violence du bombardement, dans le désespoir et dans les bordels à soldats.

Les arbres ont ici un éclat multicolore et doré ; les baies des sorbiers rougissent dans le feuillage. Des routes courent toutes blanches vers l'horizon et les cantines bourdonnent de rumeurs de paix, comme des ruches.

Je me lève, je suis très calme. Les mois et les années peuvent venir. Ils ne me prendront plus rien. Ils ne peuvent plus rien me prendre. Je suis si seul et si dénué d'espérance que je peux les accueillir sans crainte.

La vie qui m'a porté à travers ces années est encore présente dans mes mains et dans mes yeux. En étais-je le maître ? je l'ignore. Mais, tant qu'elle est là, elle cher-

chera sa route, avec ou sans le consentement de cette force qui est en moi et qui dit « Je ».

*

Il tomba en octobre mil neuf cent dix-huit, par une journée qui fut si tranquille sur tout le front que le communiqué se borna à signaler qu'à l'ouest il n'y avait rien de nouveau.

Il était tombé la tête en avant, étendu sur le sol, comme s'il dormait. Lorsqu'on le retourna, on vit qu'il n'avait pas dû souffrir longtemps. Son visage était calme et exprimait comme un contentement de ce que cela s'était ainsi terminé.

ŒUVRES D'ERICH MARIA REMARQUE

A L'OUEST, RIEN DE NOUVEAU, *roman*.
APRÈS, *roman*.
L'ÉTINCELLE DE VIE, *roman*.
L'ILE D'ESPÉRANCE, *roman*.
L'OBÉLISQUE NOIR, *roman*.
ARC DE TRIOMPHE, *roman*.
LES CAMARADES, *roman*.
LES EXILÉS, *roman*

Composition réalisée par NORD-COMPO

IMPRIMÉ EN FRANCE PAR BRODARD ET TAUPIN
Usine de La Flèche (Sarthe).
LIBRAIRIE GÉNÉRALE FRANÇAISE - 43, quai de Grenelle - 75015 Paris.
ISBN : 2 - 253 - 00670 - X